麦克米伦世纪童书

麦克米伦世纪　全称北京麦克米伦世纪咨询服务有限公司,由全球最大、最知名的国际性出版机构之一的麦克米伦出版集团和二十一世纪出版社集团共同注资成立。

北京麦克米伦世纪咨询服务有限公司
北京市海淀区花园路甲 13 号院 7 号楼庚坊国际 10 层
邮编:100088　电话:010-82093837
新浪官方微博:@麦克米伦世纪出版

YOUNG SHERLOCK HOLMES

少年福尔摩斯 VII

冷石人

[英]安德鲁·莱恩 著

徐 彬 吕怡如 译

21 二十一世纪出版社集团
21st Century Publishing Group

图书在版编目（CIP）数据

少年福尔摩斯 . 7, 冷石人 /（英）莱恩著；徐彬，吕怡如译 .
-- 南昌：二十一世纪出版社集团，2016.1
ISBN 978-7-5568-1470-1

Ⅰ . ①少… Ⅱ . ①莱… ②徐… ③吕… Ⅲ . ①儿童文学—长篇小说—英国—现代 Ⅳ . ① I561.84

中国版本图书馆 CIP 数据核字 (2015) 第 292604 号

First published by Macmillan Children's Book
A Division of Macmillan Publishers Ltd.
Young Sherlock Holmes： Stone Cold by Andrew Lane
Copyright © 2014 by Andrew Lane

版权合同登记号　14-2014-313

少年福尔摩斯 7：冷石人 /（英）安德鲁·莱恩 著　徐　彬 吕怡如 译

编辑统筹	魏钢强	
责任编辑	连　莹	
特约编辑	刘晓静	
美术编辑	费　广	
排版制作	蒿薇薇　**封面绘制：**张　蓓	
出版发行	二十一世纪出版社集团（江西省南昌市子安路 75 号　330009）	
	www.21cccc.com　cc21@163.net	
出 版 人	张秋林	
经　　销	全国各地书店	
印　　刷	江西华奥印务有限责任公司	
版　　次	2016 年 1 月第 1 版 2016 年 1 月第 1 次印刷	
印　　数	1-15,000 册	
开　　本	720×980　1/16	
印　　张	14.25	
书　　号	ISBN 978-7-5568-1470-1	
定　　价	25.00 元	

赣版权登字 04-2015-947　版权所有，侵权必究
发现印装质量问题,请寄回本社图书发行公司调换 0791-86512056

YOUNG SHERLOCK HOLMES

献给英美两国我的专业而友好的编辑（盖比·摩根和韦斯·亚当斯）。他们对我倍加支持，也让我不断修正错误，避免叙事过度。同时献给世界各国为了这一系列书辛苦工作的编辑和翻译。我也要感谢泰雅·贝克，她的编辑工作让这部书稿渐臻完美。还要感谢我的出类拔萃又细心无比的公关代表比阿特丽斯·克罗斯。谢谢所有的人——我欠大家深情厚谊。

感谢彼得·达维尔—埃文斯、丽贝卡·列文、安迪·波德尔和西蒙·温斯顿，他们从一开始就支持我，给了我机会，让我证明自己。我也欠你们深情厚谊。

主要人物表

夏洛克·斯科特·福尔摩斯 / 主人公，近来暂居牛津求学。

迈克罗夫特·福尔摩斯 / 夏洛克的哥哥，在英国政府外交部任职。

马修·阿纳特 / 夏洛克的好友，又名马蒂。

鲁弗斯·斯通 / 夏洛克的小提琴教师，爱尔兰人。

麦克科里瑞太太 / 埃德蒙顿新月街 36 号的女房东。

查尔斯·路特维奇·道奇森 / 著名的数学家和童话作家。

保罗·奇彭纳姆 / 圣基督教会学院的学生，专业是自然科学。

费尔尼·韦斯顿 / 牛津警局退休警察，妻子名玛丽，儿子名裘德。

乔治·斯奎尔 / 韦斯顿先生家的男仆、厨师兼总管。

威尔伯福斯·卢卡瑟 / 牛津医院太平间的验尸官。

莫蒂默·马伯利 / 牛津警局已退休警察。

第一章

　　夏洛克·福尔摩斯坐在座位上，身子前倾，全神贯注。此刻，台上年轻的演奏者拿起小提琴，放在肩上，下巴卡在小提琴的腮托内，慢慢举起琴弓，悬在琴弦上方。舞台边沿的煤气灯闪烁着光芒，光影舞动，映在小提琴手的脸上。那一瞬，小提琴手的脸上仿佛掠过了数百种难以名状的表情。

　　观众都屏住了呼吸。片刻之间，剧院里变得异常安静，甚至能听到手帕落地的声音。然后，小提琴手开始演奏了。

　　第一个音符好像是从天而降般，一落下来就充盈了整个演奏大厅。乐声纯净细腻，夏洛克听在耳朵里，觉得自己愿意用一年的生命来换取如此美妙的音符。这样一个用木头和几根琴弦做出来的小东西，被一个动辄犯错的凡人拿在手里，竟然可以演奏出近乎完美的乐曲，真是不可思议。

　　"他用的是斯特拉迪瓦里小提琴。"鲁弗斯·斯通在夏洛克身旁低声解释道。不过夏洛克的注意力完全集中在了舞台上的那名年轻的小提琴手身上，几乎没有注意到自己的朋友兼老师所说的话。他专注地倾听着，倾听着连续不断发出的音符。这些音符从小小的舞台中央飘散而出，给人一种无比真切的真实感，音乐厅和听众反倒像是缥缈虚幻的了。夏洛克从未想过，小提琴可以演奏得如此优美。

在接下来的四十五分钟里，夏洛克全神贯注地聆听着一首又一首曲目，几乎忘记了身边的一切，甚至忘记了呼吸。有一两支曲子，夏洛克自己练习过，因而略知一二。他听得出，有些是西班牙舞曲，还有一些是众所周知的歌剧选段，但更多的曲子对他来说是完全陌生的。从小提琴手收放自如的表现来看，有些曲子也许是演奏者自己创作的。有些曲子极其复杂，同时也极其美妙，小提琴手的左手需要飞快地拨弄琴弦，致使整只手看上去有些模糊。过了好一会儿，夏洛克才发现，坐在他另一边的哥哥迈克罗夫特正在不停地挪动身下的软垫。显而易见，这里的椅子对哥哥来说实在太小了。迈克罗夫特的胳膊肘一直顶在夏洛克的胳膊上，另一边也始终顶在邻座的胳膊上。不时地，夏洛克还能听到迈克罗夫特气哼哼地发出的动静，仿佛他在下意识地给周围所有的人发出信号，告诉大家他此刻的心情有多么糟糕，向大家表示他宁愿待在任何别的地方，也不愿待在这里。也许，他这样做根本是有意为之。想必迈克罗夫特非常清楚自己正在越来越恼火地向四周发出什么样的信号，但他一点儿都不在乎。

这个时候，小提琴手举重若轻地演奏了一段难度极高的曲目，然后，音乐会的上半场就此结束。台下的听众爆发出热烈的掌声，音乐家鞠躬致敬，幕布缓缓地降下。

"谢天谢地。"迈克罗夫特咕哝道，"我刚才差点儿以为自己已经一命呜呼，进了地狱。你们刚刚说的这名年轻的小提琴手是谁？"

夏洛克瞥了一眼身旁的鲁弗斯。鲁弗斯的表情半是诧异半是气恼。"他叫巴勃罗·萨拉萨蒂[1]，"鲁弗斯小心地控制着说话的语气，"他是西班牙人，二十六岁，很可能是继尼可罗·帕格尼尼[2]之后最杰出的小提

---

① 巴勃罗·德·萨拉萨蒂（1844—1908），西班牙著名的小提琴家、作曲家。代表作《流浪者之歌》等。

② 尼可罗·帕格尼尼（1782—1840），意大利著名的小提琴演奏家、作曲家。代表作《二十四首随想曲》等。

琴演奏家。"

"哼!"迈克罗夫特说,"我宁愿去公园听铜管乐队的演奏,在我听来那更像音乐。"

"那里的躺椅也更适合你那……"说到这里,鲁弗斯迟疑了一下。夏洛克对他表示同情。严格说来,迈克罗夫特是鲁弗斯的老板。"源自本能的坐姿。"鲁弗斯平静地把话说完。

"我需要来一大杯干雪利酒。"迈克罗夫特说,好像鲁弗斯刚才什么都没说过似的,"趁着台上'猫叫'的间歇,我们能否去酒吧看看?"

鲁弗斯紧皱眉头,刚想出口反讥,不料被夏洛克抢了个先。"好主意。"他说。他们动身踏上座位之间的过道时,鲁弗斯拽了一下夏洛克的胳膊。"你哥哥早晚会要了我的命!"他悄声说,"要么因为他指派给我的某项危险卧底任务,要么因为我听够了他没完没了地抱怨自己有多么讨厌音乐而一拳砸得他脸上开花。"

"我也不知道他跟来干吗。"夏洛克说,"这不是他平时喜欢做的事。"

"他跟我说过,他想找个既舒适又不那么正式的场合,跟咱们两个谈谈。"

"即使是这样……"夏洛克朝整个音乐大厅环顾了一圈,"一定还有比这更适合他的地方呀。"

鲁弗斯做了个怪相:"可能因为我只是跟他说过,我要带你去剧院,但没有具体说来看什么。现在回想起来,你哥哥或许认为我们是来看戏剧的,而不是来听音乐会的。"

"他的确挺喜欢一个戏剧的。"夏洛克议论道,"他有次跟我说,莎士比亚的《哈姆雷特》让他懂得了所有和斯堪的纳维亚的政治有关的必要知识。"

此刻,他们正沿着过道朝酒吧走去。"你觉得这场音乐会怎么样?"

鲁弗斯问夏洛克。"不可思议。"夏洛克顿了一下，回想着小提家演奏时他的感受，"他的技艺堪称完美。""他一定会扬名天下的。"鲁弗斯断定，"能在他成名之前见上一面，就庆幸吧。"

他们走进酒吧。迈克罗夫特就像在海上劈波斩浪的大帆船似的，推开人群往前走。不一会儿，他们就已经坐在弧形的飘窗前，喝上了各自的饮品。

迈克罗夫特喝了一口雪利酒，做了个怪相。"如果这是干雪利，那泰晤士河与之相比一定是一片干裂、尘土飞扬的荒地。"他笨重地摇了摇脑袋，"一个人一旦离开了自己的办公室、俱乐部或者房间那样舒适的环境，就会发生这样的事。一切变得无法预知。"他抬头看了看夏洛克和鲁弗斯，"我想我是不会回去听下半场了，很难想象音乐忽然能变悦耳，座位忽然能变舒服。不过，在离开之前，我想跟你俩说点儿事。"他转身看着夏洛克，继续说，"自我们从爱尔兰回来以后，你已经在伦敦待了足足一个月了。现在，我们必须对你的未来做个决定。你住旅店和吃饭的开销并不大，在预算内，但并非可以忽略不计。可惜的是，谢林福德伯父去世后，依我看，你恐怕无法重回法纳姆。"

"那……回家呢？"夏洛克平静地问。

"家里还是老样子。"迈克罗夫特面色沉重地说，"父亲仍随着英国军队驻留海外，在印度；母亲依旧卧病在床，虚弱乏力。她唯一能偶尔咽下的，只是薄薄的一片面包和几小口淡茶——情形不容乐观。"

"那……姐姐呢？"

迈克罗夫特摇了摇头："据我所知，由于缺乏父母监护，她已经开始为最不适合她的仰慕者神魂颠倒了。我曾想跟她谈谈这件事的，但她什么都听不进去。不，恐怕对你来说，家里的大宅也不是个合适的去处。"

"那还有什么别的选择？"鲁弗斯问。

"你可以在伦敦给我找个住处。"夏洛克指出,"我现在已经习惯待在这儿了。我喜欢这座城市。"

"你才十五岁。"迈克罗夫特不客气地指出,"我决不允许你独自在这样纸醉金迷的大都会里生活。"

"我其实已经十六岁了。"夏洛克纠正他说,"还有,我早已习惯独自求生,甚至这样过得很快活。我不需要任何人来照看我。"

"果真如此?"迈克罗夫特打量着夏洛克,从他的头顶到脚跟,"我见过你跟你那个住在运河旁、名声不怎么样的朋友——马修·阿纳特——一起厮混。他显然把他的小船之家泊在了卡姆登船闸附近。我也见过你俩在伦敦的好几个市场上神出鬼没,沿着泰晤士河游荡。你们的那些恶作剧,收获了——"他顿了一下,注视着夏洛克的双手,"五次斗殴,其中有三回你们是从屋顶脱身的。你们还被警察叫住盘问过八次。这难道就是你所说的'快活'?"

夏洛克张开嘴,想为自己辩解,但是鲁弗斯抢先开口了。"仅凭观察你弟弟的衣服、鞋子、脸和手,你就全都知道了?"他困惑地说,"福尔摩斯先生,我以前就对你的推理能力甚为折服,但是你这次实在是太让人匪夷所思了。"迈克罗夫特自傲起来,像只正被主人顺毛的大猫。夏洛克实在憋不住了,开口道:"他知道这一切,是因为他派了人跟踪我。他的特工们每天都会向他汇报。"

迈克罗夫特抿起嘴唇。

"是这样吗?"鲁弗斯问道,表情很是失望。

"年轻的夏洛克有惹麻烦的习惯。"迈克罗夫特哼了一声,"在父亲不在的情况下,我有责任确保他全须全尾地度过他二十一岁的生日。"

"我还以为你会把照看他的任务交给我呢。"鲁弗斯小声说着,转头看向窗外剧院外面熙熙攘攘的人群。

"有别的任务安排给你。"迈克罗夫特的语气毫无愧疚之意,"更何况，夏洛克会认出你的。在过去的两年里，他在识别伪装这方面大有长进。"他扫了一眼夏洛克，扬起了一边的眉毛："我……我承认，看着你识别出跟踪者的身份，不失为一种令人既愉悦又刺激的消遣。"

夏洛克对着哥哥微微一笑："不止那些，我曾在旅馆找了一名和我身材很像的侍者，给了他一先令①，让他穿上我的外套替我在伦敦闲逛。你的人从没有识破。"

"你误会了。"迈克罗夫特平静地说，"他们跟踪了你们两个。他去了音乐厅，你则去了大英博物馆。"

"哦。"夏洛克一下子泄了气。

"此外，你继续学业的问题也需要考虑一下。"迈克罗夫特说，仿佛刚刚的谈话根本没有发生过一样，"你在毕业考试之前就离开了迪普戴纳男校，而你之后的经历，或许教给了你很多关于现实生活的技巧，包括如何在街头斗殴中生存以及如何攀爬屋顶等，但却不幸地让你在拉丁文、希腊文、自然科学和博大精深的英国文学方面变得非常无知。"

"我认为学习一门已经死亡的语言、看一堆旧书，没有什么必要。"夏洛克小声地说。

"你也许认为没必要。"迈克罗夫特反驳道，"但是别人——至少，世上那些说了算的人不这么认为。要想谋得收入不菲的政府公职或想在大银行拥有立足之地，你需要学习很多在你看来不重要的东西，而确保你得这么做是我的任务。"

"你要把我送回学校？"夏洛克说，感觉自己心里一沉。他一直都害怕这一时刻的到来。最近这两年，他的人生充满了乐趣和刺激，甚至有些惊险。他曾远航到过海外，亲眼见到了一些若非亲身经历可能

---

① 在当时，1 先令 =5 便士。

永远都不会相信的事情。他也曾经在孤立无援的境地，凭借自己的力量活了下来。他不能就这么重回校园，然后服服帖帖地做老师让他做的事情，现在不行。他现在已经不是两年前夏季学期结束时，穿着校服、拎着满满的手提箱离开迪普戴纳男校的那个男孩儿了。

"不行。"迈克罗夫特突然说，吓了夏洛克一跳，"那样做等于是向后看，而非向前看，如果那样做将是大大的错误。不，我认为你的未来就在某所著名的大学之中，所以我建议你现在要么住在剑桥，要么住在牛津，跟着一个经验丰富的导师，在一些重要的科目上，接受一对一的辅导，并且要考虑在两年之后，正式进入其中的一所大学学习。"

"剑桥离家里的老宅很近，父亲回来以后……"夏洛克说，此刻他感觉心里稍稍轻快了些。那样的话就有意思了。

"我在牛津有熟人，"迈克罗夫特继续说，"所以我建议把你送到那里。你应该记得，几年前，我曾在牛津上过学。虽然那段时间不能算是我人生的快乐时光，但我很珍视在那里接受的教育和在那里结识的朋友。尤其是，我结识了一个叫查尔斯·路特维奇·道奇森的朋友。他现在是牛津大学数学系的讲师，专业是逻辑学。我会在镇上给你找个住处，在他不上其他的课，也没有鼓捣他的某些奇怪爱好的时候，他每天会给你上一小时的课。那里还有一个名叫韦斯顿的警官，我曾跟他有过几次很有趣的谈话。"

夏洛克迅速消化着迈克罗夫特的建议，其中有几件事引起了他的思考。逻辑学课程听上去很吸引人。夏洛克的大脑一直善于逻辑分析，而且他也觉得其他人相信什么运气、信念或者迷信的东西，真的很奇怪。他以前的导师阿米尤斯·克罗对他教益良多，让他学会了理性地思考问题。他觉得自己可能会喜欢学习逻辑学。

"那个查尔斯·路特维奇·道奇森到底有些什么奇怪的爱好？"他

问道。

"首先，他对于一种叫照相术的新奇事物很感兴趣。你熟悉这个吗？"

夏洛克皱了皱眉，使劲儿地想了想他曾经读过或听过的有关信息："这是一种不借助油画或素描来描绘场景细节的方法。它让场景中的光映在经过化学处理的玻璃板上，直接记录下当时的景象，是不是？"

"的确如此。其中用到的化学品是硝酸银，它遇到光会改变颜色，至少我是这样理解的。我觉得自己对照相术有两种截然不同的看法：一方面，照相所产生的最终结果没有画作那么好看，而且只能表现出黑白色；另一方面，它的确能表现出当时确确实实在那里的事物，而不是艺术家想象中的东西，或是他们希望在那里，又或是希望你相信在那里的东西。它也许只是一时比较时髦，但有可能会取代肖像画和风景画，并且可以帮助案件的调查——我现在还不知道究竟会发生哪一种情况。我过去跟我认识的警察讨论过这个问题。"

"你刚刚说了'首先'……"夏洛克指出，"他的其他爱好有什么？"

"业余时间，他似乎是个儿童文学作家，用的是'刘易斯·卡罗尔'的笔名。他写了一本《爱丽丝梦游仙境》，想象力丰富，非常吸引公众，卖得非常好。这本书由麦克米伦公司——一家很著名的出版商出版。甚至有传闻说，维多利亚女王陛下也读过此书，并且晓谕公众，她本人也对它赞许有加。"

"儿童书？"夏洛克有些不屑。

"没错，而且还是一本很古怪的童话。书中讲的是一个女孩儿掉进了兔子洞里，在那里她发现了一个神奇的国度，里面住的都是会说话的动物。或者是她只是睡着了，然后梦到了整个故事中的情节。但是，这其中似乎还有更深的含义，整本书好像是对一些数学和逻辑学概念的讽喻。"

"你读过这本书？"鲁弗斯问道。

"当然没有。"迈克罗夫特气呼呼地说，但是他却没有看夏洛克或鲁弗斯的眼睛，夏洛克怀疑他可能没有说真话，"但是我们已经离题了。刚才我说到了道奇森，我已经写信给他了，寄到了他所在的牛津大学圣基督教会学院的办公室，他已经同意接收你作为一名特殊的学生。我跟你说，夏洛克，你真是非常特殊。我目前正在牛津给你寻找住处，很有可能是某个离牛津大学圣基督教会学院很近的像模像样的寄宿处。"

"在牛津，你会像在伦敦一样，继续派人跟踪我吗？"夏洛克问道。

"有这个必要吗？"迈克罗夫特反驳道。还不等夏洛克说任何话，鲁弗斯就说："那几乎是肯定的。"

铃声响了，中场休息结束了。

"我现在就要走了。"迈克罗夫特说，但是他却并没有起身，"或者，我会待在这里再点一杯干雪利酒。你们两个回去接着听那地狱余响吧。夏洛克，我近几天会给你送张字条，大致交代一下你接下来的住所，需要何时搬家，何时开始跟着导师上课。"

夏洛克刚想开口争辩几句，但是哥哥的一个眼神成功地让他把嘴闭上了。

一旦迈克罗夫特对某件事打定了主意，就没有让他做出改变的可能性了。

铃声再次响起，夏洛克和鲁弗斯回到音乐厅里。夏洛克回头瞥了一眼，迈克罗夫特仍旧坐在隔间里——确切地说是填充在里面——抿着他的雪利酒。就在夏洛克望向他那边的时候，一个穿着褪了色的夹克和一条很显然有些过短的裤子的男子走进了带飘窗的隔间，然后站在原地犹豫了一下。迈克罗夫特抬头看了一眼，冲他点了点头。那个男子从口袋里拿出一个信封，递了过去。迈克罗夫特从口袋里掏出一把小刀，划开信封。他取出里面的信，简要地读了一遍，然后叹了口气。夏洛克离得太远，听不到任何内容，但是他能从迈克罗夫特的口型分辨出他说的是什么："又是莫蒂默·马伯利的问题，真不知道他何以认为我能有办法！"

即使是在本应休息放松的晚间，他哥哥好像还是在工作，夏洛克心想。他扭过头来，然后摇了摇头。他很爱他的哥哥，但是同时也觉得哥哥让自己有些心烦。夏洛克长大了，可是迈克罗夫特依然把他当成孩子。

要说音乐会的下半场，从技巧和艺术性上来说，比上半场更棒，但是夏洛克没了刚才那般享受的兴致。他的思绪在不停地围绕着他哥哥刚刚说过的话以及他个人的未来打转。

他并不是很喜欢法纳姆——那个居民和善、风景怡人的小镇，他认为那里只是他人生中的一个驿站、一个站点，像那些马车队在乡间行进时半路歇脚的地方，乘客可以吃些东西，睡上一觉，然后继续旅程。至于伦敦，他虽然只在伦敦待了很短的时间，却已经被这里"俘虏"了。这座城市就好像一个人——有着自己的性格，自己的情绪，而且瞬息万变。他喜欢这里，如果真的可以的话，他希望自己未来一生都能在这里度过。

但是首先，他得去牛津。看起来，这似乎已经是不可避免的了。问题是，一切在迈克罗夫特的脑中像被碰倒的多米诺骨牌一样——在牛津住两年，听从查尔斯·道奇森的教导；然后再进入大学成为全日制的学生，获得某个毫无用处的学科的学位；然后进入某个政府部门或者大银行，谋得一份无聊的差事，然后……然后是什么？在海边某个地方退休？那可不是他为自己谋划的人生。

当然，他现在还没有自己的人生规划。此时此刻，他只是在随波逐流，试水，看看潮流会把他带向何方。在他心底，有一个模糊的想法，那就是他或许可以利用他的理性思维，以及从复杂问题中发现简单事实的能力，把它们用到某个全职的事业之中——但那到底是什么？类似警察那样的工作？或许，就像那些向他哥哥汇报的人那样，做个特工？

想到这里，他叹了口气。随着慢慢长大，他的人生也变得越来越复杂了。

他的思绪又自然而然地转到了弗吉尼亚·克罗身上。过去，他曾经以为，她和他会有某种共同的人生，虽然他从来都未敢想象，那样的人生本质到底是怎样的。当时他只是觉得，她会一直在他身旁，而他也会一直守着她，但是她现在人在美国，订了婚，很快就要嫁给别人；另外，还有她的父亲——那个人在两年的时间里教给夏洛克的东西，比他从小到大从别人那里学到的所有东西都多，现在，恐怕在教别人的儿子。看起来，人生对他有另外的安排。

夏洛克痛心地想，如果能知道人生给他的未来安排了怎样的计划，那该多好啊。

音乐会到了尾声。小提琴演奏家已经连续几次返场谢幕了，掌声依旧经久不息。鲁弗斯站起身，起劲儿地鼓掌。夏洛克也加入进来，但他的心思不在那里。关于牛津、大学文凭，还有银行的想法，不停地搅扰着他。他俩随着其他听众一起走出了剧院。路上，鲁弗斯转身面向夏洛克，伸出一只手。"晚安，夏洛克。"他说，然后又补充道，"不要因为你哥哥说的那些话而垂头丧气。他或许有他的计划，但你的人生还得你做主。听从你的心吧。"

"谢谢。"夏洛克答道，握了握鲁弗斯的手，"但是无论我选择去哪里，我都希望你能找到我。我长这么大没有交几个朋友，你是其中一个。"

鲁弗斯点了点头。"我也把你当朋友。"他笑道,"在牛津附近我也有几个朋友——好吧,说实话,我几乎在任何地方都有朋友。法纳姆一直都只是我在执行任务的时候居住的地方——不过我需要指出,这份工作已经变得远远超出了工作的概念。住在牛津,我会跟住在法纳姆一样自在——而且,我必须告诉你,在那里,你会有更好的机会听到更好的戏剧和音乐。要是你没过几天就在那里撞上我,可不要惊讶。"他把手抬到前额,行了个礼,"夏洛克,再会。不过在那之前,你要小心点儿,照顾好自己。"

说罢,鲁弗斯就消失在了人群里,夏洛克也转身离开了。可是,他只走了两步,后面就有个声音把他叫住了:"你们都说了些什么?"

是马蒂——马修·阿纳特。夏洛克不用看就知道是他。

"看起来你俩聊的话题很严肃。"他继续说,"好像是在说'别了,珍重'之类的,你不会又要去中国吧?"马蒂的语气很轻松,但夏洛克却能听出朋友的声音中隐藏着不安。马蒂曾告诉过夏洛克,他长这么大以来,不断地亲眼目睹朋友和家人相继离开。他一度认为自己会在孤独中度过余生。

"是迈克罗夫特。"夏洛克爽快地承认道,"他给我做了些安排,他想让我去牛津。"

两人之间出现了暂时的沉默。夏洛克不敢直视马蒂的脸。过去几年来,他跟这个男孩儿经常在一起,后来由于突如其来的中国之行,他俩分开了好长时间。再后来,他俩在爱尔兰再次相遇,两人的关系重新变得很密切。在伦敦待了几个星期之后,两人的关系更好了。所以,此时此刻,他拿不准马蒂是否愿意再次离开熟悉的地方,去他乡漂泊。

但是马蒂接下来的话让他很惊讶。

马蒂说："牛津挺好的。你可以乘船到那儿，一路顺着泰晤士河上行就好了。我以前去过那里，不赖，好多公子哥儿常在河边野餐，完了在草地上丢下一大堆吃了一半的东西，很多心不在焉的大学老师也常这么干。对我这样的人来说，这些东西根本就吃不到。就连那里的天鹅，吃得都比伦敦的有些人还好。"

"你会跟我一起？"夏洛克终于抬眼望着马蒂，问道。

马蒂笑了。"为什么不？"他说，"这座城市对我来说太大了，市场里的摊贩又太精明。每次想弄点儿像样的吃的，都得被他们追得到处跑。咱们什么时候出发？"

"很快吧，我想。"夏洛克说。

"那真是太好了。我所有的家什都在船上。哈罗德早就心痒想动弹动弹了。它可不像我的那匹老马艾伯特，只喜欢站在一个地方不动弹，一直吃草，一直就这么吃下去。哈罗德就喜欢到处走。"

"你能划着那艘船沿着泰晤士河到牛津吗？"夏洛克问道，"毕竟，那可是条大河啊，不是普通的小运河。"

马蒂点点头："可以的，泰晤士河是挺宽的，有些不好对付——不是在河里行船的时候不好对付，而是当需要进入牛津运河的时候，得费些力气。让我想想，或许咱们最好是直行到大汇流运河，到头之后再拐进牛津运河，这样就是从北边进入牛津，而不是从南边。"

"我觉得这主意不错。"夏洛克看着马蒂的眼睛，"嗯，你真的想要一起去那里吗？可别是觉得我需要有人照顾才决定这么做。"

马蒂点点头。"我是当真的。"他看起来似乎有很多话要说，不过他扭头看向了别处，似乎突然间感到有些尴尬，"不过，那也得是你愿意我跟去。我是说，如果你更愿意一个人独来独往……"

"不！"夏洛克坚决地说，"有时候我或许是更愿意一个人待着，但是这一次我真的需要有个朋友跟我同行。再说了，我并没有很多能和我同去的朋友。"

"那恐怕就得是我了。"马蒂脸上露出夸张的笑容说。

"恐怕就得是你了。"夏洛克回应道。

"而且……"马蒂吞吞吐吐地说。

"而且什么？"

"好吧，我不想说出来。不怎么好听。"

"不好听也得说。"

"嗯，我猜想，在牛津就不用老碰到你哥了。"

听了这话，夏洛克想了一会儿。要想让迈克罗夫特离开伦敦，恐怕会越来越难。其实，想让迈克罗夫特离开第欧根尼俱乐部就已经越来越难了。他对旅行总是推三阻四的，这跟他的体积有明显的关联。"我觉得，"夏洛克回答道，"在牛津，迈克罗夫特恐怕不会像在伦敦这样，有那么多时间跟咱们在一起。"

"那就好。"说这话的时候，马蒂的眼睛没有看夏洛克，"倒不是我不喜欢他，我——我是觉得他不大喜欢我。而且，他总是不停地想要教我东西，像是读书啦、写字啦什么的。我不需要那些。"

夏洛克想起了大约一小时前，他跟哥哥争论说，他不需要学习那些已死的语言和旧书的时候，哥哥跟他说的一番话。那会儿他所说的话，不就是马蒂刚刚说的话的翻版吗？只不过是说得更冠冕堂皇一些罢了。或许，他不应该对那些他允许进入自己大脑的知识那么挑剔。

他摇了摇头，试图摆脱这个不舒服的想法。

"好啦，咱们去搞点儿吃的吧。"他换了个话题，"你说我该去哪里？"

"城里的市场现在已经关门了，一定会有很多馅饼呀、苹果呀什么的剩在那里。"

"剩在那里？"夏洛克满腹狐疑。

"好吧，摊主转过身去的时候，在我看来，我是在帮他们的忙。如果不是我把食物拿走，他们就必须再把它们运回家里，然后第二天再运回市场，那些吃的东西很有可能在晚上就变质了，然后就会有人因为吃了这些东西而闹肚子。"

"你说得对。"夏洛克说，"咱们其实是在提供一种公共服务。"他拍了拍马蒂的肩膀，"走吧，路上你可以多跟我讲讲关于牛津的事。"

第二章

... Chapter 2

　　五天后，他们动身离开伦敦。迈克罗夫特已经给他的朋友查尔斯·路特维奇·道奇森写了信，而且也收到了对方的回信。一天，在吃午饭的时候，他把回信拿给了夏洛克看。信上写道：

亲爱的迈克罗夫特：

　　谢谢你写信给我。这段时间，我恰好身体康健，诸事顺遂。我相信你那边的情况一定也一样。虽然我从来没有在报纸上看到过你的名字，但我可以肯定，不论你从事什么领域的工作，一定都很有成就。在我记忆中，你我在牛津一起度过的时光，都是一些美好的记忆。只不过你现在已经进入了一个更广阔的世界。至于我嘛，或许你也已听说了，游荡在各种不同的世界中——只不过那仅仅是在我想象的世界里。我的世界中有数学的世界、奇幻的世界，都要比平淡沉闷的现实生活更好些。

　　我当然非常乐意指导你弟弟夏洛克学习逻辑学。回想起来，我曾经非常羡慕你，因为你仅有一个弟兄，而我却有十个，并且要记住他们每一个人的生日。我还记得，你在这里的时候常常提起夏洛克。而且你提起他的时候，经常是既自豪又无奈，尤其是那一次，夏季学期开始的时候，你从家里返回牛津时，他把一只活蟾蜍藏在了你的行李箱里；还有一次，他模仿你的笔迹，重新抄写了你假期完成的论文，却把研究结论改成只有疯子才懂的话。我至今仍能清楚地记起你在课堂上大声朗读那篇论文的情景，当时，你越读心里越慌，因为你慢慢发觉那跟你记忆中自己所写的根本不是一回事！我们当时真是都笑翻了！当然，我不能保证夏洛克可以被圣基督教会学院或这里其他的任何学院录取——这完全取决于他自己的能力和态度。不过，他既然姓福尔摩斯，再加上我对他的推荐，他还是会有很大的概率成功的。

我先自作主张，把他的住宿事宜托付给了一位和蔼的女房东——埃德蒙顿新月街 36 号的麦克科里瑞太太，她的家就在这所学院附近。夏洛克会有一间自己的房间，每星期的花费是一个先令，另外麦克科里瑞太太会提供两餐——早餐和晚餐。我相信这些条件你都可以接受。我过去也曾在她那里租住过一段时间。她特别爱干净，家里的清洁程度无可指摘，另外，她做的桃肉馅饼是烹饪比赛里绝对的赢家，而且她的牛排布丁也非常完美。

我期待在不久的将来，夏洛克本人能出现在我学院的办公室里。也期望你可以经常来探望他，这样我们也可以重叙友情。

你永远的

查尔斯

迈克罗夫特从夏洛克手里拿回那封信的时候，只是淡淡地说："我都忘了那只蟾蜍的事了。"

"它后来怎么样了？"夏洛克一脸无辜地问道。

"它后来变成了学院里的宠物。"他的哥哥回答道，"直到后来，它遇到一个学长的狗，发生了一件不幸的意外。"

"它被吃掉了？"夏洛克惊愕地问。他并不想对那个小生物造成任何伤害。

"没有，那条狗想要吞下它，却被卡住了。学长把它从狗的喉咙里拽了出来，盛怒之下把它扔进了河里。他的火显然发错了地方，因为蟾蜍到了水里倒是舒服至极。我想，它一定比在学院里待着更开心。而且肯定比那条狗开心，那之后，那条狗吃任何东西的时候，都会认真地、翻来覆去检查好几遍。"

迈克罗夫特提出给夏洛克买火车票，让他坐火车去牛津，但是夏洛克想起了他跟马蒂说的话，就谢绝了。他更愿意乘船慢行，跟好友在一起，一路好好欣赏沿途景观。当他把这些跟迈克罗夫特解释之后，他的哥哥一脸不屑的表情，咕哝道："太不文明，太不舒适了。"

离开伦敦之前，夏洛克拿出最后的一天重游了那些他最喜爱的地点：泰晤士河上的桥、查令十字街的书店、伦敦动物园，还有人声喧闹的帕丁顿火车站。他会想念伦敦的。他会非常想念它的，而且，当他从车站出来，走在贝克街上的时候，他对自己发誓，有朝一日他一定会回来，并且在这里定居。

出发那天，夏洛克带上了自己仅有的几件物品：几件衣服、小提琴，还有几本书，然后在卡姆登船闸跟马蒂碰面了。出发的时候，两个人都一言不发。马蒂非常清楚，他的朋友此刻心情一定很复杂。马蒂反倒更开心一些。在许多方面，马蒂都跟迈克罗夫特完全相反。他很瘦，迈克罗夫特很胖；他遇事更多凭直觉，而迈克罗夫特特别理性；更重要的是，他一刻都不闲着，充满活力，而迈克罗夫特却懒得动弹。他俩唯一的相似点就是对美食的喜爱。

马蒂的那匹叫哈罗德的马稳稳地走在拉纤的路上，慢慢地拉着行驶在大汇流运河上的小船。马蒂站在船尾，小心地掌着舵，要保证既不让船贴到河岸上，又不让它驶向运河的中心，因为那样会把哈罗德拉入浅水里。夏洛克盘腿坐在船头，观察着障碍物和水道，同时任由自己的思绪飘来飘去。他们经过了一片又一片的田地和森林，道路与河流。每当有船只从对面驶来，通常都是载着煤炭或木材，或是金属管子之类的货物，夏洛克都会抬手将手指放在额前示意，对面船上的人也会做同样的动作。每当他们来到一个船闸的时候——这是一种用挡水的门包围起来的一块水道，可以让运河的水位上升或下降到跟旁边地形相匹配的高度——夏洛克就会从船上跳下来，让哈罗德停下，然后使劲儿关死第一个木闸门，而这时马蒂会小心翼翼地操着船，然后他再打开第二个木闸门，让水从另一边灌入闸道，使里面的水位上涨，让船升到下一段河道的高度。就在他忙不迭地打开和关闭闸门，卷动金属绞车的时候，夏洛克禁不住对这套设计中所蕴含的创造性惊叹不已。人类的智慧真是不可思议，竟然能够造出这么复杂、有用又聪明的东西。

他俩饿了就吃饭——或是从农场买来食物，或是在经过的酒馆里解决。等到天太黑了，继续行船不安全的时候，就停下睡觉。如果走陆路乘火车，就会计算经过了多少小镇和村庄，以此来估算他们走过的路程。但是由于他们是沿着河流行进，夏洛克发现自己在不断记录着所经过的船闸，还有他们经过的其他支流等。有些船闸在他脑海里留下了深刻的记忆，这包括布莱克·杰克船闸、铁桥船闸、圣母堂船闸，以及莫斯波恩河、巴尔波内河和切斯河上的船闸。他记得只经过一个较大的居民聚居区，叫作艾尔斯伯里镇，他俩在那里停留了一天，四处逛了逛，买了些奶酪和派。

最后，他们终于出了大汇流运河，驶入了牛津运河。

"这条运河连接着牛津和剑桥。"正当他们吃力地控制自己的船进入运河的岔道的时候，马蒂在船尾喊道，"有的学生被其中的一所给踢出来，就会到另一所学校碰碰运气。或许有一天，你也要走这条路！"

"我会记住的。"夏洛克简洁地回答道。

他们现在距离牛津越来越近了，夏洛克也越来越发现这里的人似乎更加富有——这里的房子更大，而且是用从很远的地方运来的石头砌成的，而不是当地开采的粗糙石头。人们穿的衣服，布料也更好，慢慢地，戴草帽的船夫比戴扁帽的多了起来。

有一天黄昏时分，他们经过的一所房子，引起了夏洛克的特别注意。在残阳的照耀之下，这所房子发出一种可怕的赤红色的光芒。屋顶边缘有许多尖锐的装饰物，像刺向漆黑天空的利齿。这个建筑的结构也有点非同寻常——它的两翼的厢房连接到房屋主体的方式，还有就是在用不同颜色的石头砌起来形成的用来区分楼层的线，让他感到不安，甚至有眩晕的感觉。没有任何两条线看起来是平行的，没有任何一个角度形成直角，这些特点让这房子给人一种奇怪、畸形的感觉。但它看起来并不是摇摇欲坠的样子。它似乎是故意被建成这个样子的，而且建的时候使用了夏洛克在学校里从没学过的几何学原理。另外窗户的开口也很怪，那些窗户洞都黑漆漆、空荡荡的，让他想到有无数只眼睛正向下无情地盯着他，打量着他，寻找他的弱点。

他振作了一下。他在河上可能是航行得太久都没有受到任何搅扰了。而且，此刻他肚子很饿了。他的想象力——一般是他思想中最安静的部分——此刻疯狂地运行起来。

"看到那个地方了吗？"马蒂叫道。

"看到了。"夏洛克说，声音比自己希望的还要小一些。就好像他不希望那房子能听到他们说话一样。

"是不是很诡异？"

"对。"他觉得，自己的回答越简短、越直接越好，避免引起任何注意，"这只是一所没设计好的房子。"他尖锐地说，"没有什么好担心的。"

"哈罗德不喜欢它。"马蒂指出道。确实，他的马一直都在试图躲避这所房子，把船上牵着它的绳子扯得远远的。马蒂必须使劲儿地让船往运河中间走，不然就会被马给拉到岸上。

他们的船依然向前行驶，渐渐远离了这所宅子那充满恶意的目光。船行驶过去后，夏洛克还忍不住回头看向那所宅子。那个建筑看起来好像在跟着他们一起移动，正面的墙壁一直面对着他们，黑洞洞的窗口也一直定睛注视着他们。正当他要转移视线的时候，落日的余光照亮了屋脊上的一个身影，跟烟囱和墙面上雕刻的装饰图很不一样。不论是谁看过去，都会说那是一个石像鬼，是用石头雕刻的魔鬼，高高立在那里，俯瞰房子周围的庭院，但是一般人不会只用一个石像鬼来装饰房子的，更何况，为什么要把它安放在房顶上？一般教堂里会有石像鬼，但几乎都是一群，而不是只有一个。它们不是下雨天用来喷水的吗？谁会把单单的一个喷水物放在屋顶上？

就在夏洛克脑子里思前想后的时候，屋顶上那个巨大的身影也在动弹。它移到了另一边，这时，突然吹来一阵强风，它伸出右臂，抓住了烟囱的边沿，稳定住身子。这股风也在运河水中掀起了一阵波浪，拍打在船的一侧。那个身影看起来有七英尺①高，胸口厚实得像大木桶，头上光秃秃的，而且一点儿也不光滑，特别凹凸不平。它的手臂看起来也有些过长。刹那间，夏洛克感到了一种无法形容的恐惧袭上心头。他接着眨了一下眼，那个身影就突然消失不见了。屋檐上只剩下烟囱和那些凹凸不平的装饰。

一定是光影使出的障眼法，一定是的。他深深吸了口气，这时才突然发现，自己刚才有好一段时间，完全屏住了呼吸。

"你有没有……"他朝马蒂喊了一声，可是马上又把后面想说的话咽了下去。

---

① 1 英尺 =30.48 厘米，下同。

“我什么？”马蒂问道。

“没什么。”

“咱们要不要在这里停下来过夜？天要黑了。这里还有些香肠和奶酪。”

“再走半个来钟头吧。”夏洛克又回头看了一眼那房子，“咱们还是再多走一段路吧。”

“你是头儿，听你的。”马蒂乐呵呵地说，然后又小声地说，“虽然船和马是我的。”

他们继续行驶，直到那所房子已经远离了视线，而且哈罗德也平静了许多。他们停了下来，把船拴好过夜。天空万里无云，点缀着点点星光，他们俩躺在船的甲板上，吃着船上的食物，而哈罗德则在岸边大嚼青草。他们好像说了好多好多话，却又似乎什么也没说，因为他们谈论的好多事情，不管是重要的还是琐碎的，都搅和到了一起。

夏洛克欲言又止，透露出他在牛津的学业结束之后，他想再搬回伦敦居住，或许可以去警察局工作。而马蒂也第一次说起了他的梦想，说他要找一个女孩儿，两个人结婚，要有一个大家庭。然后他们就在甲板上睡着了，夏洛克不知道自己有没有做梦，即使做了的话，他也不记得梦到什么了。

第二天，两人来到了牛津。

他们把船拴在郊外，然后步行进城。刚来到市中心，夏洛克就立刻爱上了这个地方。这里有几所学院，其中自然有圣基督教会学院，此外还有巴利奥学院、耶稣学院、默顿学院，以及许多其他的学院，它们散落在城市的各个地方，就好像梅子树上的梅子一样点缀着这个小城。城里有店铺、酒馆、住家，也有一些政府机构的建筑、商铺之类的。但是那些大学的建筑，都是些气势恢宏的石头建的古老建筑，它们一个个像用围墙围起来的中世纪独立小镇。穿着黑色长袍，戴着黑色扁帽的学生到处都是：有的在走路，有的骑自行车，还有一些站成一群聊着天。夏洛克发现，一般学生只是待在自己的小圈子里，而城镇的居民不大跟他们说话。也就是说，学生和居民不大混在一起。他把这个现象记在了脑子里，准备回头再仔细琢磨其中的缘由。

夏洛克凭着记忆中查尔斯·路特维奇·道奇森信上所留的地址，很快就找到了他要住的那所房子，就在牛津大学圣基督教会学院的拐角。新月街 36 号是座石砌的三层小楼，周围的房子也都和它差不多。房子没有什么特别的，只不过外面的石阶擦洗得异常干净，窗户也闪闪发光。麦克科里瑞太太显然是一个为自己的房子而感到自豪的人。

"你现在想干什么？"马蒂问道。

夏洛克思量了一下："我想吃些午饭，然后我想返回船上取我的东西。恐怕，我得要架马车，这样才能把东西都搬来。即使有你帮忙，也没法徒手把它们都搬来。可是雇架马车又很贵。"

"马车的事儿不用担心。"马蒂神秘兮兮地说，"我会办好的。你就负责给我弄些吃的吧。"

他们坐在泰晤士河的支流伊西斯河边，吃了些东西。这一次，他没去商铺的摊位上或是柜台上偷东西，而是花了些夏洛克的哥哥给的钱，买了些面包卷，里面夹上煎猪肉，还买了几瓶柠檬水。各式各样的小船在河面驶过，就像头顶飘过的云彩。

回到船上之后，夏洛克从船上把他的物品搬到岸边，而马蒂则跑出去干了些神秘的勾当。他回来的时候牵着自己的马儿哈罗德，马儿身后则拉着一辆大车，马车上还装着稻草。显然，他是向附近的某个农夫或是工人借来的。

夏洛克只希望车的主人知道车是被人借用的。

"来装车吧。"马蒂兴奋地叫着。

"牛津的大多数大学生恐怕不会用这种方式进城吧。"夏洛克说，"即使是那些来这里只是预备读大学的人，也不会这样。"

"嗯，那也没什么。"马蒂说，"你跟别人不一样。"

"你的这个说法倒是新鲜。"夏洛克承认道。接下来的一个多小时的时间，他俩安安稳稳地坐在车夫的位置上，驾着马车穿过城镇。夏洛克的行李则搭在车上，仿佛随时都有可能掉到地上。有好几次，夏洛克不得不赶紧伸过手去，抓住自己的某个行李箱，防止它滑落到路上。

到了埃德蒙顿新月街之后，马蒂帮着夏洛克把东西搬下来。"嗯，"他快活地说，"那就这样了。咱们回头见。"

"或许你可以进来，看一眼我住的地方。"夏洛克说。

马蒂低头看了一眼自己身上邋遢的衣服，还有脏兮兮的双手："我不知道合不合适。这里的人对请谁进家都很挑剔的。我觉得自己不大适合这里。"

夏洛克正想跟他争论一下，有个声音打断了他们："你就是福尔摩斯少爷吧？"

他扭过头，看见一个身材壮硕，穿着黑裙的女士。她正站在 36 号门口的台阶上，朝下看着他们。她的头发是灰色的，眼睛是淡蓝色的，虽然看上去有些气势汹汹，但是她的双眼却露出友善的笑容，让她显得没那么咄咄逼人。

"是的，是我。"他说，"我的朋友只是——"

"快进来吧，到客厅里来，你俩都进来。我会沏一壶茶。你们要是饿了的话，这里还有松饼、果酱，还有奶油。"

"其实……"

"我们都要饿死了。"马蒂打断了夏洛克，抢着说。

"那么好吧，进来歇歇吧。我可不能眼睁睁看着小孩子在大街上挨饿不去管。邻居们会怎么想？"

夏洛克指了指他的包裹和箱子："这些东西……"

"我会让我的几个男孩子来搬它们。"她说，"我说的'我的男孩子'，是给我帮忙的一些男孩儿，平常就在家里帮我搬搬煤、擦擦皮鞋什么的。还有一些男孩子，他们是住在这里的学生，就像你一样。另外还有五个壮实的男孩儿，是我过世的丈夫留下的，但是他们现在都在英格兰南部。"

"听到关于您丈夫的事，真的很抱歉。"夏洛克说，这下他似乎知道她为什么穿着黑色的衣服了——她应该是还在服丧，"他是什么时候过世的？"

"到下个月正好三十五年。"她说，"好啦，进来吧。你们站在那里，整条街看起来都邋邋遢遢的了。要是说真有什么事儿我受不了的话，那就是邋遢。"说罢，她又想了想，"还有吉卜赛人和狗。"

夏洛克看了一眼马蒂，扬起了一条眉毛。马蒂也看着他，脸上的表情有些难以捉摸。"我想你进来挺合适的。"他小声说。

他们爬上台阶，走到门口，然后进了屋子。这里恐怕是夏洛克在陆地上见过的最整洁的地方了。他过去曾经在船上住过。在船上，所有的东西都要收拾起来，不然，遇上大风浪，东西就会滚得到处都是，甚至会摔坏。但是这一次，是他第一次看到同样的原理被运用到陆地上来。

"您的丈夫以前是位水手吧？"他有些冒昧地问道。

"没错，是这样的。"麦克科里瑞太太正站在他们身后，"你是怎么知道的？是这幅画吗？"她指的是墙上的一个装了框的素描，上面画的是一个满脸胡子的男子，穿着制服，双臂抱着。男子的眉毛很浓，眼睛正盯着旁边的瞭望员。

"嗯，是的。"他回答道。

"你俩别拘束。我去把茶端来。"

"还有松饼。"马蒂说，这时他已经坐到了一把舒服的沙发上。"我喜欢这里。"他向后倚着，沙发背上的花边遮在了他脸上。他用手拨拉开了。"这是什么玩意儿？"他说着，拿起带花边的东西端详起来。

"这是沙发巾。"夏洛克耐心地解释。

"在家里要这玩意儿干吗？"

"它可以防止男士头上的头油把沙发布给染了。"

"哦。"随之而来是短暂的沉默，"那头油又是什么玩意儿？就像点油灯用的那种油吗？"

"不是，它是抹在头发上的。它可以滋养头发，让头发更容易梳。是用椰子油和依兰油做的。"

马蒂伸手捋了一下自己乱蓬蓬的头发："哦。我需要用这东西吗？"

"我觉得不用。我真的觉得不用。你吃的热乎乎馅饼上的油脂，看起来对你的头发就起了很好的保养作用了。"

马蒂在空气里闻了闻："我猜你说得没错。"

夏洛克看了看四周。周围并没有什么值得看的——墙上只有几幅肖像画，烧着火的壁炉旁还有一只打瞌睡的黄色的猫咪，除此以外，房间里空空荡荡的——没有其他的装饰品或奇特的小物件，能帮助夏洛克判断麦克科里瑞太太的性格。当然了，他现在对于她的性格已经有一套自己的意见了。

他走到火炉旁，弯下腰摸了摸那只猫——他想，最好还是马上就开始交些朋友吧。他的手在猫咪的背上滑了一圈，从它的头顶一直抚摩到尾巴。可是，它看起来好像完全不在意。其实，它看起来似乎根本就没有感觉到。很可能，它是睡着了，可是它似乎又没在呼吸：它的两侧一动不动，没有喘气所产生的起伏。夏洛克贴过去听一下，没有听到任何打呼噜的声音，他发现，它浑身冰冷。

或许这猫已经死了。他刚住进来，就得告诉麦克科里瑞太太她的猫死了，这可太糟糕了。

他把手又小心地放回到猫的背上。没有反应。他又用力摸了摸。

这只猫非常僵硬，硬得有些奇怪。

或许它已经发生了尸僵——一种死后几小时内肌肉变得僵硬的现象。

他又使了使劲儿，猫身上的肌肉没有任何下陷的感觉。它像石头一样又硬又冷。

"是个标本。"他身子稍稍后退了一下，惊讶地说。

"什么？"

"这只猫——我想它是个标本。"

"嗯……"马蒂开口说，可是还不等他说出什么，麦克科里瑞太太已经站在了门口，手里拿着托盘。她把托盘放在马蒂身旁的小矮桌上，然后转头看向夏洛克，说："哦，看来你已经见过马卡利斯塔尔了？"

"马卡利斯塔尔？"夏洛克看了一眼那只猫，"是的——我们已经互相自我介绍过了。"

"这可怜的小东西，它去年冬天死的。那天冷得厉害，有天大清早，我在门前的台阶上见到了它，已经被冻成冰块了。"

夏洛克又重新看了一眼那只猫。它现在不会是冻僵的吧？在这堆炭火旁，肯定不会的。

"所以你就把它做成了标本？"他平静地问道。

"这样它就能永远跟我在一起了，蜷缩在它最喜爱的地方。"她直起了身子，指了指托盘中的东西。上面摆着茶水，还有松饼、果酱和奶油，"随便吃点儿吧，不要那么拘谨地站着。我过一会儿再来带你去看看你的房间，福尔摩斯先生。"

说罢，她转身走了出去。

房间里出现了一阵短暂的沉默。

"我在想，她对她的丈夫是不是做了什么。"马蒂终于说，"我要是你，一定不会去这所房子的地窖，尤其是在晚上。"

"或许她以前所有的房客都还在这房子里。"夏洛克用低沉的声音说，"全都舒适地蜷缩在他们最喜爱的地方。"

马蒂满腹狐疑地看了看托盘，然后看了看夏洛克："你要不要先尝一尝这茶和松饼？"

突然，夏洛克笑起来。这实在是太可笑了。"她可不是杀人狂魔。"他说，"她只是一个女人，很爱她的丈夫，还有那只猫咪。这些都不违法。这茶也不是毒茶，当然松饼也不会是毒松饼。好了，咱们开吃吧。"

于是他们就吃了起来。松饼实在是太好吃了——非常松脆，而且还是热的。马蒂吃了两块儿松饼，喝了一杯茶之后，决定要走了。他离开后，夏洛克在客厅坐了一会儿，心里随便想着一些杂事。

"我带你去看看你的房间吧。"麦克科里瑞太太说，她已经来到了门口，"哇，你跟你的那个朋友肯定非常喜爱我做的松饼。"

"松饼真是太好吃了。"他说着，跟她走出房间，上了楼梯。

"那些果酱是我自己做的。"她说，"你肯定猜不出我是用什么水果做的。"

"冬青浆果？"他天真地问道。

"噢，不是的。"她说，摇了摇头，"那东西是有毒的！我用的是红醋栗。"

夏洛克的房间在三楼。房间很小，但很舒适，摆着一张床，看起来也很舒服，另外还有一张可以学习的书桌。屋里还有一个沙发，他可以坐在上面休息或是读读书，另外还有一个衣柜。再有，就是一个放在盆架上的瓷水盆。这些就是屋子里的全部陈设了。他的行李箱都放在窗户下面的墙边。

"往下走一截楼梯有厕所。"麦克科里瑞太太说，"对了，早晨的时候，学生们可能都得去上课，厕所需要排队。我从道奇森先生那里知道，你会去他的办公室上课，而不是学大学里的课程，那么你可以等到所有人都用过了再用。"

"我会的。"他说，"除非我起得很早，比所有人都早。"

"洗澡后不要把污垢留在浴盆的周围。"她继续说，"还有，要是刮胡子，不要在水槽旁留下胡子碴。除了上面的这些以外，我其实并没有其他的规定。当然，还有除了一些比较笼统的规定，比如要学会容忍、要安静、要时刻保持清醒等外，还有无论在任何情况下，都不许带女士来房间。"

听到这话，突然之间，一种既痛苦又甜蜜的有关弗吉尼亚的回忆从夏洛克的脑子里闪过。"不会的，"他说，"这不是问题。"

"今天以及以后每天的晚餐，都是在七点钟。每天早餐也是在七点钟。除了这些，其他你可以自由安排。"她停顿了一下，想了想，"不过，我不允许在卧室里吃东西。"

"没问题。"

"厕所里也不允许。我之所以这么说，是因为几年前有个大学生，由于知道卧室里不允许吃东西，就利用这个漏洞，把馅饼偷偷拿到厕所里去吃。那些大学生总是这样——他们总是会找个迂回的办法绕过规定。"

夏洛克回想起了自己曾经不止一次装作从字面上遵循某个规定，本质上却违背它。善于逻辑思考的人就是有这本事——总是能找到迂回的办法。

"我不会在厕所里吃东西。"他承诺道。

麦克科里瑞太太点头。"今晚有黑线鳕鱼，"她此刻轻松地说，"而且我自己做了一些特殊的调味汁。"

"太好了！"

等她离开房间，夏洛克走到窗前，向外望去。他的房间位于整座房子靠后面的位置，他站在这里可以看到这所房子以及邻居的花园。再远一些，是紧挨着一条道路上的房子的花园，然后是那条路上的房子。他刚才从路上经过的时候，记住了自己这条街的房子的模样，他觉得对面那些房子的后院看起来，似乎没有他刚才见到的房子的正面收拾得好。他想，这恐怕是人类的天性吧，把人人都能看到的地方打扫得干干净净，平时看不到的地方就马马虎虎了。

从对面房子的屋顶再往外看去，他看到一所学院的教堂尖塔耸立的塔尖，直接插进蓝色的天空。他考虑了一下塔尖相对自己所在房子的方位，觉得那个应该就是牛津大学的圣基督教会学院的教堂。明天他就要去那所学院，向查尔斯·道奇森做自我介绍。夏洛克不知道对方会是怎样的一个人。鉴于他写过童话故事，另外也根据他回复迈克罗夫特时写信的风格，夏洛克想象他是一个崇尚自由的人，他可能一直都想成为——或者早就是——无论身处何种情境都充满乐趣、与众不同的人。但是，这些特点跟他身为世界上最知名的大学里的逻辑学讲师的身份，似乎很难调和。

他想，明天一定会非常有意思。

这时他想起了哥哥，同时也想起来该给哥哥写一封信，让他放心，他已经安全到达牛津了。他于是就写起信来，写完之后封好，放在了一边，准备第二天寄出去。这时，他看了看表，离晚餐还有好几个小时。他不想再出去逛了，就躺在床上，闭上了眼睛，准备休息一下。有片刻的工夫，由于外面不时传来动静，他游荡在睡眠的边缘，没有睡死。不过最终，他还是睡着了，而且还做了一个梦。梦中他围着餐桌，跟其他房客一起吃晚餐。那些人都是和他一般大的男生，他们都被做成了标本，涂上了油漆。醒来时，他发现天已经黑了。摆脱掉最后一点儿残梦，他从床上起来，整理了一下行李，在脸盆里用凉水洗了一把脸，换了身衣服，下楼去吃饭。

第三章

晚餐有些出乎他的意料，竟然相当有趣。桌子周围有五个人——除了夏洛克之外，其他四个都是圣基督教会学院的学生。最初，他觉得自己好像落了单，有些局促。主要是自己年龄更小，比别人的经验少，但是他很快就意识到，他做过的各种各样的事情，让他在其他几个人的眼中成了名人。不只是到过俄罗斯、美国和中国这样的事让大家大开眼界，就连生活在伦敦这样简单的事儿也挺让大家羡慕。大伙儿认为，他的这些事迹就是成熟的表现。随着晚餐的进行，他发现，身边几个人问的问题越来越多，这些问题越来越难以回答，一不留神就会涉及迈克罗夫特在英国政府的敏感职位，以及帕拉多尔会团的阴谋。他不得不借助于各种计谋，把话题推回到其他人身上，好更多地了解他们。

托马斯·米勒德长得胖乎乎的，戴着厚厚的眼镜，头发稀疏。他学的是神学，想成为像他父亲和祖父那样的牧师。他说话的方式让人觉得他好像总是在给人布道，甚至让夏洛克帮忙递过调料盒的时候也是这种语气。马萨库马尔·维加亚拉哈文是印度男孩儿，个头儿不高，黑头发、黑眼睛，很少说话，总是很认真地倾听别人说话。他学的是数学。雷金纳德·马斯格雷夫个子高高的，学化学，大部分时间都在跟坐在身边的人讨论板球。他旁边那位是保罗·奇彭纳姆，学的是自然科学。对于夏洛克还没有真的入学成为大学生，他们似乎都不介意。

正如主人所说的，主菜是黑线鳕鱼加土豆和豆角。此外，前餐有咖喱肉汤，很辛辣，让维加亚拉哈文惊讶得眉毛一扬。

"是不是让你想起了印度？"马斯格雷夫问道。

"一点儿也不。"维加亚拉哈文回答。夏洛克怀疑自己是这里唯一听出马斯格雷夫的话语中略带讽刺的人。

夏洛克稍后试图把话题扯到查尔斯·道奇森身上，好了解一下这个人，为第二天的会面做准备。结果他发现，提起道奇森，其他四个人的眉毛都扬了起来，相互看了看，似乎对这个人都饶有兴趣。维加亚拉哈文是唯一开口说话的人，可是他也只是喃喃地说："他是一个有趣的人。非常，非常聪明。非常，非常奇怪。"

"对了，你们听说了没有？"马斯格雷夫激动地说，"上周警察找他问话了。"

其他人都摇摇头。

"是关于什么呢？"奇彭纳姆问道。

"是关于一些盗窃案的，但是关键问题在这里——那些被盗的东西是人的身体的某个部位，是从太平间被偷走的！"

"什么是'太平间'？"维加亚拉哈文小声地问，"我不知道这个词儿。"

"这是人们死后，存放尸体的地方。"马斯格雷夫解释道。

奇彭纳姆补充说："但是，只有当人们是因为一些不寻常的方式死去的时候，尸体才会被停放在那儿——无论是谋杀，或是由于某种疾病，还是因为某个可能需要调查的事故。验尸的医生会切开死者的身体，检查体内的器官，以确定他的死因，好记录下来。不然的话，如果死亡的原因显而易见，人们就会收拾一下，把尸体放入棺材，放置一会儿，让家人守灵，并且跟死者道别。然后，尸体就会被埋葬。"他冲米勒德点点头，"之所以要放在棺材里埋葬，是因为亲属可能期待死者会在未来复活，并获得永生。"

"我想，"夏洛克此刻想起了谢林福德伯父所写的散播到英国和海外各地的那些布道词，"人似乎或者直奔天堂，或者直奔地狱。我以前不知道，他们还要等待所谓的复活。要是复活了，他们怎么从自己的棺材里出来？毕竟，那时候棺材已经埋在六英尺深的地下了。这一切似乎有点乱啊，对不对？"

米勒德的脸上露出了惊慌的样子。他的目光扫视了餐厅一周，试图从神学角度想出某种解释，却没成功。

夏洛克的思绪并没有完全沉浸在复活的事儿上——要是数百万死去的人从埋在土里的棺材里爬出来，这种事儿光是想想就挺恐怖的——他其实仍然在想查尔斯·道奇森，以及他和这些怪异的盗窃案的联系。"警察为什么会询问道奇森？"他问，"我的意思是，他只是一个数学家和教师，又不是验尸官或是医生。他跟这样的案子能有什么联系？"

"哦，这就是最有趣的部分了。"马斯格雷夫解释说，"道奇森是牛津这个地方众所周知的摄影爱好者——他利用光和化学材料以及玻璃等，捕捉场景或人物的图像。显然，他除了给这里的河、学院的建筑，以及他的朋友拍照以外，还给尸体拍照。"

"为什么？"夏洛克问道，同时察觉到身边的维加亚拉哈文又打了一个寒战。

"他跟警方说，他对于人体的工作方式很感兴趣，他想记录下这些信息，也许有助于牛津大学的解剖学的教学工作。"

"就好像真有人用得着似的。"奇彭纳姆对此嗤之以鼻，"达·芬奇在 350 年前就已经把人体运动的各个方面都画下来了，对此已经无须再研究了。"

至此，关于查尔斯·道奇森的讨论也就结束了。

甜点之后，他们来到了客厅，在这里小酌一点雪利酒。咖啡也端上来了，奇彭纳姆又从他的房间里拿出来一瓶波尔图红酒，他们都用小玻璃杯喝。

马斯格雷夫指了指蜷缩在壁炉旁的猫咪标本："我想，你已经见过麦克科里瑞太太了吧？"他问夏洛克。

"见过了。这里面有什么故事没有？"

"那是在我来之前的事儿啦。但是显然，麦克科里瑞太太特别爱那只猫。她过去每天晚上都要给那只猫做好吃的，而且有人说，那只猫吃得比这里住的任何一个学生都好。它死了之后，麦克科里瑞太太痛不欲生。她饭也不做，房间也不打扫，一个人待在屋里不出来。当时，有个住在这里的学生是学习解剖的，并且是位业余的动物标本制作者。无奈之下，他主动提出可以帮她把那只猫做成标本，这样她就能让那只猫永远待在自己身边了。她同意了，于是从那以后它就一直在这儿了，家里也重新充满了欢乐。"

"曾经有个房客屋里有一只鹦鹉。"维加亚拉哈文平静地说，"有人告诉我，发生在它身上的故事也大致相同。她喜欢鹦鹉，鹦鹉死了，她的房客之一提出可以帮她做成标本——只不过那个人好像不如把猫做成标本的那个人水平高。所以那只鹦鹉看起来有些惨不忍睹。"

"我确实听说过。"奇彭纳姆补充道，"那位拿鹦鹉做标本的学生把鹦鹉肉用冰保存了起来，然后他让一个当屠夫的朋友把肉拿去，当作新鲜的松鸡又卖回给了麦克科里瑞太太。那天晚上，整个家里的人都一起享用了鹦鹉肉，除了那个知道底细的学生，其他人对这事儿都一无所知。"他停顿了一下，"显然鹦鹉肉很美味。"

夏洛克想起了早先他跟马蒂的谈话："以前住在这里的学生离开

后，有没有人再看到他们中的任何一个？"他随口问道。

大家面面相觑，陷入了沉思。

"我敢肯定，我们在附近某个地方看到过他们。"米勒德说，声音里有一丝不安。

在此之后，话题转向了其他更令人愉快的事情。米勒德拿出了一个盛雪茄的银色小盒子，传给周围的人，这时夏洛克决定离开了。

他睡得很死，一晚上没有梦到某种动物或是晚餐的同伴被做成了标本。醒来的时候，外面已经天光大亮了。

其他四个人已经起床了，而且他下楼后发现他们已经吃过早饭走了。尽管麦克科里瑞太太坚持早饭只在七点钟提供，但她还是设法弄了些熏肉、香肠和鸡蛋给他，还有一壶茶。出门的时候，他心情不错，吹着口哨，调子是他在演奏会上听到的巴勃罗·萨拉萨蒂的即兴曲。

圣基督教会学院离住的地方只有几步之遥。入口处是一个巨大的拱门，木制的大门紧闭着。门上有个小出口，供学生和教授在那里进出。

夏洛克走到了门口，这时一个沙哑的声音从里面传出来："先生，有什么我可以帮你吗？"

在小门左侧的石墙上有一个小窗口，里面有一个穿着深色制服的男子，正在一张纸上做笔记。他留着大胡子。夏洛克经过门口的时候，他并没有抬头，而且直到夏洛克站在了窗前，他还没抬头。

"我跟查尔斯·道奇森先生约好了见面。"夏洛克说。

"什么时间，先生？"

夏洛克皱了皱眉头："我不知道。我们没有说时间。"

"这听起来并不像道奇森先生的行事风格。非常精确，他是这样的人。非常在意时间和地点等诸如此类的事儿。"

他伸手从身子左边拿起一个夹子，这时夏洛克注意到，他的袖口往后缩了一些，露出了前臂，上面有个文身图案。图案中有一条鱼，跟一个锚交织在一起，但是文身的颜色并不鲜明，更像是水彩画，不像通常在伦敦或南安普敦港口见到的水手身上的文身那么鲜明，而且他文身的线条也非常精细，就好像是用一根头发丝画的。"中国南海？"夏洛克尝试着问了问。

那人笑了，胡须的末端卷曲起来："没错，先生。你能发现这一点，真是非常聪明。"

"我敢说……你去过上海。"

"又说对了，先生。"他的头偏向一侧，眨了眨眼睛，"先生，你愿不愿意再缩小一下范围？"

"就在码头那里，"夏洛克说，感觉自己似乎倏忽间回到了热热闹闹的上海码头，又闻到了那里的气味。他想起了码头上的一个小窝棚，里面坐着一位中国人，他擅长文身，文的图案精妙无比，而找他文身的水手其实永远也不会欣赏到它的艺术性。"陈树的店。"

"天哪，真是神了！"那位男子身体往后靠在椅子上，赞叹不已，"我真是没想到，会遇见一位能仅凭看文身就知道是在什么地方做的人。"

"侥幸而已。"夏洛克说，"我只是碰巧知道陈树的店。在等待我的船离开的时候，我跟他喝过几次茶。"

"他是个艺术家，"男子说，"一个真正的艺术家。"

"但是他的茶并不怎么样。"夏洛克回忆说。

男人直起了身子，拽了一下外套："我曾经在海上待过五年，足迹遍布亚洲。然后，我来到了这里，因为我老婆要我安定下来。我叫马奇森，叫我马奇森先生就行，我是圣基督教会学院的门卫。这是我的职责，也是我的荣耀，有权检查每个进出的人。每晚十点钟锁大门，直到第二天早上六点钟再打开，还要沿着学院的围墙巡逻，看看是不是有年轻的绅士在酒馆喝了一晚上后，回来晚了试图翻墙进去。"

"我敢肯定，您工作很出色。"

"你说要找道奇森先生是吧？"他看了看手中的夹子，"那么请问，你莫非是夏洛克·福尔摩斯先生？"

"是我。"

"道奇森先生通知过我，说你可能会造访。他跟我说，要是你来了，就直接带你上去，去他的办公室。"他扭头看了看身后，"史蒂文斯，你来照看一分钟，我要送一下这位客人。"

他很快从小屋里出来，领着夏洛克来到了四边形的庭院里——这里是一大块草地，四周是铺着砖石的道路。他沿着草地周围的道路，走在前面，不去踩那些绿油油的草，然后穿过一个拱门。他带领夏洛克沿着曲折路径走着，越过微小的开阔地，然后走上了一段狭窄而且拐来拐去的楼梯。他一边走，一边跟这个男孩儿谈论有关中国和帆船的话题。很明显，他很怀念过去，等他们走到道奇森先生门外的时候，他俩俨然成了最要好的朋友。夏洛克有一种强烈的感觉，要是日后等大门锁上后，马奇森先生发现他在攀越圣基督教会学院的围墙，这位门卫会故意装作视而不见的。

马奇森敲了敲门："道奇森先生——您有一位客人！"他转过头看着夏洛克，"道奇森先生今天早上什么课都没有，否则我会让你等一下的。"他说话的声音很小。

"谢谢你，马奇森。我马上就来见他。"有个细细的嗓音传过来。

"先生，您今晚在学院就餐吗？"

"是的，马奇森。那种上等的红葡萄酒还有没有？"

"我敢说，先生，我敢说会有的。"

"长颈鹿呢？会不会有长颈鹿？"

"没有，先生。"马奇森转向夏洛克，挑起了眉，"我们好像完全没有长颈鹿了。会有羊肉，先生。"

房间内传来一声叹息："这些天来，菜单上总是没有长颈鹿肉，也没有珍贵的小河马肉。我有时真是为这个学院担心。"

"祝你好运，先生。"马奇森冲夏洛克点点头，然后飞快地转身，大步走下了楼梯。

夏洛克在原地站了一会儿。什么都没有发生。他能感觉胸腔内心脏跳动的速度加快了。这次会面将会非常重要，他希望能给道奇森先生留下不错的第一印象。他不知道自己是不是该敲一下门，提醒道奇森先生他在门外，但是他不知道里面的那个人会如何反应。这么被人提醒，他会不会觉得受到了冒犯？

最后，就在他刚鼓足了勇气要去敲门的时候，门突然开了。

站在门里面的男子又高又瘦——比夏洛克见过的任何人更高也更瘦。他的头发是棕色的，很有光泽：头顶上是直的，但是末端卷曲，而且头发挺长，耷拉到了脸颊和脖子下方，好像比正常的、时尚的长度更长了一些。他身上的衣服稍微小了一些，手腕从衣袖里露了出来。他手上戴着白色的棉线手套。夏洛克觉得，无论是对于室内的环境还是当下的天气来说，戴着手套都有点儿不合适。他怀疑道奇森可能是想遮住手上的什么东西，但是马上又把这想法抛到了一边。低头向下看，可以看到道奇森先生的裤子短了一截，露出了袜子。鞋上有很多划痕和泥巴。那么，他喜欢走路，不过他好像没有钱来买合适的衣服，或是去修一下鞋子；要不，就是他很少关心自己的外表。或者两者兼而有之。

"什么事？"

"道奇森先生？我叫夏洛克·福尔摩斯。有人让我来这里向您报到——"

"是你的哥哥迈……迈……迈克罗夫特。"道奇森的声音非常单薄，也非常细，就好像是从屋外传来的，而且说到某些字母时，他稍稍有些结巴，"进来吧，进来吧。我可以给你倒杯茶或雪利酒，也可以是茶加雪利酒，不过我不建议把这两者混……混……混合。我还可以给你拿两块饼干，因为我仅有三块，而我自己只需要一块。"

"谢谢。"夏洛克进了房间，感觉房间还是挺大的，跟外面局促的楼梯对比，这里宽敞得让人有些意外。里面还有一个客厅，配有舒适的沙发，一张书桌，还有几个书柜。另外的几个门通往其他房间——大概会有一间卧室，也许有一间餐厅，但是他哥哥告诉过他，所以夏洛克相当肯定，这里的学生和教授应该都在学院里的某个大食堂一起用餐。

道奇森指了指一个沙发："请坐。"

夏洛克看到有一本书打开着，扣在桌子上。"很抱歉，先生。"他很有礼貌地说，"打扰你了。"

"我刚才只是在读一本……本……书。"道奇森说，"这种事很容易中断，也很容易重新开始，这可不像是数……数……珠子，乌鸦身上的珠子。一旦你开始数，最好就一下子数到底，因为乌鸦可是一种不大有耐心的生……生……生物。一旦它们开始扑打翅膀，珠子会散落得到处都是，你别无选择，只能重新开始。"

夏洛克瞪大了眼睛。晚餐要长颈鹿、河马肉，现在怎么又扯上乌鸦了？这个人的心里都在想什么？

道奇森坐在了一个沙发上，对于他来说，沙发显得太小了。他凝视着夏洛克。

"你一直住在哪儿？"他以一种看似随意的口吻问道，"我猜不是你自己的家里。你哥哥已经告诉了我一些你的情况。"

"最近我一直住在伦敦，去中国之前也是。在那以前，我跟伯父、伯母住在法纳姆。"

"哦，法纳姆。嗯，我最近在吉尔福德为我的家人买了所房子。"他朝旁边瞥了一眼，朝窗外看去，"我父亲在几个月前去世了。你父亲在印度，是不是？"

"是的，他是在那儿。"

道奇森思考了一会儿："中国？你是怎么到那里的？"

夏洛克马上就告诉他了："乘一艘三桅帆船。"

他觉得道奇森对他的态度很好。这位数学家忽然大笑起来。"哦，很不错！"他说，"非常快。"他盯着夏洛克看了一会儿，似乎是重新评价他，"那么，你去过中国。这个世界上还有什么地方你去过？"

"法国、美国和俄罗斯。"夏洛克回答说，同时他也想起了自己在这些国家的各种历险。

"啊，俄罗斯。我也去过那里。一个迷人的国家，但是当地居民似乎缺乏想象力。他们所有的书都特……特……特别长，故事里面都是人们日复一日地说了什么，做了什么。"他耸耸肩，"把他们的文学跟民间传说相比较却比较有趣。例如，看一下芭芭雅嘎的传说。一个老巫婆住在一座长着鸡腿的小屋里！真是奇思妙想！英国民间传说里为什么没有这样的故事？"

"我不知道。"夏洛克想了一下，"也许，生活的严酷跟他们在晚上讲的故事之间存在某种相关性。在英国，人们的生活通常都很愉快，但是在俄罗斯，冬季天气非常恶劣，食物稀少。"他说这些的时候并没有进行深思，但是在心里记下了这些想法，准备稍后仔细思考一下。也许他可以写一篇有关于此的文章什么的。

"你的观点很有趣，而且可能也挺合理。"道奇森说，"但是，咱们已经偏离了你到访的目的。你是想在这里学习数……数……数学？"这与其说是个问句，不如说是个陈述句。

"是的。"夏洛克说。他希望，道奇森没有注意到他语气中的犹豫。

"另外，你最近错过了一些学校教育，而理由呢，你哥哥犹犹豫豫不想说出来。"

"正是如此。"

"而且，基于以上两点，我得出的结论是，为了能让你顺利进入大学，你哥哥希望我给你一些私人指导，直到我觉得你准备好了为止。"

"那个……"夏洛克小心翼翼地说，"我相信，是我哥哥的意图。"

"很好。我是否可以假设，在你那不完整的教育学习期间，你至少学了一丁点儿数学？"

"学过。"

"你还记得哪些内容？比如，你有没有学过欧几里得几何？你能告诉我欧几里得的五大公……公……公理是什么？"

夏洛克想了一下："首先，等于同量的量彼此相等。"

"正确。"

"其次，等量加等量，其和仍相等。"

"也正确。"

"等量减等量，其差仍相等。"

"毫无疑问。"

"第四，彼此能重合的物体是全等的。"

"没错！"

"第五点，整体大于部分。"

道奇森拍了拍手："非常理想。你总结得言……言……言简意赅。从欧几里得的基本主张和观念出发，整个数学体系就可以构造出来，从一个定理到另一个定理。"他仰起头，盯着天花板，"真是一个很好的学科，数……数……数学。上帝的宇宙是用数字语言描述的，就像伦勃朗的宇宙是用调色板上的颜料描述的，莫扎特的是用我们称之为音符的空气振动描述的。"他停顿了一下，细长的手指顶在下巴下面，"我们来看看，你的数学知识到底有多少。告诉我，年轻的夏洛克，下面这个序列中，下一个数……数……数字应该是什么：1、2、4、8、16……"

"32。"夏洛克脱口而出，"每个数字都是前面一个数的两倍。"

"当然。很基础。那么，下面这个序列中的下一个数字呢：1、1、2、3、5、8、13……"

夏洛克想了一下。

"你的身边有纸和笔，你要是用就自己取。"

"没有必要。"夏洛克思考了一下这些数字，一方面思考每个数跟前面的数的关系，另一方面也思考每个数跟后面的数的关系。每个后面的数字都增大了，提示这个序列是递增的，另外——

"每个数字都是它前面两个数字的和。"他得意地说，答案刚刚出现在他的大脑中，他就脱口而出了。

"正是如此。这是一个非常有趣的序列，被称为'斐波那契序列'。它最早由数学家，人称'比萨的莱昂纳多'在五百五十年前描述过，他又叫斐波那契。不过这里的一个印度学生告诉我，印度人比这之前更早就知道这个序列了。"此刻，他似乎是在自言自语，而不是在跟夏洛克说话，而且他的结巴也消失了，"我一定要设法尽可能多地了解一下印度诗人和哲学家培葛拉、维拉汉卡和戈帕拉。我怀疑我可能要学习梵文，不过要想学的话，这个学院可能不比世界上任何其他地方差。"

"那个印度学生——他的名字是叫马萨库马尔·维加亚拉哈文吗？"

"你认……认……认识他吗？"

"我们寄宿在同一个家庭。"

"啊。"道奇森想了一下，"再看看下面这个序列：1、5、12、22、35、51、70、92、117、145……"

夏洛克在脑子里好好琢磨了一下这些数字。没有明显的联系——这些数字不是平方、立方，也不是倍数等任何简单的关系。最后，带着即将失败的感觉，他拿起纸笔，潦草地写下了这组数字，然后开始猜测各种可能性。但最终，他只好认输。

"恐怕我无法解答。"

"不必沮丧。如果我告……告……告诉你，第二个数字是 5 这一点非常重要呢？"

夏洛克考虑了一会儿，然后摇了摇头："还是不知道。"

"很好。我们的见面定在……"他考虑了一会儿，"每周一、周三和周五上午的十点到十二点之间。茶和饼……饼……饼干由你来提供。"

"这没……没问题。"夏洛克瞪着道奇森看了一会儿，"刚才那个序列中的下一个数字是什么？"

"我还是等你来告诉我。从现在到下一次我们见面之间的这段时间，你可以好好思考一下。"

夏洛克感觉到他们的讨论结束了。他正要起身跟道奇森告别，道奇森说："我好几年没见过你哥哥了。嗯，这几年我过得还不错。我相信他这几年也不错吧。他的性格现在怎么样了？他还那么容易发火吗？他还那么讨厌被戏弄吗？"

"他可是相当……带刺儿。"夏洛克承认道。

"是的，我原来挺怕他这点的。"他皱起了眉头。

夏洛克不明白道奇森问这个到底是什么意思。这位数学家好像是有几分困扰。突然，他想起了哥哥曾告诉他，道奇森用刘易斯·卡罗尔的笔名写过童话故事。"你是不是准备把我哥哥作为一个角色，写进你的书里呢？"他问道，同时突然感觉心中一喜，"真是一个了不起的想法！"

道奇森看上去有些不好意思。"我一直在这么考虑呢。"他承认道，"显然，你哥哥跟你说过我的第一本书——《爱丽丝梦游仙境》。这本书很受欢迎，我正在考虑写个续集之类的。爱丽丝继……继……继续冒险，就这样。我一直在跟一些朋友的女儿讲些零碎的故事，里面有个矮胖子①——他是从哪儿冒出来的我也不知道——你是否熟悉这

————————————

① 出自英国著名的一支童谣 *Humpty Dumpty*。对蛋拟人化的称呼，矮胖子。

个童谣？”

"很熟悉。"

"直到我收到你哥哥的信，请我指导你，那时我才突然意识到，我似乎已经把迈……迈……迈克罗夫特变成矮胖子写到我的故事里了！这真是既让我不好意思，又让我害怕。"

夏洛克不得不竭力憋住笑。"根据他的……体型？"他问道。

道奇森点点头："他是否还那么……"

"比以前更胖。"夏洛克证实道。

"这还不是全部。"道奇森承认道，"矮胖子这个人物高傲、爱辩论，还是个学究——这都是我印象中你哥哥的形象。"他笑了，"不过，他在这里的时候这些根本就不是问题。我对迈克罗夫特始终都抱有最大的尊重。不过，我也不是看不到他的弱点。"两人都停了一下，"你认为他会介意吗？"他问道。

夏洛克想了一下。"只要小说里的人物不会让人一眼看出来是他就行。"他说，"我想他会感到受宠若惊的。但是，他肯定不希望被认出来，尤其是被那些不怎么认识他的人。"

"那么，我会继续讲，继续写，完成之后，我会寄给他一份，还要请他题个字，因为他为整个书里最出彩的人物提供了灵感。"

"我想他会喜欢的。"

"好了，我觉得咱们的事儿已经办完了，年轻人。"道奇森说着，拍了一下双手，站了起来，"现在，如果你肯原谅我，我还要数乌鸦身上的珠子，而你必须走了。我会在两天之后，在约好的时间跟你再见。别忘了茶和饼干。"

夏洛克盯着他看了一会儿。道奇森是认真的吗？"要是我带茶叶来，"他问，就仿佛这是世界上最普通的谈话似的，"并且用一个袋子带来饼干，你能对付吗？因为我不知道我能不能随身携带一个茶壶和茶盘一路走来，而且即使那样，茶也可能会变凉。"

"只管带来基本元素就行。"道奇森说，"我们到时候来共同完成最终的命题。"

"谢谢你。"夏洛克说，一方面百思不得其解，另一方面也很好奇，想知道他未来数学课的学习过程还有什么好玩的事儿。他觉着，最起码他不会感到无聊。

第四章

··· Chapter 4

夏洛克花了一天的时间，在牛津周围转了转，熟悉一下这个小镇。阳光很灿烂，各个院校的浅色石头建筑在下午的阳光下焕发着光彩。

要是不知道街上或是角落里都有些什么，夏洛克就不会喜欢这个地方。每到一处，他都得了解一下当地的地理环境。他甚至从镇上的一家店里买了一份地图，边走边对着看，这样，他就知道经过的街道名称了。

在路上闲逛的同时，他脑子里在不断回想着他跟道奇森先生的谈话。显而易见，这个人的思维非常古怪，但同时他肯定也是一位很有能力的数学家和逻辑学家，否则校方不会让他在这里任教。管理者显然对于他个性古怪的一面视而不见。夏洛克搞不清那些古怪的地方有多少是故意而为的。

这时他想起来，他还有另外一些事情想跟道奇森谈，但是当时忘了提。首先，他想问一问，道奇森是如何把严肃的数学工作和儿童文学创作结合在一起的。另外，夏洛克也想知道更多他哥哥早先在牛津上大学时的一些事情。还有前一天晚上晚餐时提出的死人身体部位遭窃的问题。夏洛克想起马斯格雷夫说过，道奇森曾因这件事被警察询问过，他特别想从道奇森那里获取更多的信息。为什么要偷死人身体的部位？身体部位是怎么被偷走的？被偷后，那些身体部位去了哪里？夏洛克发现，他走着走着，自己的大脑越来越关注这些悬而未决的问题了。

当然，他知道他在做什么。他一直在寻找这种神秘事件。在过去的两年中，他曾遇到了好几起。那些事情表面上看似乎是解决不了的，但是他却慢慢找到了一些办法，可以让自己透过相互矛盾的证据迷宫，找到事情的真相。也许这又是一个类似的谜题。

由于脑子里想着这件事，夏洛克问了几个路过的当地人太平间在哪儿。他不知道自己为什么要问——实际他没有计划要去那儿——但是他却想知道。他问的前两个人——都是在购物的女士——用奇怪的眼神看着他，一言不发，自顾走开了。也许是她们觉得很奇怪，不明白一个小男孩儿为什么会问到保存尸体这么可怕的地方。第三个人——一个身材魁梧、留着胡子的男人，穿着明显过小的马甲——嘀咕道："这帮学生！"然后扭头就走了。幸运的是，第四个人——一个戴礼帽、穿西装的商人——告诉了他。那个地方不远，是当地医院的一部分。他把这个位置在脑子里记了下来，以备日后会用，然后继续在镇上探索。

他路过了一座建筑，看外面的标志，应该是当地的报社，是编辑、出版以及发行报纸的地方。此前他就发现，某个地方的报纸，是非常有价值的信息来源，另外也是迅速把信息传递给大量人口的途径。他无意再去通过报纸获取信息，可是话又说回来，他以前也从未有过这样做的打算，然而这并没有阻止这件事的发生。

他在一家小酒馆的外面吃了点午餐，然后继续走，赶上机会就搭一下拉干草的大车或是马车，以便节省体力，能走到周围更远的地方。到了吃晚饭的时间，他已经到过了周边像杰里科、圣尼米德、任尔弗科特和考利这样的村庄，并且在他的脑子里，他已经大体记住了这些地方的地图。

黄昏时分，他开始考虑回麦克科里瑞太太的家吃晚饭了，此时他发现自己正经过的地方有一溜很长的砖墙。他来到了运河附近，因为这时他能听到水流的声音，以及驳船上的船员相互呼喊的声音。这面墙大约有十英尺高，中间有一组门。此刻走在路上，他准备等一辆路过的马车，看能否把他捎到牛津城的中心。经过门口的时候，他放慢了脚步，往里面看了一眼。

他看到的东西以前也见过，但却是从不同的方向。

这是他和马蒂在来牛津的路上，在驳船上看到的那所怪房子。从门外，他只能看到房子的一角，但是本能让他瞬间就明白了，他看到的是同一个地方。看到这所房子的时候，他感觉自己的心脏仿佛在胸腔里趔趄了一下，内心还有一种非常奇怪的冲动，让他歪着头，眯起眼睛，想弄明白这个房子到底是怎么建造的。

尽管只能看见那所房子的一小部分，但是他仍然能看出来，构成这个建筑的各种线条和角度好像没有任何意义。他想起了跟查尔斯·道奇森所谈论的欧几里得几何的基本元素。根据欧几里得几何定律，三角形的内角之和是一百八十度，但是看着眼前的房子，夏洛克觉得世界上好像应该有另一种几何学，在那种几何学里，三角形的内角之和可能超过或少于一百八十度，甚至，两条平行的线可能在某个更远的点相交。这座房子让人觉得它似乎被扭曲了，仿佛有一只巨手拿起它拧了一下，让房子的各个地方都脱离了本来的样子。

尽管天很暖和，他却突然感到一阵寒意。他颤抖了一下。这不符合逻辑。这是不正确的。建筑肯定无法激发这样的感觉。它们只是一堆石头、砖、灰浆和房梁。这些东西无法激发这栋房子所引发的恐惧。他显然是饿了，而且这使他感到头晕目眩。如果不是这样，那就是太阳光晒得他有些轻微中暑。

此时，身后传来的"咔嗒"声让他扭过头来。如果这辆大车是朝牛津方向去的，那么他可以问问能否搭车。他可以躺下来休息一下，希望等他回到麦克科里瑞太太那里，休息过来之后，自己的神志能清醒一些。只要肚子里有了食物，感觉就会好起来。

过来的并不是一辆大车，而是一架用漆成黑色的木头做的马车，拉车的两匹马的毛色也是全黑的。驾车的人也穿着黑色的衣服——不只是衣服，就连他的宽边帽子，以及系在脸下部的头巾也是黑色的。远远看去，只能看到他的眼睛，而且在黄昏的阳光下，他的眼睛也像是黑色的。

马车接近大门时，放慢了速度。夏洛克走到旁边的草地边上，让开了路。大门开了，而且显然是自行打开的，因为夏洛克看不见有任何人拉开门。两匹马拉着车朝大门赶去。夏洛克抬起头来看马车的窗口，一下子看呆了。

他往车厢里看去，所看到的只是一只手，搭在窗框上。那只手很大又很苍白，手腕上布满了铁红色的疤痕。手指的根部还有一些疤痕，也是铁红色的。

有一条很长的疤痕延伸到手臂上，没入了车厢内的黑暗中。所有的疤痕看上去，都曾经被缝合过。

而且，夏洛克感觉到，车厢里的人也在仔细审视着他，但是那个人却不动声色，眼神冰冷空洞。

整个事件的发生只持续了一小会儿的工夫，马车很快就从他身边过去了，大门重新关上了。夏洛克在马车后面凝视着，试图想明白刚刚发生了什么。这所房子会引发他内心奇怪的恐慌，住在这里的人似乎有同样的效果。这里的主人和他的房屋真是般配。

他半是走，半是跑，沿着这面墙来到了拐角处。道路继续往前延伸，但是墙却拐了个直角——也许只是近似直角，但并不那么准。夏洛克离开了那所房子，沿着路往回走，感觉脑海中的一种顾虑逐渐消散了。

那是什么地方？

二十分钟后，来了辆大车，他跟驾车的农民说了声，搭车朝牛津的方向走去。夏洛克觉得驾车的男子刚才肯定经过了那所房子。路上，他有好几次试图问一下那所房子的事儿，但是话到了嘴边又咽了下去。他真是不想提出这样的问题。

两人沉默着过了二十分钟左右，驾车的人先开口了："在那片树林里瞎转悠，你可得小心点儿。"

"为什么呢？"夏洛克问了一句，以为这个人可能会提起那座奇怪的房子。然而，那人并没有提房子的事儿，而是说："人们都说有什么怪物在附近转悠。我自己也不是很相信，但是有人说看到过那东西，那是用死人的一些部位缝在一起造出来的怪物。他们甚至写信给这儿的报纸说起这件事，但是也没什么结果。就像我说的，我从来没见过那玩意儿，但是我还是不会到那片林子里瞎逛的。谁知道会有什么东西呢。"

"我会小心的。"夏洛克说。他想起了自己看见的那个坐在马车里然后进入奇怪的房子的男子。他的手腕上就满是疤痕。会不会曾有人瞥见他站在暗影里，所以得出了错误的结论呢？ "谢谢你提醒我。"

回到住处，夏洛克匆匆洗了把脸，换了身衣服，然后去吃晚餐。有三个房客没来——他们可能在大学里吃，于是夏洛克跟学神学的米勒德和学数学的维加亚拉哈文共享了一顿安静的晚餐。大家都没有多少话说，饭后夏洛克就直接回屋睡了。

第二天早上，走出自己的卧室，他撞到了正在下楼的身材瘦高的奇彭纳姆。

"今天你有什么课吗？"奇彭纳姆正在穿夹克，从夏洛克身边经过的时候问了一句。

"没有。"夏洛克说，"我正在想可以去牛津周围转转，也许会去河边。你呢？"

"听讲座。"奇彭纳姆扭头说，"我们正在做人体解剖，研究人体骨骼结构和内脏器官的位置。"

"你学的不是自然科学吗？"

"生物学也是自然科学的一部分，解剖学则是生物学的一部分。我们正在记录哪个学生会第一个呕吐，不得不退席。"

夏洛克的大脑飞快地思考了一下。解剖学讲座？听起来挺有意思的。

"我可以跟你一起去吗？"他在奇彭纳姆身后喊道。他嘴里冒出的话让他自己大吃一惊，不过片刻后，他认同了自己瞬间做出的决定。为什么要把他的课程仅仅限制在逻辑学和数学上呢？为什么要把自己的老师限制为只是查尔斯·道奇森呢？为什么不好好利用牛津大学所能提供的一切教育呢？

奇彭纳姆回头看过来，皱着眉头。"我不知道有什么不行的。"他最后说，"通常后面都有空位。只是，不要让自己太引人注意，不要问任何问题，另外，不要，真的不要，呕吐。"

"我保证。"夏洛克回答道。

"不过，我们得快些了。我已经迟到了。"

夏洛克跟着奇彭纳姆下了楼，出了家门。这位比他大的学生沿着门外的街跑起来，拐过了拐角，然后就是大学那颇有气势的大门了。夏洛克一路紧跟着。经过大门的时候，他朝看门人的头儿马奇森挥了挥手，那个人冲他打了个漂亮的敬礼。奇彭纳姆沿着草坪边缘跑过去，穿过拱门，夏洛克依旧紧跟着。此时，他们两个已经气喘吁吁了。夏洛克抬起头看了一下道奇森办公室的位置，但是窗口并没有他站立着的任何迹象。穿过另外两个拱门，然后斜穿过铺砌着砖石的四边形区域，奇彭纳姆冲进了一个狭窄的门口，开始爬楼梯。

在楼梯的顶部，有个门通往一间大教室。夏洛克脑子里一直按他最初念书的迪普戴纳男校的样子想象着大教室，想象里面有一排排的桌椅，教授站在黑板前——但是他这次所看见的大教室，更像是几个星期前小提琴家巴勃罗·萨拉萨蒂演奏的那个剧院。这里的讲台比那个舞台小一点，从观众席到底部的斜坡则更陡，但总的感觉跟剧院相似。只不过，他注意到，这里没有座位。学生们排队站着——有些地方大家正挤在一起——都站在看台边缘的栏杆后面。

大教室里的噪声也跟剧院里的很像，所有的学生此刻都在跟身边的人说着话，有的人甚至还从教室的这头朝另一头大喊。

夏洛克和奇彭纳姆走到了顶部的看台上。奇彭纳姆在人群中快速地挤着，往下走到最近的一排台阶上，他的朋友们都在这儿。夏洛克留在了最上面的看台，在人群中找了个空隙，靠着栏杆正好能看见下面。

他们到的正是时候。讲座还没有开始，但是教授已经进来了。在教授旁边有一张桌子，上面铺着白布。在桌子上，有个用白布覆盖的东西。夏洛克心里感觉到了一丝轻微的寒意，他意识到，那很可能是一具尸体。

教授是一个高大的男子，长着浓密的眉毛，头顶却秃了一块儿，在大教室闪烁的煤气灯下，他的秃头顶闪闪发光。夏洛克似乎能"闻"到所有学生的身体的紧张感，还闻到了他们用的各种剃须乳和头发营养剂的味道。此外，还有燃烧气体的味道，然后是一种刺鼻的气味，像是消毒剂发出来的。

教授走上前一步，教室里立即安静下来。显然他备受尊敬，要不就是课堂纪律严明，或是两者兼而有之。

"先生们，在我们开始之前，我先说几句话。"他的嗓音很深沉，传递到了这个大屋子的每一个角落，"不久大家就会看到我将一个人的身体分开，一块儿一块儿地分开，我会把每一个阶段都有什么不同的部位，以及它们如何连接到其他部位，都展示给大家看。明年，如果你们被允许返回这所大学，也会亲自解剖一具尸体。这些都是你们的教育中重要的，甚至是至关重要的组成部分。如果我们回顾历史，就会发现，对于人体，人们一直都崇信一些奇怪的事情，只有通过直接观察人体内部，才能证明那些看法是错误的。"他停顿了一下，目光如炬，扫视了一下四周，"但是，请大家记住两件事。首先，要记住，像你们这样的学生，能生活在一个思想开化的时代，实乃幸事，那些想成为内科医生或外科医生的学生，都有机会通过实际检查人体来了解人体如何工作。曾经有段时间，而且并不是很多年前，出于宗教或道德上的原因，这样的事情是禁止的。其次，这些人体，虽然现在由我们这么随便地肢解，但他们都曾经是活生生的人，他们为了大家的教育，自愿把遗体捐了出来。大家应该给予他们应有的尊重。"他把手放在了盖着白布的尸体上，"这是本教区最近去世的亚当·巴格肖先生。我们得感谢雷切尔·巴格肖夫人，她为了医学研究的目的，也是尊重死者的遗愿，捐出了丈夫的遗体。稍后，我可能会在无意中将巴格肖先生的遗体指称为'它'，好像我指的是一台机器，或者是一块儿木头，但是请大家和我努力记住，曾经有一个人的灵魂居住在这台机器、这具躯体之中，而且他也曾经有过跟我们大家类似的爱恨和欲望。"

这段介绍让学生们听得很入迷。夏洛克扫视了一下四周，可以看出来，教授的话深入人心。有几个学生紧张地咽了几下口水，大概是想象到，有一天躺在桌子上等待被解剖的可能是他们自己，而不是可怜的巴格肖先生。

教授掀起覆盖在巴格肖先生遗体上的白布，然后暂停了一下。他再次扫视了一下四周的学生，皱着眉头。

"大家可能听说过镇子附近的流言。"他说，"或者是读到过本地报纸的报道，说最近几个月，这里太平间里的尸体，身体的某个部位有时会被偷走。大家可能想过，出于不明的原因，这些盗窃案也许跟这门课有关：要么为了获得我们在这里使用的新鲜标本，要么是某些更有经验的学生，为了完成某种形式的怪诞的家庭作业而干的。我可以向大家保证，第一种想法是不正确的——我们这里所解剖的每具尸体，都是由不幸的死者家属提供的完整的尸体。我也可以向大家保证，如果发现任何学生为了自己课下进行研究，通过盗窃或其他非法方式获得身体部位，他们将立即被大学开除，并且会依法受到起诉。我们不能——我再说一遍，不能——容忍那种行为。我的话说清楚了吗？"

教授沉默了一下，然后扫视四周，跟每一双看向他的眼睛对视，直到教室里响起一阵表示同意的声音。

"很好。"他最终说，"现在，让我们一起见一下亚当·巴格肖先生。"

说罢，他把盖在尸体身上的布拉了下来。教室里一片静寂。夏洛克发现，很奇怪地，自己正在思考他此前亲眼目睹的死亡。除了教授之外，他可能比教室里的其他任何人所见过的死亡都多，但是他仍然俯身向前，带着崇敬之情默默地看过去。

可怜的巴格肖先生的遗体全部被切开了，各个内脏器官展示在大家面前。后来，起码有五个学生突然觉得难受跑出了门，讲座同时也结束。剩下的学生礼貌地鼓掌，站在前面的教授拿布盖上了巴格肖先生的遗体——这块布立即被尸体渗出的血染红了，然后，两名助手把尸体推了出去。夏洛克在原地站了一会儿，不停地有学生从他面前经过。他心里在想刚才所看到的一切。他所思考的，是这样一个事实，即人的身体真是神奇，竟然可以像钟表内部的齿轮、飞轮和弹簧一样一一拆解开，并且放在桌上供人检查。当然，二者的区别在于，身体的各种部件无法重新组装，而钟表可以。生命一旦消失，就无法恢复。那么，他心想，生命是由什么构成的？是不是跟灵魂一样？是不是跟意识一样？它究竟是什么呢？

这真是个大疑问。也许，归根结底，大学的目的正在于此。不一定是非得要回答这些大疑问，而是要学会提出它们。

最终，他离开了讲堂。外面阳光明媚，马蒂正在等他。

"好玩儿吗？"马蒂问。

"我一直在盯着一具尸体看。"夏洛克透露说。

马蒂想了一下。"那到底是好玩儿还是不好玩儿？"他看着夏洛克，然后摇了摇头，"算了。对于你来说，我猜应该是'好玩儿'。你喜欢所有这类东西。"

夏洛克想回答说，他也很喜欢各种各样人们认为正常的东西，这时他看见铺着砖石的地面的另一边，奇彭纳姆正在跟一些朋友聊天。他正要拉着马蒂过去，加入奇彭纳姆的谈话，突然发现有两名穿着蓝色制服、戴着头盔的男子走了过去。他于是停下来朝那边看着。

其中一名男子抓住了奇彭纳姆的肘部。"保罗·奇彭纳姆先生？"那人问道。

奇彭纳姆一脸的疑惑和担心："是。你是谁？"

"我是牛津警察局的克里瑟罗警长。这是我的同事，哈里斯警员。我们想问你几个问题。"

"哦，那好吧。你们想知道什么？"

"不是在这里，先生。你要是不介意的话，请跟我们来警局一下。"

"我还有课！"奇彭纳姆抗议道。

"别担心，先生。不会需要很长时间，而且我敢肯定，你还会有别的课可以上的。"

奇彭纳姆的一个朋友走上前来。"我正在学习法律，"他本想让自己说话显得严肃而正式，结果却让人觉得他只是在那儿虚张声势罢了，"我们有权请你们解释一下，为什么要跟奇彭纳姆先生谈话。"

"就最近发生的一系列盗窃案进行问询。"警长回答道。

"尸体被盗。"警员透露说，"嗯，尸体部位。"

警长皱着眉头瞪了他一眼，那名警员立即不做声了。

"奇彭纳姆先生是嫌疑人吗？"那名法律系的学生问道。

警长耸了耸肩。"我只能说，他是在帮助我们进行调查。"他说，然后转身朝向奇彭纳姆，"对不对，先生？如果你拒绝，那倒会显得可疑，会显得你有什么可隐瞒的，是不是？"

"我会跟你们去，回答你们的任何问题。"奇彭纳姆坚定地说，但是夏洛克能察觉出他的声音有点儿微微颤抖。奇彭纳姆转向他的朋友："告诉我的导师，让他知道发生了什么事。他也许能……跟警方说说情什么的。"

警察抓着奇彭纳姆的胳膊走了。在走到拐角那里的时候，奇彭纳姆扭头绝望地向四周看了最后一眼。

"我很高兴不是我。"马蒂心情沉重地说，"牛津警方可是非常有名的。他们不喜欢圣基督教会学院，也不喜欢任何人去说情。他最好配合他们，否则的话，他每次下楼梯，都会摔跟头。有时候可能会摔得很惨。"

"我觉得他不会有罪的。"夏洛克说。

"为什么呢？"

"他看起来太正常、太普通了。那天晚上在麦克科里瑞太太家，他谈起尸体失窃案的时候，完全是坦坦荡荡的。"夏洛克耸了耸肩，"虽然没法判断人们心里怎么想，但我想知道，是否有针对他的证据。如果要把一个人关进牢里，我不大相信警察会不在乎有没有证据。"

"当然。"马蒂推理道，"如果今后继续发生这类盗窃，那么他们就必须放他出来。"

"不一定。"夏洛克说，"小偷可能会因为其他原因收手。或者，假如我是他们，如果听说有人因为我犯的罪被逮捕了，那么我可能会转移到另外一个地区，找另外的太平间再下手。"

"你可真够狡猾的。"马蒂指出，"有没有想过自己也去做亏心事？"

当天晚上，晚饭后过了好久，奇彭纳姆才回到麦克科里瑞太太的家中。他脸色苍白，接过马斯格雷夫给他倒的雪利酒，双手颤抖着一饮而尽。他的额头上有新的瘀伤。

"发生了什么事？"夏洛克问。

"他们问了我很多关于牛津医院太平间的问题，以及我为什么要去那里。我试图说服他们，这没有什么可怀疑的，但是他们一门心思地认为，我就是那个偷窃尸体部位的人——就是报纸上和今天早上教授提到的那件事。"他举起一只手，摸了摸额头上的瘀伤，"后来，事情就变得有点儿……粗野……那名警察觉得我耍滑头，就拿腰带抽了我。"

"你跟他们说了什么？"米勒德问道。

"真相。"奇彭纳姆看着有些尴尬，"本来是我无心戏言的。我们中有一小撮人打算从太平间偷一具尸体，把它打扮成一个学生，让它站在大教室里，听一堂解剖讲座。我们觉得这会很有趣，有一具尸体藏在观众之中，另外还有一具尸体在解剖桌上。"

"简直是渎圣，竟然这样对待上帝的创造。"米勒德喃喃地说着，神色黯然地摇摇头，但是他并不感到惊讶。也许，大学生们经常搞这种恶作剧。

"我猜，你没能搞到尸体。"夏洛克说。

奇彭纳姆摇了摇头："那位验尸官卢卡瑟医生太机警了。他根本就不见我，更不用说让我去看看尸体了。我跟警察也是这么说的。他们说，他们会去找卢卡瑟医生谈，但他们似乎相信了我的这番话。我觉得他们对我这么说并不满意，但是他们好歹是放我走了。"

接着，他们的谈话转移到了这些年来大学生们之间，以及捉弄教授的时候搞的一些笑话和恶作剧上。过了一段时间后，夏洛克溜出来，回到了自己的房间。他有很多东西要思考一下。

第二天早上，夏洛克早早地起来，吃过早饭，径直去了镇上。夜里的时候，他想起一些事情来，想尝试一下。

他直奔《牛津邮报》的报社。在接待处那里，他说想见一下当天负责接待的记者。他知道，大多数的记者都会忙着撰写稿件，但是总会有一个人留在接待处，以防万一有人走进报社，说有线索要报告。

今天留守的是艾因斯利·敦巴德，这个人比夏洛克大不了多少，长着稀疏的胡子。他脸上的表情，仿佛在说他已经见识过生活中太多的事情，而且他不喜欢自己见识到的这些事情。

夏洛克走进了他的"办公室"——其实就是一个只比衣柜大一点的房间，里面摆着一张桌子，一台打字机，没有窗户。"我能为你做点什么？"敦巴德问道。

"很抱歉打扰您。"夏洛克说，"我想在离开学校之后成为一名记者。我想知道您是否有什么建议给我？"

"我正需要这个。"敦巴德喃喃自语道，"竞争。"他盯着自己的办公桌，然后又盯着墙，"只有几件事你需要知道，"他最终叹了口气说，"首先，要始终记得核对事实。确保在你把某件事登报之前，至少有两个人告诉过你这件事，并且要核对，第一个人并没有把这件事告诉第二个人。"

夏洛克认认真真地在笔记本上写了下来，这个本子是几分钟前他在一个文具店买的。

"第二件事是，人们说话的方式使得他们讲的故事并不能直接就成为好的报道，所以你得编辑一下。把人们说话中的'嗯''啊''哦''我说'，等等都去掉，然后使事件发生的顺序正确，因为人们回忆事情的时候，顺序往往是乱的，而且不断纠正自己。当一件事被登出来之后，当事人就会以你写的方式记住它，而不是以他们说出来的方式。"

"第三——"他用布满血丝的眼睛斜着看了看夏洛克，"请记住，如果狗咬了人，那么它不是新闻，但人咬了狗却是。人们希望听到与众不同的故事，也许有点儿怪诞。"他想了一会儿，"比如我去年报道过的这个故事。"他继续说，"当地的村庄里，有人写信给我。信的内容就像一份请愿书——村民都在信上签了名。他们告诉我，有一种生物生活在他们附近的树林里，那并不是个人，他还有一个母亲，等等，但是他的身体是用不同尸体的部位缝在一起做出来的。好吧，这挺可怕的。原本可以写成一个很不错的故事，但是它听起来像那位诗人的妻子玛丽·雪莱[①]书中的怪人弗兰肯斯坦。我估计有人读过那本书，或是看过那出戏剧，然后做了一个关于它的噩梦。我估计是晚饭奶酪吃多了。"他叹了口气，"为了以防万一，我在周围做了些调查，但没找到任何佐证。这个故事找不到别的线索。"

这个故事听起来和那个让他搭车回牛津的农民讲给他的关于生活在怪房子附近的树林里的奇怪生物的故事很像。这个故事突然给了夏洛克一个机会，让他觉得可以顺着往下问一问。"说到尸体，"他说，有点儿刻意模仿这位记者说话时不拘小节的、粗糙的语气，"在太平间里又发生了什么呢？我听说那里发生了一些盗窃。跟这个奇怪的生物没有关系吗？"

敦巴德点了点头："没错。那真是我听说过的最奇怪的事情。不可能是编造的，你要是明白我的意思的话。显然，发生这种事已经有一段时间了。只要有人去世，他们的尸体就会被运到太平间进行尸

---

①　英国著名浪漫主义诗人雪莱的继室，英国著名小说家，因其 1818 年创作文学史上第一部科幻小说《弗兰肯斯坦》（或译《科学怪人》）被誉为"英国科幻文学之母"。

检，然后下葬，但是结果，尸体在下葬的时候，却比尸检的时候少了一块。而且每次总是不同的部位——眼、耳、手、脚，什么部位都有。我也怀疑过这可能跟怪物的故事有联系，但我认为这只是一些大学生在搞鬼。"

"偷尸人？"夏洛克提到，他想起了圣基督教会学院的讲座。

"不会——那些人会偷整个的尸体，那样才会值钱。尸体的某个部位是不值钱的。"

"这种事是怎么被发现的？"

敦巴德笑了——声音听起来让人很不舒服，像狗叫声。"某位绅士埋了妻子，然后意识到她的结婚戒指、耳环，还有珍珠项链被一起埋了，所以他就再把她挖出来。麻烦的是，这时候死者的耳朵却不见了。于是谣言四起。"

"难道没有人知道这些身体部位去了哪里，或是谁干的？"

敦巴德摇了摇头："没有线索。警察也没办法。我们已经从各个角度报道了这个案子，所以现在我们干脆不报道了。"

"我好像从报纸上读到过说，警方为此询问过圣基督教会学院的讲师？"

"没错。"敦巴德证实道，"我们从来没有提到过那位讲师的名字，因为对于每个失窃的日期，他都有证人证明他不在场。"

"那么你有没有跟管太平间的验尸官谈过？"夏洛克问。这是一个重要的问题，因为答案将决定他接下来的所作所为。但是他试图让自己的语气显得轻描淡写。

"没。试过，但是他不见我。"他耸了耸肩，"好吧，到这儿行了吗？我还有一个有关运河淤泥的重要报道要敲出来。"

"好的。谢谢。"夏洛克起身开始离开，不过马上又转过身去，"抱歉，您有名片吗？万一我有什么问题好联系您。"

敦巴德把手伸进上衣口袋里，掏出一张卡纸："这里有我的联系方式，不过你也可以直接来这里，在这个地方大部分时间都可以找到我。"夏洛克走开的时候，听到那个人更像是自言自语，而不是冲夏洛克说，"我真不该离开《伦敦公报》来这里。原以为会受到重用，可是现在办公室里的猫出去的机会都比我多！"

夏洛克把名片塞到夹克口袋里。他计划还会用到这张名片，所以不想把它弄丢。

第五章
··· Chapter 5

　　夏洛克离开报社，朝太平间的方向走去。牛津医院是一座红砖建筑，非常醒目，坐落于一片小草坪中央。太平间是个只有一层的独立建筑，位于医院主建筑的一旁，毫不起眼。穿过医院的院子走向太平间，夏洛克深吸了一口气，把要说的事在脑子里想了一遍。当然，他要做的一切都取决于那位叫艾因斯利·敦巴德的记者的知名度。如果验尸官亲眼见过敦巴德，那么夏洛克的整个策略从开始就注定不会成功，但是夏洛克曾特意问过敦巴德是否采访过那位验尸官，答案是没有。要是那位记者以前见过那位医生，他一定会提到的吧？

　　太平间的门刷的是白漆，上半边有磨砂的玻璃窗。夏洛克轻轻地敲了敲门上的玻璃。里面有个声音喊道："进来。"

　　夏洛克走进去，随手关上身后的门。他拿不准会见到什么——会不会是一具具的尸体堆在架子上？想到这些，他有些紧张。但事实上，他发现自己站在一条长长的走廊里，走廊的尽头是太平间的后门，那道后门似乎从里面闩死了。唯一让他感受到这里与医院相关的是刺鼻的消毒剂味。

"喂，你是谁？"一个人从走廊一侧的门内走出来，问道。他身穿白大褂，戴着白手套，但手套上脏乎乎的，夏洛克不愿去想那上面是什么。这人年纪不小了，留着浓密的白胡子，头发花白，从前额笔直地梳到后面。他的脸上布满皱纹，皮肤黝黑。夏洛克一闪念间觉得他前不久也许出过国。

"我叫艾因斯利·敦巴德。"夏洛克说着，递上从真的艾因斯利·敦巴德处得到的名片，屏住呼吸，这可以称得上是他的骗局的开始，"是《牛津邮报》的记者。"

"你有点儿太年轻了，不像个记者啊，是不是？"那人说，浓密的眉毛因为惊讶而皱了起来。他摘下手套，接过名片，略带怀疑地审视着它。

夏洛克松了口气。很明显，这人并不认识敦巴德。他略带歉意地说："其实，我是实习生。报社录用了我，这样我也能获得些工作经验。将来，我想成为一名全职记者。"

"不错，小伙子。"那人说，"我欣赏有抱负的人。我叫卢卡瑟——卢卡瑟医生。威尔伯福斯·卢卡瑟。我能帮什么忙吗？"

"我们的报纸希望给您做个专题。"夏洛克说。他想问的当然是尸体部位被盗一事，但那样问会立刻引起卢卡瑟医生的怀疑，他很可能会拒绝采访。如果从验尸官的工作开始，然后慢慢转移到盗窃事件上，甚至更理想的情况是卢卡瑟医生主动提供相关信息，那样他就会得到他所需要的东西，这位验尸官也不会察觉。

"专题？"卢卡瑟医生说，有些怀疑，但也颇有兴致，"怎么会有人想知道我的事？"

"哦，这是最后的未解之谜，对吗？"夏洛克记起了解剖课后自己的想法，"我们死后会发生什么？一个活生生的、有生命力的人怎么就突然变成一堆肉、骨骼和组织了呢？灵魂去哪里了？一个人的人格去了哪里呢？这些问题会让我们的读者非常着迷，而你恰恰就处在事情的最末端，每天都面对人的最后时刻！人们会被深深吸引的！"

"真的从来没那样想过。"卢卡瑟医生摸了摸胡子说，"尸体剖检工作是各种医疗职业中从来都不被关注的一项。"

"现在不这样了。"夏洛克说，"我想全面展示一下这个职业——了解你对于事关生死的职业的全部认识。可以吗？"

"我觉得没什么不可以的。"卢卡瑟医生从马甲兜里掏出一块表看了看，"我想我能抽出半小时时间。我刚才正要泡茶，有兴趣喝一杯吗？"

卢卡瑟医生把他领到一个小房间，里面有几把椅子——夏洛克想或许这是悲痛欲绝的亲人们稍微能得到些休息安慰的地方。屋顶上有个巨大的天窗，给房间带来了光亮。接下来的一个小时——远远不止卢卡瑟医生说过的半小时——夏洛克问的问题都是关于死亡和解剖过程的，而卢卡瑟医生也神色凝重，认真回答。尽管夏洛克急切地想聊到尸体部位被窃一事的话题，但他对这些听得也很入迷。眼前这个人，虽然做事不声不响的，实际上却是个天才。他的工作——其实，是他的热情所在——是从实验室的金属桌上提取证据，解剖尸体——非正常死亡或者死因可疑的人的尸体，寻找他们的死亡原因和死亡方式的证据。这跟夏洛克已经开始考虑的自己接下来一生所从事的职业有些类似，只不过差别在于，卢卡瑟医生的工作仅仅局限于实验室内，而不是在外面的广阔世界上。奇怪的是，他觉得这或许是迈克罗夫特会喜欢做的事——如果他能坐在沙发上，舒舒服服地就可以进行尸检的话。

夏洛克对卢卡瑟医生如何区分意外死亡与谋杀尤其感兴趣。这种关注让卢卡瑟医生很开心，于是对此也就知无不言。

"试想一下，"卢卡瑟医生喝了口茶，说，"假如你被叫到现场，说这里发现了某人的尸体。比如,在那人的卧室里。他趴在床边的地上,脸朝下。没有明显的暴力痕迹:脸上没伤,没有血迹,没有捅伤之类的。尸体平静地趴在地板上。一般的警官会认为这人死于中风或者心脏病突发,或许会问其家人他最近是否感到不适,但作为医务人员,不要轻信,不要急于下结论,而是要找出能支持结论的证据。你需要首先寻找证据,看看证据给你带来何种结论。因此,你需要让人把尸体运到太平间,然后从头到脚仔细检查。或许,你会注意到尸体的脸呈现不自然的粉红色,这意味着他可能吸入了毒气,比如一氧化碳,然后死于窒息。那么,发现了这个之后,你就可以建议警察仔细查看他的卧室。里面是否有炉子产生了一氧化碳,泄漏到屋子中,导致死者吸入中毒?门窗关了吗?如果关了,若是在夏天,就意味着可能是有人故意关上的,这样一氧化碳就散不出去。若没有炉子,是否有证据表明,有管道通过墙或者地板伸进房间,这样一氧化碳可能会从外面的炉子灌进来。仅仅基于尸体的脸色呈现不正常的粉红,就能提出这么多的问题。你明白了吗?"

"明白了。"夏洛克听得很入迷。

"又或者,尸体的脸色不是粉红色,但是你观察到其肩膀或者脖子上有类似针孔的伤口。或许这个人是偶然被黄蜂叮了,死于急性中毒,但是那样的话,你应该在伤口附近看到肿胀。如果没有肿胀,那么这个人可能是在熟睡时被人用注射器故意注射了毒药,此种情况下你应该重新考虑故意杀人的可能性。"

夏洛克点点头。

"或许,你没发现针眼,但是这个人的口中有水泡,这表明他可能吃了或者喝了有毒的东西。你可以再次让警察去死者的卧室寻找有关食物或饮料的证据,如果有,可以用老鼠测试一下是否有毒。如果没有类似的东西,或者喂给老鼠的东西无毒,那么你要想到,某人给他下了毒，毒死了他，但证据被嫌疑犯毁灭了。明白了吗？"

"非常明白。"

"但是假设口中没有水泡呢？那么你就要解剖尸体，仔细检查。你可能在心脏中发现血栓，那么你可以确认死因是心肌梗塞。如果发现死者的肝脏变大或是有斑点，那么你可以断定死因是过度饮酒导致肝脏功能衰竭。如果在大脑中发现了动脉瘤，那病因是血管破裂。若发现有东西卡在食道里，那死因就是窒息。这些都是自然死亡的最好证据。但是，如果一个人是被人闷死的，比如用枕头压住脸，那么我的经验是死者眼睛中一定有破裂的血管，那是挣扎着呼吸造成的，或许嘴巴的周围还有瘀青。又如果那人是被勒死的，那么脖子的表面或皮下一定有勒痕，小的软骨还可能会断裂。这些特征合在一起，就可以大致判断是自然死亡还是被人谋杀。"他停了一下，"或许，当你检查尸体时，你可能发现尽管表面没有明显的伤口，但是在头骨上有凹陷隐藏在头发中。这人是不是因为起床时腿被床单裹住而偶然跌倒了，头磕到了墙上或者床头上受伤而死？如果是这样，你会在墙上或者床头上发现类似他头发的毛发，或是他头油的印记。如果没有毛发或者印记，那么你可以断定有可能是故意杀人，你要建议警察去房子周围找木棒之类带有此类印记的东西。"

"太棒了！"夏洛克说。

"问题是，"卢卡瑟医生叹了口气，"大多数情况下，在我尸检桌上的尸体死因都太明显了。这些可怜的家伙有的是在酒馆打架时被酒瓶爆了头，有的是在收割玉米时被大镰刀戳死，有的是在街上被马车撞倒碾断了脖子。让我能动一番脑筋的机会很少。"

夏洛克快速地想了下。他想让卢卡瑟医生谈论之前他听说的关于太平间尸体盗窃的事，但那个话题很敏感，直接问他，他或许会很生气。夏洛克凭观察，认为这个人有点儿易怒。他必须慢慢地触及这个话题。

他再一次想起来，他在圣基督教会学院里听的讲座。这可能会给他提供个引子。

"我想，"夏洛克小心翼翼地说，"为了能察觉各种正常或非正常死亡的迹象，你一定受过训练，见过各种死因的尸体。"

"哦，当然了。"卢卡瑟医生说，"除非你见过多具同样死于一氧化碳中毒的尸体，否则你不可能识别一氧化碳中毒的迹象。你也识别不出心脏病突发的征兆，除非你解剖过许多心脏，看到了里面的各种情况。"

"解剖过程不会遇到问题吗？"夏洛克继续问道，"我的意思是，许多人笃信宗教，反对把亲人的尸体解剖，让一帮学生在那里看。一方面，他们希望亲人的尸体埋葬时是完整的，另一方面他们不希望别人对尸体不敬，甚至嘲弄。你也听说过医学院的学生们经常拿尸体开玩笑，比如放到有些人房间的椅子上，等等。"

"的确如此。"卢卡瑟医生叹了口气说，"解剖课的尸体供应的确是个问题。幸运的是，许多开明的人留有遗嘱，明确表示死后将遗体用于医学研究。也有可怜的不幸之人没有家人，也没有朋友，因此对于如何处理尸体，没有人出来干预。"

"我想，"夏洛克小心翼翼地说，"可能有一种趋势，或许在其他不太遵守道德规范的机构里，它们会接受来源不明的尸体。"

"你指的是盗尸者？"卢卡瑟医生扬起的嘴角显得有些生气，"的确，过去有段时间，有些不遵守原则的研究者接受你所说的那些'来源不明的尸体'。"浓密的眉毛下，他的眼在盯着夏洛克看，"希望你不是在暗指我利用职务之便做这事。我是怀着最大的敬意来对待这个太平间的尸体的，从未接受过任何来源不明的尸体。"

"当然不会。"夏洛克举起他的手郑重地说，"我没有暗指任何别的东西。我只是想知道你是否听说过别人身上发生过类似的事情？"

他很长一段时间大气都不敢喘。

卢卡瑟医生皱着眉头向远处望去。"我想，"他冷冷地说，"你指的是最近发生在此处的盗窃事件。"

夏洛克说话的时候努力让自己带着宽慰的口气："我知道这是个敏感话题，我也知道这对你的职业是个亵渎，但我只是想知道，这些事为何发生，对此你有什么见解？"

"我很茫然。"卢卡瑟医生皱着眉头，"如果是整具尸体被盗，那么我会认为是学生的恶作剧，或者是那些教学中缺少尸体训练的医院或者医学院。但是要是他们想通过不正当手段得到尸体，他们要尸体部位做什么？讲不通！"

"你能告诉我到底发生了什么吗？"夏洛克问道。

"事情很简单，但是让人看不懂。有十几次了，我把完整的尸体留在这里，第二天早晨回来后，发现它的某个部位……"他停下来，明显对此很苦恼，"消失了。"

"哪个部位？"

"各种部位。有几次是手被从手腕处切去。一次是整条胳膊都没了。好几次许多耳朵也被割下来拿走了。两只脚，一左一右，在不同的时候也被偷走了。"

"哦，恕我直言，会不会是什么动物干的，比如野狗或狐狸？"

"绝对不是。丢失的部分是用刀或锯割下，而不是撕裂或者咬下的，明显不是野生动物觅食造成的。并且手脚和耳朵也不是饥饿动物觅食的目标。动物喜欢吃更嫩的肉。"

"这引出了另外一个有意思的问题。"夏洛克说，"没有……任何内脏。"

卢卡瑟医生皱着眉头："你想到了什么？"

"这种选择太奇怪了。"夏洛克继续说，"手、胳膊、耳朵、脚，都是人体很明显的部位，是走路时人能看到的部分。"

"不错。"卢卡瑟医生承认说。

"这表明也不是学生的恶作剧，学生一般会偷走整具尸体，然后放到某个能捉弄人的地方。这也显示这事儿跟医学研究无关，因为医学更侧重于研究内脏，比如心脏、肺等。"

"你说的这一点也很有道理。"

"但这样一来，我们就更不解了。"夏洛克考虑了一下，"为什么有人会偷走那些部位？"

"我不知道。"

"这里有门卫吗？"

卢卡瑟医生看起来有些尴尬："我看不出有什么必要配门卫。这里没什么值钱的东西，也没有值得偷的东西。前门锁着，我离开时会闩好后门。屋顶有天窗，但已经封死了。唯一可以进来的地方是那个换气用的窗户，但是那也太小了，人应该爬不进来。医院的大门在晚上也锁着。"卢卡瑟医生补充道，"但那没用。院墙外树太多了，树枝离墙很近，盗贼可以爬到树上再翻进来。另外我知道至少有一处的墙裂了，人要是不太高大，就能从缝隙钻进来。我知道发生了盗窃之后，门一般会上两道锁，天窗也封好了，但是盗贼依旧能进来。我曾要求警察派个守夜的人，但是他们说要忙更重要的工作。"

"谁有门上的钥匙？"

"只有一把，我自己拿着。"卢卡瑟医生伸进衣兜里，拿出了一串钥匙。他挑出最大的那把，"就是它。我一直带着，从未离身。"

夏洛克想了一会儿。或许尸体部位失窃背后隐藏着不可告人的秘密？

"尸体上值钱的东西放这里吗？比如手表，首饰，钱包，等等。"

卢卡瑟医生肯定地摇了摇头："尸体运来这里前，那些东西都会被警察取下，作为证据保存在警察局。"

"遗体会从被发现的地方直接运来这里吗？"

"是的。"

"那么再从这里运到……"

"转到殡仪人员手中，准备埋葬。"

夏洛克摇摇头，感觉更困惑了："我不明白为什么会有人偷尸体的个别部位。一切似乎太……诡异了。"

"是这样。我也很困惑。"

"警察认为有嫌疑人吗？"夏洛克装着关切的样子问，但在他心里其实已有答案了。

"有个家伙经常问我，是否可以给尸体拍一些新奇的照片之类的东西。我想他是圣基督教会学院的讲师。他说他想为后人记录下他们。我当然明白他的意思，这对医学教学很有价值，但是我发现他的行为方式有点儿怪异，因此我拒绝了，不过他很执着。我把这些情况告诉了警察，我想他已被警察传讯，但是没有直接的证据证明他卷了进来。哦，还有个叫奇彭纳姆的男生，他也很怪异。他研究自然科学，但他几次试图进到这里。他声称他要做一些非比寻常的研究，求我允许他进来。这事儿我当然也告诉了警察，我想警察也会询问他。"

"是的，他们询问了。"夏洛克喃喃地说。他抬起头，看见卢卡瑟医生犀利的目光正在盯着他看。"我听另外一个记者谈论过这事。"他赶紧说。

"明白了。"

夏洛克低头看了看他手里的茶杯。恰好，此刻茶杯空了。"我能再来一杯茶吗？"他问道，"我被你所讲的一切迷住了，如果你允许的话，我想多待会儿。"

卢卡瑟医生点点头："很高兴有人没被这个到处都是尸体的地方

吓倒。"他说着，起身朝厨房区域走去，但是又停下来看着墙上的画，"我从未结过婚。曾经有个女孩儿喜欢我，但是她发现我每天所干的活儿之后，就跟我分手了。她说想到我的手整天摸尸体，回到家再去碰她，她受不了。之后，再未遇到过任何人，也没有任何的意义。"他摇了摇头，走向了厨房。夏洛克瞅了一眼墙上的人。那是个二十岁左右女人的画像，长相很有特点，但并不漂亮，有着一双大大的、忧郁的眼睛。他朝卢卡瑟医生走出去的门口看了一眼，叹了口气。他在想，一个人因为职业选择而与幸福生活无缘，这太可悲了。

他重新让自己集中注意力。他有事情要干，并且要快点儿干完。他站起身，伸手去拿那串钥匙，卢卡瑟医生把它留在桌子上的茶杯附近。他拿起钥匙，发觉沉得有些出乎意料。他快速地翻着，很快便找到了最大的那把太平间的钥匙。他拿起来，凑近了仔细看，心里想着，要是手头有个能看清钥匙细节的东西就好了，比如放大镜之类的。他在寻找钥匙齿间一两个齿槽上留下的其他东西的痕迹，比如有黏土或者腻子之类的小微粒。那将意味着有人从卢卡瑟医生这里拿走过这把钥匙。

那应该是趁他不注意，比如在他睡觉时，他们把钥匙印到了黏土上，留下了印痕，做完之后，马上把钥匙还回去。然后，他们就可以使用熔点较低的金属做出一把新钥匙。他们甚至可以用坚硬的木头刻一把。这并不难，只需要一点儿时间和技术。配出的钥匙，无论是金属的还是木质的，都无法用很长时间，但是对于深夜进出几次太平间足够了。

问题是，钥匙上没有任何痕迹，钥匙没有被动过手脚。但是，这当然并不意味着钥匙没有被配过——只不过是说，如果被配过，证据早已被清除了。

他在卢卡瑟医生回来前把钥匙放到了桌子上。

"身体器官失窃有规律可循吗？"夏洛克问道，"我的意思是，是不是每周，或每个月的某个日子？"

卢卡瑟医生皱起眉头想了一会儿。"我记不清具体的日期了。"最终他说，"让我看一下日志。"他从桌子的对面拿过一个皮面的笔记本。他戴上半月形的眼镜，那眼镜用一根链子挂在他的脖子上，架在鼻梁上。他快速地翻着日志，一会儿往前翻几页，一会儿往后翻几页，核对了一些东西之后，再回到所看的地方。"日期都在这里。"

最终他说："我确信我都记得很清楚。问题是，盗窃事件没有明显的关联。失窃从未固定在每周或者每月的某天发生。"他无奈地摇了摇头，"没有明显的规律。如果有，我早会觉察的。我甚至想盗窃是否发生在每个月圆之夜，但事实并非如此。"

"因为月圆之夜会给行窃提供最多的光亮？"夏洛克猜测道。

"或许是，但也许是人的发疯与月圆之夜存在明显的相关。"卢卡瑟医生把眼镜摘下来，从口袋里掏出手帕擦拭了一下，"没有人明白为什么，"他继续说，"但发疯似乎真的受月光影响。人们了解这一事实已经好多年了。事实上，英语中'疯癫'就来自拉丁语的'月亮'一词。"

"我能看一下日志吗？"夏洛克问道，"我知道那是你的私人信息，但是我想如果能看一下，或许会发现些什么规律。"

"我并没有活跃的社交活动。"卢卡瑟医生沉重地说，"我没什么让自己害羞的东西不能让我的母亲看，如果她还活着的话，如果她在乎我的谋生手段的话。"

"这里没有什么与警察相关的秘密信息或尸检报告，诸如此类的东西？"

他摇摇头："那些都被写进了一个特制的报告表格中，是警察亲手收集的。"他递给夏洛克那本日志。"盗窃发生的日期右角上都有个很大的惊叹号。"他说，"你先看着，我去看看水烧开了没。"

夏洛克从当天开始往前翻看起来。日志的条目记录清晰，书写工整。主要记录了与警察或者是医院行政部门的会面、询问和出庭的日期、尸检的日期、死亡人的姓名，偶尔会记下接待或者吃饭的日期。每当夏洛克看到右上角的惊叹号时，他就会在自己的笔记本上记录下日期、星期几、月相（笔记本画上了每天的月相）。考虑到卢卡瑟医生做的事情可能跟失窃有关，他也记录了那天或者是前一天卢卡瑟医生做的事情。正如卢卡瑟医生所说，日期之间没有明显的相关。夏洛克特地看了下事件之间的间隔，真的很不同，有时是三十天，有时是四十天，有时只有八天。

只不过……

隐约有件事让夏洛克感到颇为困惑。这其中一定有规律，只是他还看不出来。他需要时间思考。

卢卡瑟医生回来了，带来一壶茶，还有一些饼干。夏洛克开口说："不好意思，但是我得回去了。"从这位验尸官期盼的眼神中，他能看到卢卡瑟医生十分享受这段意外有人陪伴的时光。若夏洛克此时走了，那么他想，卢卡瑟医生会独自坐在那里好长时间，喝着茶，吃着饼干，或许盯着墙上女子的肖像看。"你真的不觉得我占用了你太多时间吗？"他问道。

"一点儿也不。"卢卡瑟医生回答说，"有个外国的学生，叫丹尼尔·侯赛因，正在等我。他刚刚从中东过来，然后被发现死在罗克比的一个市场附近。我想他可能患有疾病，所以我做了些预防措施，隔离尸体然后用石炭酸冲洗。为了万无一失，之后我对工具消了两次毒。我们吃饼干饮茶时，侯赛因可以等着。他哪儿也去不了。"

夏洛克想到了一件他早该想到的事情。他皱起了眉头，考虑着。"如果盗窃发生在晚上，"他说，"那意味着尸体是在这里存着的。我的意思是，不是说尸检一结束，部分器官就被盗走了。"

"没错。"卢卡瑟医生确认说，"有时，如果死亡人数较多，我就得逐个检查，把尸体储存在另外一个房间里。那个房间有冰块冷却，主要是防止……"他犹豫了一下继续说，"防止尸体发生自然分解。有时，我检查完之后都是深夜了，那时殡葬主管早已下班，尸体就需要等到第二天才能运走。极少数情况下，我也无法确认死因，那么就会召集另外一位验尸官来一同检查，这也需要些时间。因此，由于种种原因，太平间里总是有尸体。小偷知道这些也不难。"

他们又一起聊了四十五分钟，夏洛克问了好多关于死亡的问题，各种可能发生的情况和每一个案例中可能留下的证据。他发现即便擅长中毒检测的验尸官也会混淆疾病的症状，因此，如果验尸官对工作不是非常认真的话，一个死于喝颠茄茶的女人可以被诊断为死于心肌梗塞。夏洛克再一次想到了他曾亲历的一件事，爱丁堡慈善商人本尼迪克特·文瑟姆爵士的死，他的死因跟卢卡瑟医生的描述如出一辙。

他们也重新简短地讨论了尸体部位被窃一事。

夏洛克问了一个他早该问的问题："有人指责你吗？你的上级是否认为你应该多做点儿什么，保护好太平间？或者，他们是否甚至认为你也与此有牵涉？"

"我跟医院董事会解释过许多次了。"卢卡瑟医生说，"我对他们知无不言，警察也明确告诉他们我绝对不会是嫌疑人，之前也不是。"他笑了，但笑得很严肃，"他们肯定也扪心自问过——他们到哪里找人去干这活儿呢？反正我是觉得不会有人抢着干。"

虽然在聊着天，但是慢慢地，夏洛克想马上去分析那些数据的冲动逐渐增强。"我真的要走了。"夏洛克说，"真的很感谢你跟我聊了这么多有意思的事。"

"我也非常高兴和你聊天。"卢卡瑟医生回答道，起身握住了夏洛克的手，"如果报纸刊登这篇稿子，一定要告诉我。同时我也随时欢迎你过来喝茶，吃饼干。"他停了一下，想了想，"我甚至可以违反规定，让你观察一下解剖的过程。"他试探性地说，"那样的话你会学到很多。"

"太棒了。"夏洛克说，卢卡瑟医生的这一提议让他颇为感动，"我会回来看你的，也会接受你的邀请。"

卢卡瑟医生笑了。"一言为定。"他说，"我很少有机会跟志趣相投的人聊天。以前曾有个人愿意跟我聊，不过那是很久以前的事了。他叫费尔尼·韦斯顿。个头儿很高，非常高。他是个警察。可他后来不来了。"说到这里他的脸耷拉下来，看着别处，"我想我一定是让他觉得厌烦了。"

"我决不会厌烦。"夏洛克保证道。

第六章

··· Chapter 6

　　夏洛克离开太平间，出了医院，抄最近的路朝印象中运河的方向走去。这里环境不错，他找了一条长椅坐下来。他掏出笔记本，开始核对盗窃发生的日期。也许是因为他刚跟查尔斯·道奇森学过数字序列的关系，不管怎样，他知道这些日期里面肯定有规律，他希望自己能看出来。他在那里坐了很久，太阳逐渐西沉，微波粼粼的河面上，投下了河对岸树木的影子。过了一会儿，他意识到马蒂正耐心地坐在身旁，但是他不知道马蒂是什么时候过来的。

　　最后，他抬起头来。他的嘴又干又涩，而且他还觉得有点儿头疼，但他认为自己已经找到规律了。

　　"没有规律。"他对马蒂说，这是几个小时以来他说出的第一句话，"这就是规律。"

　　"这是什么意思？"马蒂问道。

　　"这里太平间的尸体一直在丢失身体部位。甚至我的新导师道奇森都是嫌疑人，和我同住的同学之一奇彭纳姆也是。你还记得吗，我俩看见他昨天被警方带走问话了。我已经跟医院的验尸官卢卡瑟医生谈过了，并且弄到了尸体部位失窃的日期清单。我以为能找到里面的规律，这样我就可以预测下次盗窃发生的时间，但我却找不到。"

"那就这样了吗？你得找到另一条调查线索。"马蒂问道。

夏洛克摇了摇头："不用，没规律实际上就是一个规律。盗窃的人，不管是谁，刻意回避了在每月的同一天，或者是相同月相的日子，抑或作案相隔天数相同的时间作案。他们倒是曾经在每周的同一天进行过盗窃——这几乎是无法避免的，因为一星期只有七天，但他们不会连续在一星期中的某一天盗窃。从没有连续两个星期一，也没有连续两个星期二作案——"

"我有些明白了。"

"他们还考虑到了天气状况。这些日期里，只有一个下雨的星期一、一个阳光明媚的星期一和一个多云的星期一。他们在企图避免形成规律的过程中，已经形成了一种与正常规律截然不同的规律。"

马蒂挠了挠头："什么意思？"

"这样说吧：现在距最近的一次盗窃已经有二十二天了。盗贼此前已经在间隔天数为二十二天的时候进行过盗窃了，所以今晚他们不会行动。根据两次盗窃间隔时间，但不根据天气，则有可能是明天。明天是星期四，天气预报说是个晴天，这就排除了这种可能性，因为第一次盗窃就是在一个晴朗的星期四发生的。如果我能找出所有的变化参数，就可以查一下日历，找出剩下的可能日期。"

马蒂慢慢地点了点头。"这脑子……实在是聪明。"他停顿了一下，"思考是不是和跑步或者搬箱子一样，也要耗费能量呢？"

夏洛克想了一下："不管怎么样，我还真饿了。"

"那咱们去搞点儿吃的吧。我觉得你需要吃东西了。"

他们吃了饭，然后分手了。

第二天，夏洛克花了几乎一整天的时间来弄清楚日期规律。他最后不得不买了一大卷壁纸，而且跟麦克科里瑞太太借了餐桌用。他在餐桌上铺开壁纸，然后用尺子和笔精心地画出了接下来三个月的日历，每一天都单独标出来，而且每一天都留出了位置，好标注出当天的天气、月相和其他所有他认为被盗贼考虑在内的因素，包括公众假日或赶集的日子。然后，他不辞辛苦地在日历上的每一天做标注。天气是重要因素，虽然当地报刊只刊登未来几天的天气预报，但这至少让他知道，小偷做计划的时候也不会比他更能提前知道。要是原本计划在一个阳光明媚且同时有新月的星期一来盗窃，结果到了当天发现下雪了，而小偷已经在上个有新月的下雪的星期一实施了盗窃，那就白忙活了。夏洛克必须根据自己的推测，照着小偷的方式去做，只能计划两三天前后的事情，要查看天气预报，然后尽可能地预测会发生什么情况。不过，他把可以被排除的日期都划掉了，因为这些日期所具有的特征组合已经被用过了。这样，他至少知道下一次盗窃不会发生在哪几天。毫无疑问，许多因素的组合已经被用过了，剩下的可能发生盗窃的日子就不多了。

下一次发生盗窃的日期可能是三天后，但这也完全取决于到时候的天气状况。

夏洛克在忙活这些的时候，不时会有人从门口经过。或是麦克科里瑞太太，或洗碗的女仆，或是其中一个负责生火的男童，抑或是房子里住的其他学生，他们往里一瞥，有皱眉的，也有微笑的。他们之所以没进来问他在干什么，肯定是因为夏洛克脸上的表情。有两次，靠墙的茶几上摆上了茶和松饼，可他却不知道它们是怎么冒出来的。

接下来的两天在痛苦的煎熬中过去了。夏洛克又去跟查尔斯·道奇森上了一次课，这次他们讨论的是欧几里得几何的基本原理，忘了上次的未解之谜。这次课让夏洛克感到很疲惫，但也异常兴奋。他觉得道奇森在训练他的思维方式，就像体育教练训练运动员的体能一样。

这次课结束时，道奇森突然说："哦，我差点儿忘了——你想不想看看你哥哥的一些照片？我有一天找到了它们，想着你也许会看一看。"

"那简直是太好了。"夏洛克说。他打心眼儿里想看看。

道奇森走到房间对面的一个办公桌前，从那里拿出一个纸盒。他把盒子放在桌上，打开盖子。夏洛克走过来，看见盒子里面是一堆硬卡纸。最上面的卡纸上，是夏洛克的哥哥迈克罗夫特的黑白肖像照，他坐在一张桌子边，桌子上方有一株高大的植物，枝叶悬垂下来。他若有所思地盯着一旁——可能在想他的下一顿饭会是什么，夏洛克有些刻薄地想道。从他相对瘦削的脸颊、头发的长度和背心上的钮扣没有被身体绷紧这些特征来看，这张照片大概是五六年前的了。

夏洛克不由自主地笑了。这像一扇通往过去的窗子。这就是他的哥哥——不是艺术的再现，没有为了迎合人物而去美化，而是迈克罗夫特曾经在过去的某一天、某一特定时刻真实的样子。尽管照片只是黑白的，可这并没有让夏洛克费什么心思去想真实的情景，因为迈克罗夫特永远只穿黑色的或者细条纹的衣服，他的头发是黑色的，脸是苍白的，所以照片看上去很像他本人。

"这——"夏洛克轻声地说，"真是太让人惊奇了。"

"他当时是在看一盘饼干。"道奇森说，"我告诉他，我在给他拍肖像的时候，他需要坐在那里一刻钟不能动。其实，整个过程只用了八分钟，但是我当时太喜欢看他盯着饼干的神情了，于是就没提醒他，让他在那儿遭罪遭满了一刻钟。"他把那张照片抽出来放在了一边。下面的是另外一幅图景。这张照片是在室外花园里拍摄的。在这张照片上，迈克罗夫特和好几个人站在一起——有个男子身材魁梧，肩膀很宽，戴着圆顶硬礼帽；还有个女人，身穿带褶边的裙子；一个看起来大约九岁的男孩，还有一个前额布满白发的年龄稍大的男子。

"这上面也有你哥哥，和几个朋友一起。"道奇森说，"我现在忘了他们是谁了。"

"迈克罗夫特竟然有朋友？"夏洛克惊奇地说。

"没错。"道奇森平静地回答，"我是其中一个。"

随后，夏洛克离开了道奇森的房间，但他仍然对照相这一新奇的技术惊叹不已，一心想着它可能对社会造成怎样的影响。

他每天都阅读当地报纸，一心想着可不要再有关于太平间盗窃案的报道。如果有了，这就意味着他的整套理论是错误的。在镇上闲逛的时候，他也一直留神听着，但是没有听到任何人提到有关盗窃的事。人们的谈话中有许多饶有兴趣的话题，但没有一丁点儿是关于离奇的或恐怖的盗窃案的。

第三天早上，夏洛克醒来后，立即看了一眼窗外。天阴着，这正是他想要的，但是看起来并不像要下雨的样子，这也是他想要的。到目前为止，一切都很好。

他怀着痛苦的期望熬过了这一天。最终，夜幕临近的时候，他在医院门外跟马蒂会面了。按他的指示，马蒂穿了深色的衣服。夏洛克也穿着自己的衣服中颜色最深的裤子和外套。可是他只有白衬衫，所以他就在脖子上围了一条深色的围巾，塞进外套里，遮住衬衫的白色。他甚至还戴了副手套。

"准备好了吗？"马蒂平静地问道。

"我时刻都准备着呢。希望我猜对了。"

"你是对的。"马蒂说，"你永远都是。"他往周围看了看，"那么，你的计划是什么。咱们要是看见有什么事情，是动手呢，还是跑去叫巡逻的警察？"

"都不要。"夏洛克坚定地说，"不管看到什么，咱们只是从远处观察并跟踪。我想知道小偷会去哪儿，还有他拿这些尸体部位做什么。如果在这里抓住他，那么他可能会拒绝开口，那样我就永远也不会知道了。"

"所以，这基本上就是一次为了满足您的好奇心而进行的声势浩大的演习吗？"

夏洛克考虑了一会儿："我想是这样的。"他承认道，"你觉得我应该叫警察来？"

马蒂耸耸肩："我不知道。我只是跟着你。"

医院的门是锁着的，往里看，只能看见零星的煤气灯从整幢建筑里面透出一些光亮。夏洛克和马蒂朝外墙走去，这堵围墙距离医院建筑周边的树木和灌木有十英尺的间隙。围墙也有十英尺高——要说一般情况下，这么高还不够难爬的话，墙顶上还插了很多碎玻璃瓶渣，专门吓阻想翻墙而过的人。夏洛克推测，这所医院以前可能是某个人的私宅，因此才会有这样的保护措施。人们通常不会闯入医院——通常大都是更渴望从这里出去。

他们不时会经过一棵特别古老的大树，大树的枝丫从墙上伸到了院子里。每次看见这样的大树，马蒂都会看看夏洛克，可夏洛克只是摇头。他想离里面的太平间再近点，而且，他也一直在寻找某种特别的东西。

再往前走，马蒂似乎听到了什么。夏洛克也听了一会儿，但是除了夜莺的啼叫，以及偶尔几声狐狸的尖叫，并没有什么声响。

"你在听什么呢？"夏洛克终于忍不住问道。

"看门狗。"马蒂扭头说，"听不到狗叫声，但是我想，要是它们正跟着咱们，它们在墙里边走的话，我能听到喘气儿的声音。"

"根本没有看门狗。"

"你确定？"

"这是医院，不是银行。为什么会有看门狗？并且，总有可能，有人晚上吃了止痛药，脑子迷糊了，半夜里出来在院子里瞎转悠。医院院长最不希望看到的，就是哪个病人被看门狗给撕碎了。"

"那好吧。"马蒂半信半疑地说，但在他们走的过程中，他似乎还在听。最后，就在太阳要落到地平线下的时候，夏洛克发现了他一直在找的东西。距离他估摸的太平间位置不远，有一棵出奇大的树，它的根拱坏了墙，把砖拱了起来。有些砖掉落下来了，露出来一个洞，另外树根之间也有空隙，或许是因为雨水冲刷造成的，这里的缝隙可以容一个人爬过去。夏洛克看到，附近的泥土明显有被人铲过的痕迹，所以他推测小偷也是从这条路通过的。

他紧张地看了看四周。按他的计划，他俩要在小偷到来之前到达太平间，但那是根据这个小偷会在深夜进行活动而做的假设。如果小偷是打算在日落的时候盗窃，那么现在他可能已经在那里了。这意味着，现在他可能正盯着夏洛克和马蒂看呢。夏洛克打了个寒战。

"冷吗？"马蒂问道。

"不冷。"

"脚底发凉？"

"绝对没有。"

"那咱们进去吧。"

马蒂跪到地上，然后扭动身子，钻过了墙洞。只见他脚上的靴子在黑暗中动了一会儿，然后就消失了。夏洛克在心里数到十，又看了一下四周，也跟着钻过去。

墙根下这条短地道很潮湿，土壤还有一股怪味，是一种发霉的味道，外加某种动物的气味，夏洛克觉得不是狐狸就是獾。突然，他想到——万一爬在他的前面的马蒂突然遇到了一只从对面钻过来的獾怎么办？獾非常凶猛，这人尽皆知，而且它长着锋利的牙齿和尖锐的爪子。马蒂根本无路可逃！

夏洛克加快了速度，他知道这不会影响马蒂的速度，但还是不由自主地这样做了。

最后，他感到有清风拂过，然后就到医院的院子里来了。马蒂正站在几英尺远的地方，拍打着身上的尘土。"钻洞真有意思。"他微笑着说，"有时间我再来一次。"

夏洛克决定不提獾的事情。最好不要让他的朋友太担心。

他们一起冲向医院，穿过灌木，走过树林，直到看到红砖建的太平间矗立在他们面前。夏洛克抓住马蒂的肩膀，不让他再继续往前。

"咱们不是要从这里观察吗？"马蒂小声问。

"不。如果那个贼和咱们走的是同一条道儿，那他也会走这儿。咱们需要躲开一点儿，好既能看到这条小路，也可看到医院的楼。"

夏洛克绕着太平间转了一圈，马蒂跟在后面，最后他发现了一丛挺高的灌木，灌木下可以藏下他俩。从那里，他们往正前方看，可以清楚地看到太平间的门，往左看，也可以看到夏洛克认为小偷会过来的方向。即使小偷从其他方向进来，比如从他们身后进来，灌木丛仍然可以挡着他们。

现在太阳已经下山了，星星开始在天空中闪烁。漆黑的夜空中飘过一缕缕薄薄的云。幸运的是，依然没有要下雨的迹象。真是天时地利。

他们在这里，一等就是三个小时。时间过得很慢，就像糖浆缓缓地从铁皮盒中流出一样。有好几次，夏洛克觉得自己要打盹了，为了保持清醒，他不得不掐一下自己。中间马蒂甚至打起了鼾，他用胳膊肘碰了碰马蒂的肋下，把他弄醒。马蒂想睡一下他并不介意，但是像头猪那样呼哧呼哧的就太过分了，因为这可能会惊到小偷。

出门前，夏洛克从麦克科里瑞太太的厨房拿了些松饼，藏在了外套里。他感到饿极了的时候，就拿了出来，也递给了马蒂几块，可惜没有水喝。他意识到，自己应该搞个扁酒瓶，出门前可以灌点儿水。下次再遇到这种情况，他会准备得好一点儿。

意识到这一点后，他感到更加口渴了。

在他们蹲守期间，有一只狐狸穿过了太平间周围的草坪。它半路停了下来，昂起头，嗅了嗅空气，然后继续走开了。之后又有几只獾排成一列经过这儿，好像是一家子，有两只成年獾和五只獾崽。它们没有对任何气味或声响做出反应，只是毫不畏惧地向前移动。

月亮透过树梢照下来。今晚是个四分之三满月——本星期的这一天，加上本月里的这个日期，配合今天的月相和天气状况，正是该发生盗窃的日子。

马蒂伸过手，捏了夏洛克的手一下。夏洛克往旁边瞥了一眼，发现他的朋友正紧紧盯着一旁。顺着马蒂的目光，他注意到一团黑色的影子穿过灌木丛。不管那是什么，只见那个东西半蹲着慢慢地移动，同时张望着四周，留心着周围的动静。

夏洛克只觉得一股胜利的暖流涌遍全身。他推测正确！他成功地预测了这次盗窃！

影子在太平间周围比较亮的区域停下来，最后一次环顾一下四周，并像刚才那只狐狸一样嗅了嗅四周的空气。那是一个男子，穿着一件长猎装。这种衣服上有着大大的口袋，足以装得下几只兔子和松鸡。他走到了门口。这人的身子挡住了他所做的事情，但是夏洛克觉得，他正把手伸进外衣内侧的口袋里。他的口袋里似乎装满了某种东西——当这个人把手伸到口袋里的时候，有个东西还蠕动起来。他拿出了手，马蒂和夏洛克都屏住了呼吸。他手里有一个小东西，像个洋娃娃似的蹲在他的手掌上，而且它竟然能动弹！

"巫术！"马蒂大气也不敢出。

"不，"夏洛克说，"那是一只猴子。"

"我也看出来了。"马蒂说。

其实夏洛克花了几秒钟的时间才辨认出那是一只猴子。他曾在露天市场、马戏团和动物园里见过这样的东西。很明显，这只猴子很小，可以藏在人的口袋里，但是它又足够聪明，可以训练它做事。他俩看见托着猴子的人在那只猴子的耳边低声耳语了几句，猴子就像一道光一闪而过，一下子就从他手上跳到了排水管上，又顺着建筑物的一侧爬到了屋顶。夏洛克只是转瞬间在天空的背景下看到了它的轮廓，然后它就不见了。

该男子往周围看了看，确认四周没有人，然后沿着楼的一侧绕了过去。马蒂和夏洛克尽量让自己躲在阴影中或灌木丛后面，紧紧跟着。

他们发现那个人来到了后门外。他正靠在门上听着动静。几秒钟后，夏洛克听到了门闩滑动的声响，应该是他的"小伙伴"将门闩拉开了。他推了推，门开了。不到一秒钟的工夫，那个人就溜了进去，消失在黑暗中。

夏洛克想了一会儿。利用猴子来开门是很聪明的做法，但是夏洛克还是想知道里面会发生什么。他俩是该在外面等待，还是更靠近一些？

他的决定显而易见——他必须要看到，他必须要知道。

他拉着马蒂，走出了冬青丛，朝太平间走去。他内心挣扎了好一会儿，犹豫着是否要跟窃贼一样从后门进去，但他觉得那将是一个错误的选择。那个人出来的时候可能会跟他迎头碰上，那就惨了。他俩到了墙边，他用手势告诉马蒂背靠砖墙，双手紧扣。马蒂立刻领会了他的意思，把夏洛克往上一抬。夏洛克几乎飞上了屋顶，脸朝下落的时候赶紧伸出手撑住。他的身子撞到了屋顶，整个肺里的气似乎都给撞了出来。他停在原地待了几分钟，但愿正在下面某个地方的小偷没有听到他的动静。幸好，没有声响，没有动静。最终，当他觉得安全了，才继续移动。

屋顶是倾斜的，上面有几扇天窗。夏洛克迅速爬向其中一个，朝下看去。幸运的是，此时月亮已经高高地升起来了，银色的月光透过玻璃照进屋内。夏洛克费了好一会儿才辨认出来，这是几天前他和卢卡瑟医生交谈的时候所在的那个房间，房间是空的。

夏洛克又爬到了下一个天窗前。现在他下面的房间有两个贴着金属面的桌子，大小跟床差不多。两张桌子并排放着。桌子的边沿高出一些，而且每个边上都有连着管子的小孔，这样就能够冲洗桌子了。看来，这就是卢卡瑟医生验尸的地方。这个房间也是空的，但是房间的一边有个敞开的门。夏洛克朝那个方向爬过去。他从第三个天窗看下去，发现房间里的墙上安装着一竖排的大抽屉，共有五排，每排有四层。除此以外，就没有别的什么了。抽屉都很大，每个里面都能装下一具尸体。在每个抽屉的外面都有一个金属框，里面塞着一张小卡片。卡片上有字，估计是抽屉里盛放的死者的名字。

那个人正站在房间中央。

夏洛克看不清他的脸——他用一条围巾裹住了脸的下半部，遮住了下巴、嘴和鼻子。他正盯着抽屉看。他把手伸进口袋，掏出了一张纸。看了几分钟后，他大步跨到其中一个抽屉前，核对了贴在抽屉前面的卡片上的字。他哼了一声，走向下一个抽屉。他又看了看拿在手里的字条，核对细节。这次肯定没错了，因为他伸出右手打开了抽屉。

夏洛克惊讶得屏住了呼吸。这简直是太有意思了——他以前从来没有想到过，可真真切切的，这个小偷是在寻找特定的尸体！他不是随意从一具尸体上取走某个身体部位——他是有针对性的！这是否意味着，他也是专门针对某个部位呢？如果是的话，为什么要这样做？

夏洛克暗暗问自己这些问题的时候，小偷把抽屉完全拉开了。虽然抽屉看起来是安装在滑动的装置上，这个动作仍然费了他很大的力气。最终，抽屉被完全拉开了。从上往下看去，夏洛克可以看到白布下身体的轮廓——估计那就是尸体了。

小偷伸出一只手。一时间，夏洛克浑身一紧，他以为那人会把白布完全扯开来，但是小偷只是拉起来一点儿，露出了尸体的脚。夏洛克还看到，尸体左脚的大拇趾上用绳子系着一个卡纸标签。他觉得这是为了确保尸体不会被弄混。

夏洛克忽然觉得身边有个东西在动弹。

想到可能是那只猴子，他猛地闪开了，但是当他转过头来看的时候，却发现是马蒂。马蒂一定是自己找到办法上来了。

"里面怎么啦？"马蒂问道。

"嘘！"夏洛克用手指了指下面。

在下面储存尸体的房间里，小偷正在检查尸体脚趾上的标签，同时检查着相应抽屉上的名字，以确保自己没有弄错。他放开标签，把手伸进口袋，掏出了一个东西，按了一下，那个东西展开了。夏洛克片刻后才明白过来——那是一把刀！

小偷弯下腰，开始在尸体没有标签的右脚动起手来。

"他正在割下他的大脚趾！"马蒂屏住了呼吸。

没错，小偷正是在干这个。他正在切割尸体右脚的大脚趾。这件事做起来不容易，即使隔着玻璃，夏洛克也能听到下面房间里传来咒骂声。然而最终他还是成功了，那人把刀子和割下来的大脚趾一起装进了口袋里。他麻利地拉回白布，盖住尸体，关上抽屉，离开了。

夏洛克爬过屋顶，回到第一个天窗旁边，尽量小心翼翼地不弄出动静来。透过模糊的玻璃，夏洛克看见下面的那个人再次进入了验尸房，然后朝门口走去。那人的猴子仍旧坐在金属的尸检桌子上，反复梳理着自己的毛，四处张望着。

夏洛克突然感到腿部一阵痉挛。可能是因为他在寒冷的室外蹲得太久了。他试图偷偷地伸展一下，但是却失去了平衡，向前摔去。他赶紧伸开两只手臂，撑住身体的重量，但是天窗的木头框上，一定是裂开了，有个木刺，他觉得木刺戳进了自己的手掌。未加思索地，他一下子把手抽了回来，但是由于重心太靠前，他朝天窗栽了下去。

他一下子就穿透了天窗。在他的重压下，天窗破了，他头朝下跌入下面的房间。金属尸检桌正好在天窗的下面。如果撞到它，他可能会撞断自己的骨头，很有可能是头骨。他拼命地扭动着身体，试图用脚勾住天窗的边沿。他还真的用靴子的尖头勾住了木头框，身体像钟摆一样悬挂在那里。他的头碰到一组悬挂在天花板上的链子和架子——大概是用来移动和悬挂尸体的，夏洛克拼命地用双手抓住了链子。与此同时，他的脚尖也从天窗的框上滑了下来。他模糊地记得，下面房间里的小偷一脸惊讶地抬头看了一下，然后撒腿就跑，顺着原路往回跑。夏洛克的身体再次下跌，但这次是挂在悬着的架子上荡悠，就像吊架上的杂技演员一样。手中的金属链很滑，他一下子失了手。他横着飞出去，弹到墙壁上，最后落在瓷砖铺就的地板上。他的头撞到地板砖上，感觉眼前一片猩红，冒出一片金星。他觉得浑身像散了架似的，双手烧灼般的疼痛。

他知道，小偷还在那里，而且不顾一切地想要绕过他逃跑，他强忍着疼痛站了起来。他的视线模糊了——眼前看到的是两个盗贼，分别站在两个门口——他使劲儿地眨眼，直到头脑变得清醒。小偷怒视着夏洛克。这个人胡子拉碴的，头发黑黑的像野草似的，耳朵看起来就好像被别人用拳头打了无数次似的。也许是个拳击手，夏洛克迷迷糊糊地想。拳击手带着个猴子——这意味着他很可能是从游乐场来的：好多移动的大篷车表演团队，最吸引人的就是马戏和拳击表演了。但这可不像是那种会偷盗尸体部位的人啊。

"你是个奸细，是不是？"他咆哮着，"你为警察卖力？那也阻止不了我——我会割断你的喉咙！"

夏洛克清楚地意识到，自己已经毁掉了整个计划。他举起自己被划得都是口子的手掌。"对不起……我只是想拿——"他想了一下，"一些吗啡。我拿它……有用！"他尽量让自己听起来越可怜越好，"你看，我不会挡你的路。我也不会拦着你，更不会跟着你。我只是想要吗啡。"

"可恶的大学生！"小偷低声吼道，但是当夏洛克围着金属桌一侧慢慢移动时，他向另一侧移动。他似乎有点儿接受夏洛克也是个小偷的可能性，尽管他在虚张声势，却似乎并不想惹任何麻烦。他只是想拿着偷来的脚趾离开这儿。

然而，他的猴子却另有想法。

它从一个金属托盘中抓起一把手术刀，一跃跳到夏洛克的头上，发出了野生动物嘶嘶的声音。夏洛克从眼角瞥到了这只动物，赶紧转身。就在猴子差一点儿划到他的时候，他躲开了。刀片从他头上划过，但是并没有划到他。"巴尼！你这个愚蠢的东西——过来！"小偷大叫道，并快速向门口走去，但是猴子不听他的话。它落在金属桌上，又转过身来，径直跳向夏洛克的胸口。它用两只后爪和左前爪抓住了夏洛克的衬衫，右爪拿着手术刀向夏洛克的左眼捅去。夏洛克用左手抓住了它的手臂。它的手臂很细，像一根树枝，但是毛发很多，力气也大得惊人。这只猴子竭力拿手术刀逼近夏洛克的眼睛，夏洛克能感觉到它皮肤下面的肌肉在扭动。

夏洛克把右手使劲儿挡在猴子和自己的胸口之间，用力往外推。猴子的后爪想竭力抓住什么东西，结果抓伤了夏洛克肚子上的皮肤。他的衬衫被撕烂了，但他也成功地推开了这只动物。他使出浑身的力气，把它朝房间对面扔了出去。它撞到墙上，发出愤怒的尖叫，然后不见了踪影。手术刀撞在墙上，咔嗒一声掉到地板上。夏洛克能听到猴子跑动时爪子抓地的声音，但是不知道它在哪里。小偷也不知道——他正站在门口，拿不准是该逃跑还是该营救猴子。

夏洛克伸出右手，去抓盛着手术刀的金属托盘。猴子就是从这个托盘里找到刀子的。刚才意外的坠落，以及眼前所发生的一切，让他有些心惊肉跳，手也在颤抖。

猴子突然出现在金属桌子的边沿。它那干瘪的小脸因为愤怒都扭曲变形了。它用左前爪抓住桌子的边沿，把身体荡到桌面上，然后尖叫着向夏洛克直跳过来。

夏洛克麻利地拿起金属托盘，像挥动网球拍一样，把这个小东西朝小偷拍了过去。小偷则趁机抓住猴子，把它塞进衣服里逃走了。

夏洛克没有追，而是站在原地喘着粗气。这时，他的头顶传来一个声音，他抬头往上看了一眼。马蒂正朝下盯着他。

"你没事吧？"他低声问道。

"我……很好。"夏洛克说，可其实他感觉一点儿也不好，"这一跌真愚蠢。现在咱们永远也不会知道他去哪儿了！"

"这事儿交给我吧。"马蒂说。夏洛克还没来得及做出回应，马蒂已经从视线中消失了。夏洛克差点儿喊出声把他的朋友叫回来。那个小偷有一把刀，还有一只会杀人的猴子。马蒂将非常危险！

第七章
··· Chapter 7

　　他从后门出来，在外面坐了一会儿，医院院子里的冷风让他的身体放松下来，大脑也开始回想刚才看到的一幕。一方面，除了从天窗里摔下去之外，事情的进展跟他所预期的非常像。另一方面，他意识到那个小偷是奔着一个特定的尸体来的，恐怕每次都是这样，这倒是全新的发现。然而，现在重要的是马蒂能否跟踪好那个人，找到他的巢穴。

　　一个突然冒出来的想法让他笑了出来。如果警察选择在今天晚上盯梢会怎样？如果他们看到他在那里，决定逮捕他，他该怎么办？

　　想到这一点，夏洛克站起身来。毕竟，他不能在这里待一整夜。他朝树下面的洞口走去。

　　最初，夏洛克本来打算回麦克科里瑞太太的房子，但是他担心马蒂，所以就去了驳船那里。马蒂不会冒险去寄宿处叫醒他的。如果成功地摆脱了那个贼的话，马蒂会回到驳船，在那里等待。驳船正在夏洛克记忆中所在的地方。老马哈罗德正在附近打瞌睡。它站着睡觉，头低垂着，轻轻地嘶鸣，梦着马儿会梦到的东西。可能是干草，或者是在田野里自由地奔跑，跳过篱笆，任自己的鬃毛在风中飞扬。

夏洛克从驳船里抓过一个毯子，在甲板上坐下来，把自己暖暖和和地裹起来，等待他的朋友返回。

他原以为，傍晚所发生的事情让他过于兴奋，再加上要为马蒂担忧，他恐怕会睡不着觉，但是他错了。他渐渐进入了一个混乱的状态中，记忆和梦都混在一起，进入了一个陌生的地方，像数学家查尔斯·道奇森——或者说作家刘易斯·卡罗尔——在童话里写的那样。他躺在那里，脸颊贴在甲板上睡着，直到太阳升起来，照在他眼睛上，他才醒了过来。他的背很疼，手和脚都冰凉。清晨的露珠已经浸透了他的衣服。他觉得自己浑身上下都很难受。

没有马蒂的踪影。夏洛克走到驳船内，找到半个面包，狼吞虎咽地吃起来。他把面包撕成碎片，使劲儿往嘴里塞，也不计较有没有黄油或果酱了。吃的同时，他满脑子想的都是马蒂被人发现了，并且挨了打，甚至被打死了。那个男孩儿很机敏，手脚麻利，但是他并非隐形人，也不是坚不可摧。

夏洛克正要去找警察，报告马蒂失踪了，却看见他回来了。此时已经是半晌午了，运河上繁忙起来，来来往往的都是装满了煤、木柴或板条箱的驳船。马蒂看上去比夏洛克想象的还糟糕。他精疲力竭，一下子躺倒在驳船的甲板上。"如果我再试一次的话，"他说，"你一定要拦住我。"

"怎么了？"夏洛克问道。

"其实什么也没发生。只不过，我走了很远的路，还有我藏在了一些很不舒服的地方。"他叹了口气，翻过身来，向上盯着天空，"我看啊，不跟你说说发生了什么，你是不会让我睡觉的。"

"我倒是有可能让你睡觉，"夏洛克承认道，"但是每隔十分钟我都会检查一下，看看你是不是醒了。反正你不会得到太多休息的。"

"嗯，我想你也会这么干。"他用手背揉了揉自己的眼睛，"那好吧。我跟着那个家伙到了医院外面，他把马车停在了那里。如果他是骑马来的，那我永远也追不上他，不过马车就好办些了，我设法爬到了车上，躲在一块篷布下面。马车走了二十来分钟，每次在路上一颠簸，我都觉得从头到脚都震得难受。最后，就在我再也不能忍受，正要跳下去的时候，马车停了下来。他下了车，我等了几分钟才跟过去。我发现，他是一个当地打零工的人——做一些木工活儿，建筑活儿，也帮人收拾花园。他在一个谷仓住，咱们当时到的就是那儿。"

"那只猴子是怎么回事？"

"那是他父亲的，他父亲以前拿着乐器在街上卖艺。猴子是在他父亲演奏音乐的时候负责收钱的。他父亲几年前不干这行了。"

"你是怎么知道这些的？"

马蒂听了有些气愤："那是我问了一圈呗，对不？"

"那么，他偷脚趾做什么用？"夏洛克问道。

"我就要说到了！我偷偷地，没让他看见，溜进谷仓里，然后设法靠近了他干活儿的区域。你绝对猜不到他是干什么的！"

夏洛克想了一会儿。他其实毫无头绪，但是他不想对马蒂承认这一点。"我从来都不猜。"他高傲地说，"我都是基于证据做出判断，而我现在还没有足够的证据来做出判断。"

"你的意思是你一点儿头绪都没有。"马蒂笑了笑，"其实，他将脚趾放在了一个木箱里。木箱里有蜡帆布衬着，我想是为了不渗出水来。"

"什么水？"夏洛克问道。

"冰化成的水。"

夏洛克耐着性子，叹了口气。毕竟，马蒂累坏了。"什么冰？"

"冰是他在把脚指头放到盒子里之后放进去的。"他冲夏洛克皱起了眉头，"注意——我身上的劲儿只够把这个故事讲一遍。"他闭上了眼睛,继续说,"他把箱子封上,用牛皮纸包裹起来,然后用绳子捆起来。最后他在箱子的正面写了一个地址。"

"他是要把这个东西寄到什么地方?"夏洛克对此表示怀疑。他万万没有想到这一点。他能预计到冰——不管窃贼出于什么目的,为了阻止尸体部位腐败分解,这显然是必要的,但是他没想到,尸体部位偷来之后竟然还要邮寄。

"他把包裹拿到外面,上了马车就走了。"马蒂继续说,"我当时看出他下一步要干什么,所以就又提前藏到了篷布下面。你绝对猜不到,他接下来去了哪儿!"

"邮局。"夏洛克说。

"哇,你是怎么知道的?"

"他拿着包裹。他要么去把它送给某个人,要么把它寄出去。他既然在盒子上写了地址,那就强烈地表明是后一种可能。"

"哦。"马蒂的嘴噘了一下,有些失望,"嗯,你说得对,他是直奔邮局了,等着邮局开门。邮局的门一开,他就进去了,走到柜台前,把包裹递过去,还交了钱。然后他就离开了。"

"其实我知道包裹寄去哪儿了。"马蒂笑嘻嘻地说,"十几分钟后,我走进邮局,跟里面的人说,我的主人早先过来寄了个包裹,可是他觉得自己好像是把地址写错了,能不能让我检查一下?柜台后面的那位伙计就去取了包裹,让我看了看。他不让我碰,但是这已经足够了。我跟那人说地址没错,然后我就走了。"

"马蒂,"夏洛克温和地说,"可是你不识字啊。"

"是的,"马蒂回答说,"但是我可以画画。我记住了那些字母的形状,然后在我离开邮局之前,在一张纸上画了下来。那里面有很多表格什么的,还有铅笔,随便人用。"他把手伸进裤兜里,掏出了一张皱巴巴、脏兮兮的纸,"在这儿呢,我竭尽全力只能记这么多了。"

夏洛克接过字条，惊奇地看着。那上面细心地用大大的大写字母写着一个地址：

伦敦，伊灵，赖德尔近郊 23 号

托马斯·那托斯先生

"马蒂，"他说，"你真是不可思议。"

"我知道。"马蒂皱着眉头，瞟了一眼夏洛克，"还行吧？我的意思是，这个地址看上去对头吗？我有没有写对？"

"没问题，你写对了。"

"太好了。干完这个之后，我就往回走，走了好久好久。我现在知道了那个人住在哪里，如果你需要找他也没问题。但是我猜，你可能对伦敦那头的事情更感兴趣。"

他突然打了个哈欠："我现在要去睡觉了。不要叫醒我。"

"好的。"

"你准备去干什么？"

"我嘛，"夏洛克回答说，"我会给我哥哥发个电报。我答应过他会跟他保持联系的。"

夏洛克离开驳船，走回了牛津城。他心里先是想了想，是不是该回到麦克科里瑞太太的房子换一套衣服，但是他知道，他必须尽快发出电报。信件和包裹送得很快——那份包裹如果不是同一天，可能在次日就会到达它的目的地，但是电报更快。他一边走，一边在路上编好了报文——要尽可能短，因为电报是按字母付费的。当他到达牛津中央邮局的时候，他已经能直接把报文口授给柜台后面的工作人员了。

亲爱的哥哥，我很好。我必须知道今天寄给赖德尔近郊 23 号的包裹怎样了。请尽快回复。问候，夏洛克。

现在，除了等待，他已经没有什么能做的了。

回复的电报两天后到了，直接送到了麦克科里瑞太太的家。在此期间，夏洛克已经旁听了圣基督教会学院的好几场讲座，此外还去了一趟马蒂跟踪那个小偷到过的谷仓。讲座比谷仓带来的信息更多。对于谷仓，马蒂曾说过，那个地方住的人曾经给很多人干了很多不同的零活儿。夏洛克趁小偷去给人修剪玫瑰花丛的时候溜了进去，但是里面没有任何保存着尸体部位的迹象，也找不到任何原因能说明这里面住的人为什么要偷尸体的部位。这里只是一个中转站，是旅途中的一个过渡，而不是最终的目的地。

跟道奇森上的第二次课比夏洛克预想的更加奇怪，而他早就料到会遇到怪事了。

他十点钟准时到了道奇森的办公室外面，看见门上贴了一张字条。上面写着：

来大学和河流之间的花园找我。道奇森。

夏洛克重新走下楼梯，从学院的楼里走出来，来到后面的花园，一路上不断想着道奇森这次要干什么。难道是一些新的有关逻辑的课，只能在室外进行？就像克罗先生让他做的户外小练习，让他通过动物的足迹，或是苔藓生长在树木的哪一面来进行一些判断。

他发现他的老师站在河边的一片草地上。老师正在安装一个复杂的装置，看起来就像放在高跷上的木箱子。这个东西细细高高的，外形跟操作它的人很像。盒子的正面有一个镜头，就像个小型的望远镜。

不远处，支起了一个小帐篷。

"啊，福尔摩斯。"道奇森说，"来得正是时候。请去站在镜……镜……镜头前。"夏洛克注意到，他仍然戴着第一次见面时的那种白色棉线手套。

"哪边是前？"夏洛克问道，"有镜头的这边吗？"

"的确如此。"

夏洛克走到道奇森所说的位置。路过镜头的时候，他看见镜头是黑色的，上面有纹路，镜头和背部之间的距离好像可以调整。背面的构造呢，则可以插进一块玻璃板。夏洛克猜测，距离的改变，一定是跟镜头的焦距有关系。整个设备上盖上了一块黑色的布，大概是为了避免任何一丝光线泄漏出去。

马上就要拍一张自己的照片了，夏洛克不知道自己是高兴还是担忧。道奇森弯下腰，用黑布蒙住自己和相机。夏洛克看到他的胳膊肘在动，知道他在里面拨弄着这个东西。"摆个漂亮的姿势！"道奇森喊道，由于盖着黑布，他的声音听起来有些模糊。

夏洛克尝试了各种姿势：双手垂在身子两侧、背在身后，或是一手插在口袋里的同时把另一只手塞入外套里，可无论怎样都觉得不自然。最后，他有点儿尴尬地把双手交叉抱在胸前，摆出一副忧郁的样子，看向河的下游。

"举起你的右手，托着下巴！"道奇森喊道。夏洛克顺从了他的指示，但是他感觉到，附近小路上经过的人都在盯着他俩看。

"做出忧心忡忡的样子！好像你正等一封电报，电报上说你最喜欢的狗被老虎吃了！"夏洛克尽量拿出一副忧虑重重的样子，不过他并不确定那到底该是什么样儿。他努力回想了一下近期让他忧虑的事，但是不管用。最后，他想起了道奇森前几天考他的数字序列——他到现在也没能解决。此刻他重新开始考虑这些序列，想看看自己能否灵光一现。

"好极了！"道奇森从黑布下面伸出头，走到相机的前面，看着夏洛克。"好，好极了。"虽然夏洛克没盯着镜头，但他眼角的用余光瞥见道奇森伸手在镜头上取下了一个小盖儿。"好，再坚持五分钟，不要动。"

"什么？"他从牙缝里挤出了这句话。他得把这个可笑的姿势保持五分钟吗？

"必须有足够的光落在感光玻璃板上，然后才能形成图像。在上帝的领地上，即使最低等的动物也被赐予了更好的眼睛，能够快速识别图像，即使是在最黑暗的环境中，也只要一瞬间的工夫就够了。然而，要想让化学跟上帝造物相媲美，还有很长的路要走。总之，你还是对科学业已取得的进步心存感激吧。1826年，第一张照片拍摄的时候，曝光时间持续了八个多小时呢。"他停顿了一下，"不过那次拍的不是人像，"他补充说，"而是风景——我想了解了这一点，你会放心一些。"

夏洛克又在那里站了五分钟，旁边不停地有人走过。他能听到那些人在谈论，猜测他跟这个高高瘦瘦的讲师在干什么。这些人中有一两个听说过照相这回事，因此评论得还比较在行。所有的人说到最后都会打听一下被拍照的这个人是谁，不明白他的身份为什么如此重要，竟然能有机会照相。在那五分钟里，夏洛克也多次这样自问。

最终，道奇森把镜头的盖儿盖上了，不再让光线落到里面隐藏的感光玻璃板上。"好了！"他宣布，"你现在可以放松了。"

夏洛克朝他走过去，在强制静止了半天之后，突然又开始活动，浑身的关节似乎都在抱怨。道奇森又一次俯身钻进了黑布底下，从照相机里取出了什么东西。他从黑布下再次露出头来的时候，手里拿着一个薄薄的小木盒。

"底版在这里呢。"他说，"已经被保护起来了，这样就不会再进去光了。底版上涂有胶棉和硝酸银的混合物。现在我要把它拿进帐篷，在那儿我将用硫酸亚铁处理一下，然后用氢氧化钠……钠……钠溶液'定影'，这样它就不会再受光线的影响了。这两个过程都必须快点儿做，否则图像就会消退。请在这儿待几分钟。一会儿再谈。"

说罢，他跑过去钻进了帐篷里。帐篷比他还要矮。夏洛克想象着，道奇森跪在里面，低着头，把这些化学药水从玻璃瓶里倒到托盘里，打开小木盒，小心翼翼地从里面把底版拿出来，再放进托盘里，让它浸在化学物里。虽然他只是在想象这种场景，但他好像闻到了一股刺鼻的味道从帐篷内飘出来。道奇森需要近距离接触这些化学品，真不知道他是怎么忍受的。

最后，道奇森从帐篷里退出来，站起身。他蜷在地上太久了，身子有些僵硬。他朝夏洛克走来。

"请接受我的歉意。"他说，他似乎有点儿不好意思，"我的手套在硫酸钠……钠……钠溶液中浸湿了，我需要换一副，不然的话，这些化学物质会让我脱皮的。我还有一副。"他小心翼翼地把手伸进上衣口袋，从里面取出一副叠着的白色手套，递给夏洛克，"也许你能帮我拿一小会儿。"

夏洛克接过手套，看着道奇森把手上的湿手套脱下来，扔在了草地上。

他的双手一块黑、一块紫，仿佛有严重的瘀伤。

他看到了夏洛克目光看着的方向，有点儿窘："啊，是啊。摄影这项新科技尽管令人兴奋，但它也有缺……缺……缺点。把底版放到照相机里之前，要用感光的硝酸银溶液涂一下，这种东西确实会使皮肤变色。这是为了做实验，为了艺术所付出的代价。"

"我以前见过类似的情况。"夏洛克平静地说，"我认识一个叫阿伦纽斯的人，他喝一种白银的溶液，用来抵御疾病。他的皮肤也变色了，但那是由内而外的，而不是由外向内。"

"那他阻止疾······疾······疾病侵袭了吗？"道奇森饶有兴趣地问道，同时从夏洛克手里接过干干净净的白手套戴上。

"他自己认为是这样。"

"那就让我也希望硝酸银对我有同样的效果吧。"他笑道，"我得说，自从我接触照相以来，我不记得自己得过感······感······感冒。"

夏洛克朝帐篷那边看了一眼。"底版什么时候能好？"他问。

"得等它干。干了之后，我们再继······继······继续逻辑课程。啊——你可别以为我忘了！来吧，来这边。"

道奇森领着夏洛克离开帐篷和照相机，走到一堵石头墙前。这面墙是从学院的墙体上凸出来的一段。"这是圣基督教会学院院长家的花园。四周都是围墙。如果我告诉你，里面有一个池······池······池塘，有鱼儿在里面游泳，你能告······告······告诉我，池塘有多大吗？"

夏洛克想了一会儿。"显然，它比花园的面积要小。除此之外，我就不知道了。"他看了看四周，不远处，墙上有一扇门，"如果那扇门没锁，我可以进去看看。要不然，我想我可以翻墙进去。"他看了看附近的建筑，想找一些能看见这里的民宅窗户，然而没有，"除了这两招之外，我就没什么办法了。我可以从别人那里打听打听吗？"

"不可以。如果我告诉你，有一种方法可以让你站在这里，不用动，也不用向任何人开口，就可以估计出池塘的大小，你觉得可能吗？"

夏洛克考虑了一下："我相信你，但我不知道如何开始。"

道奇森弯腰从地上捡起一块石头，然后递给了夏洛克，"给你，把这块石······石······石头扔过围墙。"

"当真？"

"当真。扔吧。"

"可这是院长的花园啊！"

"他不会介意的。我经常往里扔石头。"

夏洛克满脸狐疑地看着道奇森："好吧，你说没事儿就行。"

"相信我。扔吧。"

夏洛克仍带着些许疑虑，用力把石头扔了出去。石头越过围墙，飞进了花园。过了一会儿，石头砸中了地面或是雕像，或是其他坚硬的东西，他听到了咔嗒一声响。

"非常好。再扔一块。瞄准花园里另外一个地方。"

夏洛克又捡起一块石头，扔过去，这一次瞄准的大约是花园的中心。石头消失后只过了半秒钟，他就听到了水花四溅的声音，看来是砸到水面上了。

"太棒了！再扔一块。"

"你确确实实认为这样做没事儿吗？"

"绝对没事儿。好了，我们假设你扔了一百块石头，每一块都稍稍扔向不同的方向，但是让石头都落在花园里。我们再假设，这些石头中，有三十三块在落……落……落地时，传来了水花的声音。其余的呢，有的可能砸中石头，那样我们听到的是撞击声，有的砸到泥土或植物上，在这种情况下，我们什么声响也听不到。从这些信息我们可以推断出什么？"

这番话就像一道光照进了夏洛克的大脑，照亮了一些曾经一直在他的头脑里，但他却从没有意识到的东西。"这表明，这个池塘是花园面积的三分之一。然后接下来，我们所要做的就是从外面测量整个花园的大小，然后就能知道池塘的大小！"

"正是如此，而且我们站在原地不用动就能做到。这就是根据一系列现象做出逻辑推理的一个例子。"他弯下腰，捡起第三块石头，"好了，再扔一块！我们来完成这个实验。"

夏洛克这次瞄准了花园大约三分之二长度的距离，将石头抛掷了出去。这一次，石头击中某件陶器，发出了哗啦的声音，紧接着是一声吼叫：

"道奇森，又是你吗？可恶，伙计，我早就警告过你，不要这么干了！"

"啊，"道奇森说，"他竟然在花园里。真不巧。"他只想了一秒钟，"下课吧。你快跑，我去躲到帐篷里。两……两……两天后同一时间，好吗？"

他不等夏洛克回答，就冲到帐篷那里钻了进去。脚却在帐篷口外露着。

夏洛克听到有人在拉开花园墙上的门的插销。不等那人出来看到他的脸，他就赶紧拼命地朝学院的方向跑开了。他一边跑一边憋不住地笑。

迈克罗夫特的电报到了，这份电报可没有夏洛克发出的那份简明。夏洛克觉得，一方面，这是因为迈克罗夫特从不吝惜话语，另一方面，也是因为他从来不吝惜钱。他宁愿为了让别人理解而多花钱，也不愿为了省钱而冒生出歧义的风险。

亲爱的夏洛克：

我的特工会在那个地址蹲守，直到包裹到达。那是一位前警员住的小房子。我的特工透过窗户观察到，这个前警员把盒子拿进屋里并打开了。后来，他拿着一个盒子出来——也许还是原来那个——去了邮局，把它寄回了牛津。我的特工说，包装看起来"不一样"了，但又说不出如何不一样。地址是：牛津，伍尔弗科特，格雷沙姆宅邸。这事儿可真的是"运煤去纽卡斯尔"。我很有兴趣听到事情的后续进展。请尽快回复。

爱你的哥哥
迈克罗夫特

夏洛克是在麦克科里瑞太太家的餐厅里读的电报，他的面前摆着一盘烤面包和一杯新鲜的苹果汁。他又读了一遍，以确保没有错过任何信息。盒子又被寄回牛津了？为什么要多此一举？小偷为什么不自己把它带到格雷沙姆宅邸？那样的话更省时间，也会免去了包裹邮寄过程中意外丢失的风险。

迈克罗夫特用的那句老话"运煤去纽卡斯尔"真是太恰当了。纽卡斯尔是英国主要的产煤中心。把煤运到那儿去的确毫无意义。与此类似，从牛津把包裹寄到伦敦，然后再寄回牛津，同样也没有意义。那为什么要这样做？对了！他差点儿一巴掌拍到自己的脑门儿上，不过他及时住了手。原因显而易见！这个小偷受雇于牛津的某个人，那人不想暴露身份。他让小偷把尸体部位寄到伦敦的某个地方。这样一来，小偷掌握的唯一信息就是伦敦的联系人。然后，伦敦的那个前警员将盒子重新包装一遍，把它寄给牛津的那个人，而那人是一切的核心。但是前警员所知道的只是牛津的地址，而不是盒子里的内容。两个关键的信息——那个在牛津谋划这一切的人的地址，以及他们对新鲜的尸体部位感兴趣的事实——从来没有同时存在。这非常简单，同时又非常聪明！

现在该做什么？很明显——夏洛克必须调查一下伍尔弗科特这个地方。如果快一点儿，他甚至有可能看到包裹被再次寄出。他朝运河走去，去找马蒂，然后简要地把这些情况告诉了他。马蒂立即领会了其中的逻辑。"这家伙很聪明。"他说，"他很小心，处处掩盖自己的行踪。他是个真正会思考的人，像你。"

吃过午饭他们就出发了。伍尔弗科特很远，所以他们又"借用"了马蒂大约一星期前帮夏洛克运行李的时候"借"的那架马车。夏洛克发现自己对这条路有些熟悉，过了一会儿，他意识到，他俩走的路跟流出牛津的运河平行。他认出了他们经过的一些村庄，甚至也认出了附近的树林。

靠近他们目的地的一个较大的村庄里，有一个小邮局。夏洛克走了进去，问了一下来到这里的邮件多久送一次。邮政局局长是位女士，一开始对他挺戒备，但是慢慢地，她跟他越说越投机，很快他们就像老朋友一样聊起了天。她跟他说，邮递员送信的范围太大，一天只能收发一次，今天，邮递员还没有出去，因为他们还在等发来的邮件。夏洛克要的就是这个消息。

接近目的地的时候，夏洛克开始有了一种强烈的感觉，他觉得自己知道他们要去的地方是哪儿。事实证明，他是对的。

"格雷沙姆宅邸"是一所独院的大房子。院落周围的墙很高，从外面看不见里面的情况。虽然大门紧闭，但是透过门上的栅栏，可以看见里面的房子。夏洛克以前见过这所房子。第一次是他和马蒂驾着驳船前往牛津的路上。第二次是他在牛津周围四处游荡，试图了解当地的地理情况时。这就是那所看起来特别奇怪的房子，虽然房子的每条线都是直的，每个角都是方方正正的，但是房子整体给人的感觉却是扭曲的，就像透过玻璃瓶底看上去的一样。现在看着这所房子，夏洛克感觉有点儿轻微的头痛。

"咱们以前见过这个地方。"马蒂说，他的声音很小，"咱们当时是在驳船上。"

"对。"夏洛克说。他没有提那次他看见的屋顶上那个巨大的、形状怪异的身影。马蒂没有看到，所以夏洛克不想让他再担心了。他也没有提自己几天后来过这儿，还看到了一个手上有疤痕的人坐马车进去了。

"现在看起来我还是觉得它很奇怪。"马蒂仔细观察着，"即使是从这个角度看。"他往周围看了看，心里快速盘算了一下，"运河一定在房子的另一边。"

"是的。"夏洛克证实道。

"这就是咱们要找的地方了？你确定？"

夏洛克伸出手，把门柱上一块暗色的石块上的常春藤拨开。石头上刻着"格雷沙姆宅邸"的字样。"没错，就是这里。"他说。

"我只是心里琢磨。"马蒂喃喃地说，"告诉我，我不用进去。"

"不用马上进去。"夏洛克回答道，"咱们需要蹲守一下——看看包裹什么时候送到。如果这一次包裹不送过来，那咱们就明天再来，明天没有后天再来，一直等到它出现为止。"

"玩这种调查的游戏——真算不上是世上最好玩的事儿，对吗？"

夏洛克微微一笑："取决于你对待它有多上心。"

夏洛克发现，在距离大门几英尺的地方，有一个大铁盒子用支架安在墙上。那是个邮箱，邮箱有一个投递口，应该是投邮件用的，还有一扇锁着的小门，放包裹的时候需要打开。估计邮递员会有一把钥匙，这样他就能打开邮箱然后再锁上。邮箱上有一个小小的金属标志，安在一根转动的杆上。夏洛克想了几秒钟，弄明白了，这是为邮递员设的信号，可以提醒他信箱里有信件需要他取走。如果旗子是竖着的，那邮递员不管有没有包裹要放，都会打开门，然后取走信件。若旗子是落下的，而邮递员要送的只是信件，就直接投到信箱口里，然后继续去别处送信。设计得真别致。

他看了看四周。马路对面就是一片树林的边缘，那儿有很多供他和马蒂藏身的地方。

他们一起把马车赶过去，把车藏在树林里的空地上。从路上不容易看到这儿，如果不是刻意寻找，一般人不会发现他们。他们把马系在一棵树上，树边有很多青草，然后又回到了那所房子附近。他俩在一棵老橡树最低矮的枝丫上，找了一个相对舒服的位置，坐下来等在那里。

第八章
···Chapter 8

    对于夏洛克而言——而且，他猜测对马蒂也是一样——这等于是让他们重新回到了太平间蹲守的那一幕。这经历同样无聊，也同样让人精神麻木。这期间，有一辆大车从路上驶过，还有一个男孩儿骑自行车经过，但仅此而已。

    他俩都站在老橡树最茂密的矮枝杈上，倚着树干，这里照不到太阳。通过观察树林和小木屋之间路上的影子的变化，他们就能估摸出太阳位置的变化。时间就这样慢慢地，一分钟一分钟地流逝，最终几个小时过去了。附近蚁穴的蚂蚁也来察看树林里这两个新来的人。蚂蚁从树上爬到夏洛克的身上，挠得他的腿痒痒的。他能通过这种痒痒的感觉来判断蚂蚁在他身上爬到了哪里。过了一会儿，蚂蚁也厌烦了他，大概是因为他的身上显然没有糖，所以就继续向前去别的地方了。可能是去马蒂身上了，因为夏洛克听到了"去你的，从我身上滚下来，你这个小虫子！"这样低低的诅咒。

    微风轻轻地吹着树叶，发出沙沙的声音，就像远处海浪拍打海岸发出的声响。夏洛克完全没有了时间概念。他能感觉得到就是眼前的这一幕无穷无尽地伸展开。

突然，路上传来了机械的噪声，把他俩一下子都彻底惊醒了。那是金属齿轮和链条的声音，是自行车发出的声音。他们盯着马路看去，知道可能是有人经过，但是也知道，最终经过的，可能只是那个邮递员。

确实是邮递员。他慢慢地把车停在格雷沙姆宅邸门前，从自行车上麻利地下来。这人比夏洛克大不了多少，身穿深色制服，戴着尖顶帽，自行车后面绑着一个鼓鼓的帆布袋。他解开帆布袋，把手伸进去，掏出了一个小包裹。他转过头看了墙上的邮箱片刻，然后看了看手里的包裹。夏洛克猜，他是在想，他能否把包裹从邮箱投信口里塞进去。过了一小会儿，他觉得这事儿不值得去尝试，于是就伸手从口袋里拿出了一串钥匙，每把钥匙上都挂着一个标签。在他送包裹的途中，每把钥匙都对应着一户人家的邮箱，至少那些锁上大门，让邮递员把信件放在门外邮箱里的人家都会有一把钥匙。以夏洛克的经验来看，大多数房主喜欢让邮递员到门前来收发邮件。看来住在格雷沙姆宅邸里的人，不论是谁，都很注意自己的隐私。

邮递员打开邮箱，放进包裹，然后把邮箱锁上了。几秒钟后，他便骑上自行车，哼着小曲儿走了。

马蒂的脑袋从大树干后面露了出来。"你准备怎么做？"他小声问道，"你想不想撬开锁，看一眼包裹？"

"没那个必要了，"夏洛克轻声回答道，"里面是什么咱们很确定。你亲眼看到了那个盒子被封上。咱们等着看看谁会打开邮箱。"

他们继续等了下去。此刻，太阳已经渐渐西落，天气开始越来越凉。夏洛克的肚子开始咕咕叫，而且他觉得，他也听到了马蒂的肚子发出的隆隆响声。他竭力不去理会饥饿的感觉。

当他听到钥匙开锁的声音时，已经是傍晚了。他把目光从小松鼠身上挪开，转向格雷沙姆宅邸门前。现在太阳已经落到屋子后面，房子周围的墙在路上形成长长的影子。门几乎看不见了，但是夏洛克觉得，他分辨出其中的一扇门打开了。好大一会儿的工夫，什么事都没有发生。树林似乎平静了下来，鸟类和昆虫突然安静了，好像在等待着什么不好的事情发生。然后，就在夏洛克以为被自己的眼睛和耳朵欺骗了的时候，一个暗暗的人影从半开半掩的门缝中溜了出来。对于夏洛克而言，那只是一块移动的暗影，但不知何故，他给人的感觉很高大，比一个正常的男人庞大，但却又弓着背。他给人留下的印象也很谨慎小心，仿佛在提防着周围任何可能威胁他安全的事物。他看上去还有点儿凶猛，像只野兽。

那个人影走到了邮箱边，挡住了邮箱，然后夏洛克听到了钥匙开锁的声音。过了一会儿，那个影子朝房子的门口走去。他在那里停了一下，就在此时，一束光从屋顶的两个烟囱之间穿过，从背后照亮了他的形状。虽然看不出容貌，但能看到他穿着厚厚的皮大衣，戴着皮帽子，帽檐拉得很低，遮住了脸。从他的高度来看，夏洛克估计他有七英尺高。夏洛克想起来，这个人跟之前自己乘着驳船经过时所看到的房顶上的人，以及几天前坐着马车进入大门，经过小木屋门前的人，应该都是同一个人。是那个双手都有疤痕的男子。

那个男子在那里站了一会儿，观察并等待了片刻，然后又溜回了暗影里。门"当啷"一声关上了，然后夏洛克听到了链条的吱嘎声和锁上挂锁的声音。

他在心里默数到一百，以防那个大个子仍然在暗影里观望。然后，他从树上溜了下来，快速穿过马路，跑到门口。确实，门已经锁上了。

马蒂也过来了。"嗯，真是个有趣的下午。"他说，"但是我还是不确定，现在我到底比上午多知道了些什么。"

"咱们只是把一些线索连了起来。"夏洛克若有所思地说，"咱们已经从太平间跟踪这个被盗物品到了这里。咱们起码知道，这个地方跟盗窃事件有关。"

"棒极了。"马蒂说，"那我是不是应该回牛津弄点儿吃的了？"

"恐怕还不行。"

马蒂叹了口气："我就知道你会这么说。你想进去，对吗？"

"只是到窗口看一下，看看包裹被人打开的过程就行。你有什么办法？"

"那个穿大外套的家伙非常谨慎，由此我可以判断：他不会容许墙上有任何缝隙。只要他发现有缝隙，肯定会立刻修好。最走运的情况是找到一棵伸出院外的树，然后翻墙进去。"

"他既然会定期查找墙上的裂缝，难道他不会定期把多余的枝杈修剪掉吗？"

"嗯……可是他这么强壮，估计他只会找那些能担得起他体重的枝杈剪吧。但是他忘了，世上还有很多身材比较小的人。比如像我这样的。"

"可是我比你沉。"夏洛克指出道，"能够担得起你的体重的枝杈，我上去可能就会压断。"

"是的，"马蒂一边说着一边把外套脱下来，露出了缠绕在腰上的绳子，"我可是有备而来。我先爬过去，然后把绳子扔过来，你可以顺着绳子爬上去。"

"拉得动我吗？"

"如果在另一边，我找不到个树干来固定绳子，那我就得自己试试了，对不？"

结果，事情按马蒂说的办法解决了。他们沿着墙走，找到了一棵枝杈伸出墙外的树，于是，马蒂像只猴子一样爬了上去。过去之后，马蒂把绳子朝夏洛克那边扔了回来。马蒂肯定是找到了某个固定点，因为当夏洛克拽绳子时，绳子立刻绷紧了。他双脚蹬着砖块，双手紧握绳子，爬上了墙。到墙头的时候，他停了下来，看了看四周，周围一片寂静。房子的阴影也正好罩着他。夏洛克小心翼翼地滑到了格雷沙姆宅邸的院子里。院子里好像比墙外面冷，温度低好几度。即使此刻背对着房子，夏洛克也能意识到房子的存在。他感觉房子正注视着他。他抖了抖身子，试图摆脱掉这种不祥的感觉。房子没有眼睛，更没有人格。它不会盯着人看，也不能笼罩住人。他只是有点儿太饿了，所以有点儿感觉错乱，仅此而已。

他看了看身旁的马蒂，发现他脸色苍白，神色紧张。说不出来为什么，夏洛克自己也有这种感觉。

"走吧。"他说，"咱们赶紧把这事儿办完。"

"我是不是漏看了什么标志？"马蒂问，"这是个疯人院吗？因为它看起来确实像个疯人院。"

"这只是一所房子。"他再次看了看马蒂那张茫然的脸，"只是一所普通的房子。"

他们两个快速穿过院子里的空地，朝房子的一角跑去，这样就能躲开任何窗户朝外看的视线。跑到角落之后，他们立刻身子紧贴着砖墙。夏洛克觉得手掌下的墙面出奇的温暖。他心里说，这肯定是太阳光留在砖块上的余热。

夏洛克在前面走，来到最近的一扇窗户前，朝窗户里面看了看。里面看上去就像一个餐厅：一张黑色长餐桌，桌上摆着蜡烛。房间是空的。他向马蒂打了个手势，示意他继续走向下一个窗户。

这个房间里摆放着木头橱子，橱子的正面是玻璃的。从这个角度看去，夏洛克看不见橱子里有什么东西。房间有两扇门，一扇正对着窗户，可能通向大厅；另一扇在夏洛克的右手边，他猜测可能通向另一个房间。

他正要移一下位置，找个更好的观察角度，这时，房间的门开了，一个人走了进来。

这人正是从邮箱里取走包裹的那位。他此刻已经摘下了帽子，但是还穿着那件笨重的皮大衣。他往门口一站，夏洛克看出他的身子几乎和门一样高一样宽。闪烁的煤气灯照亮了整个房间，夏洛克看到那人脸上戴着一个皮面罩。此时，夏洛克听到旁边的马蒂屏住了呼吸。皮面罩是由很多颜色、大小、形状不一的皮子拼接缝起来的。眼睛那里留了两个洞，但是煤气灯的光照不到里面，所以只能看到两个黑洞。

这个人拿着包裹里的盒子，走到橱子前，打开了玻璃门。接着他打开盒子，从里面拿出一样东西，放进了橱子，然后关上了玻璃门。他站在原地，盯着看了一会儿，然后，带着盒子走出了房间，随后关上了门。

如果那个东西是从太平间偷走的脚趾，那么，这个神秘人就是把它放在这里陈列了起来。逻辑分析告诉夏洛克，陈列的每一件物品都是失窃的尸体部位，但是为什么？这么做有什么理由？

他感觉一股好奇劲儿涌遍全身。他必须进到房间里看一看！他必须知道发生了什么！"咱们能进去吗？"他低声说。

"我不知道，你身边带猴子了吗？"

夏洛克瞪了一眼他的老伙计："别开玩笑。"

"如果知道那是什么东西，那我就不在这里了。"马蒂用手沿着窗框摸索着，"这个地方很破旧。"他低声说，"我觉得能把窗框弄松，抽出窗框的木头，但是，我估计你不想留下任何痕迹。"

"是的。"夏洛克回应道，"不能留下响声或证据证明我来过。"

"嗯。"马蒂又沿着窗框摸了一圈，还尝试着推了一下窗户。很显然，窗户的下沿是可以往上拉，但是得从里边。窗户上有个插销，所以关好了之后外面的人打不开。夏洛克听到了窗户发出吱嘎声。"好嘞，我觉得能打开它。"马蒂掏了掏口袋，拿出一根电线。他麻利地把电线拉直，来回拧了几次，把电线揪断了。然后，他把电线的一头弯成环形，把做好的这个勾子从窗户两部分的缝隙里伸进去。他试探了一会儿，尝试让勾子碰到窗户的插销。他勾住插销的头来回拉了几下，还真给拉开了。

"你以前肯定干过这事儿。"夏洛克低声指责道。

"不，我没有！"

"那你的口袋里为什么有一根电线？"

"因为很多时候它都能派上用场。只要男人的口袋里放一把小刀和一卷电线，什么事情都能解决，什么东西也都能修。"

夏洛克瞥了一眼窗户："你似乎对怎么对付一扇窗户知道得一清二楚。"

"这还不是一看就会？"马蒂反驳道。

夏洛克没回答，他小心地把手放在窗玻璃的下沿，然后往上推。窗子里面还有个平衡的配重，往上推的时候并不费力，而且悄无声息。

夏洛克看了一眼马蒂："你进不进来？"

"你是想让我进去，还是想让我留在外面放哨？"

"我认为某人穿过走廊，走进房间的危险，比巡视角落看窗子是不是被打开的危险更大。"

"很对。"

夏洛克翻过窗台，进入了房间。他喘了口气，然后环顾了一下玻璃橱子。

里面都是尸体的部位。马蒂也进来了，夏洛克听到身后的地毯上发出"扑通"一声。几秒钟后，马蒂大吸了一口气，小声说："噢，天哪！这是什么地方？"

夏洛克也说不上来。眼前的一幕已经让他惊呆了，橱子里摆放着胳膊、手、腿、足、眼睛和耳朵，都被仔细地摆放在紫色的丝绒布上。所有的手都放在一个橱子里，所有的耳朵放在另一个……所有同一类的器官都放在一起。这些器官从不同的尸体上分割下来，然后分类摆放。每一种器官看起来竟然如此不同，这让夏洛克感到十分惊讶。单单是在放手的橱子里，就有大手、小手、指甲裂开了带汗毛的手、纤细的手……什么样的都有，夏洛克意识到可能它们不仅仅是来自牛津医院的太平间。这些窃贼偷窃的范围比他想象的还大。

夏洛克注意到，这些手都是从手腕那里很干净地割下来的。刀口没有血，也没有肌肉的撕裂和瘀伤。所有的手看起来仿佛都应该仍然和主人的身体相连着。

他注意到，每只手上都贴有标签。这些标签书写得都很工整，而且内容似乎都跟手的主人的职业有关。一个标签上写着"手工劳动者"，另一个标签上写着"打字员"。

在夏洛克的头脑中，开始形成了某种理论。

马蒂呆立在一个盛放眼球的橱子旁，夏洛克也走过去看。这些眼珠不像那些手那样每只都明显不同，但是每只眼珠的颜色都不一样，眼珠上贴着这样的标签："近视""远视"和"盲眼"。

"它们正在看着我。"马蒂小声说。

"这是你的想象。"

马蒂向另一边走去："不，它们确实是在看着我。在这个房间我不论走到哪儿，它们都一直盯着我。"

"这是一种光的错觉。一些精美的肖像画也有这种效果——上面的人物好像一直在看你。"

"也许他们也确实是在盯着我看。"

事实上，夏洛克不得不承认，在闪烁的煤气灯光下，这些摆在丝绒布上的眼珠确实好像在转动着。"它们为什么没有腐烂？"马蒂问，"是什么让它们能一直保鲜？"

"对此我也很好奇。"

"是不是用酒精或其他东西保存的？"

"它们没有被放在瓶子里，浸在液体里。"

"干化了？就像埃及的木乃伊？"

"由于受保存处理手法的影响，木乃伊干巴巴的，尸体会变成褐色。看起来不会这么新鲜。"

"那这是怎么回事？魔法？"

夏洛克指了指橱子里的手："看看这些手。你注意到什么了？"

马蒂弯下腰，肩膀不自在地动了动："它们看上去保存得太好了，不像真的。按说被切下来的地方应该有些撕裂的痕迹，但是这些手怎么一点儿也没有？"

"它们都不是真的。"夏洛克肯定地说，"看看它们的皮肤，都略有光泽。这些都是蜡做的，根本不是真人的手。"说到这里，他转过身，指了指那些眼睛，"如果这些是真的，它们应该像煎蛋那样，像是泄了气，而且失去了本来的颜色，但是它们看起来很完美。我觉得它们也是用蜡做的。"

马蒂盯着夏洛克："也就是说，有人从太平间偷走尸体器官，把这些器官寄到伦敦，然后那里的另一个人又把这些器官寄回来了，等它们回到这里的时候，就从真的器官变成了蜡做的？这根本讲不通啊！"

"如果被寄回的不是最近被盗的器官，而是在这之前一段时间被盗的，那就讲得通了。"夏洛克思考了一会儿，"当盒子在屋里时，迈克罗夫特的特工无法看到盒子发生了什么变化，而且也不确定那人寄出和寄回的盒子是不是同一个。在这之间的某个时候，被盗的脚趾被取出来，盒子里换成了别的东西，或者是盒子被调换成了一个相似的。"他环顾四周，想判断一下刚才他和马蒂从窗外看的时候，那个大块头刚才是站在房间的哪个地方。对了，就是在房间的一个角落的附近。他快速走过去，看了看橱子里。里面有八个手指很整齐地排在丝绒布上。指端似乎很整齐地被切下，骨头、组织细胞和脂肪都露在外面，但是靠近看，夏洛克发现它们都太过完美了。肉呈鲜红色，不是血干了后的那种铁锈色，蜡的光泽让其看起来湿湿的，不是干的。其中一个假手指有点儿歪，仿佛是最近很匆忙地放进来的。"这个就是咱们刚刚看到那个人放进来的。因此，一个真人的脚趾被盗走了，但是到来的，却是重做的一个手指。我猜如果下次再有盗窃，不论被偷的是什么，寄到伦敦后，来到这里的应该是一个蜡做的脚趾。在伦敦，肯定有个专门制造这种人体器官蜡像的人。"

"那些真的人体器官他们怎么处理了？"马蒂想知道。

"扔掉。"夏洛克猜测道，"也许把它们烧掉——如果那些人还有些信仰的话。"

马蒂又看了看四周，在知道了这些尸体器官都是假的之后，他放松了很多："那这算什么呢？算是某种展览？就像博物馆？"

"肯定是。但为什么呢？展示在这里干什么用？"

马蒂走到门边："也许还有其他的房间，有其他的东西可能会告诉咱们答案。"还没等夏洛克阻止，马蒂就小心地打开了另一扇门，向走廊望去。很快他又缩回头来，关上了门。

"出了什么事？"夏洛克问。

"是一只猫。"马蒂说，"吓了我一跳。"

马蒂又打开了门，朝外面看了看。"好了，它走开了。"他说，"我们看看下一间屋子吧。"他迅速地溜了出去。夏洛克小声咒骂了一句，紧随其后过去了。

走廊的尽头有一扇门，另一端尽头有个拐弯，然后就看不到远处了。一只猫坐在离他们较远的另一头，舔着自己的毛。整个走廊上还有三个门。马蒂移动到另一个门口，耳朵贴在门上听，夏洛克也轻轻地凑过来听。他们仔细听了听，但听不到里面有任何声音。最终夏洛克抓住门把手，小心翼翼地转了一下。

屋内没有任何反应。他推开了门。

一股热风吹进走廊，吹得夏洛克的眼睛直流泪。马蒂后退了两步。"肯定是有人不喜欢冷。"他喃喃地说。两个人进了房间，关上了身后的门。这个房间比刚才那间更暗，没有煤气灯，而是壁炉的炉火照亮的。这里有种很刺鼻的气味，像醋的味道。

这里没有玻璃橱，而是一排正面是玻璃的盒子。夏洛克觉得，它们像是养鱼的器皿，但是只有几个器皿里有水。另一些里面盛着沙子、泥土或小树枝。

一瞬间，夏洛克的思绪回到了伦敦的帕斯莫尔·爱德华兹博物馆，在那里他曾经被一只猎鹰给袭击过。那里陈列的物品也是用玻璃箱盛放的，每个玻璃箱都会营造一种特别的环境——沙滩、森林或田野。玻璃箱里通常是些动物标本，看起来栩栩如生。可是现在，夏洛克有一种不祥的感觉：从火炉发出的热度可以推断，不管玻璃箱里是什么，肯定不是标本。

带着一种莫名的好奇和冲动，他靠近了其中的一个玻璃箱。

这个玻璃箱里一半是砂砾一半是卵石。夏洛克看不到其他任何东西。他凑得更近了一点儿，鼻子几乎就要碰到玻璃箱上了。其中的一块鹅卵石突然朝他猛扑过来。

夏洛克猛地后退了一步。他原以为是个石块的东西，其实是一只像蜘蛛的昆虫。它伸直了腿，摆好了进攻的架势，翘起了尾部。长长的尾巴，卷到低着的头顶，不断晃动着。尾部有个毒刺，不断地击打着玻璃箱，在玻璃上留下了一些黏黏的污点。这只"蜘蛛"还有一对锋利的爪子一张一合地挥舞着，看起来非常狠毒。夏洛克以前从未见过这样的东西。

他离开这个玻璃箱，走到下一个面前。那个玻璃箱里的"蜘蛛"一直跟随着他，直到抵达它的小世界的尽头。

另一个玻璃箱里放满了小树枝和树叶。夏洛克这次比较警惕，没有靠近。他仔细盯着玻璃箱看，试图看清里面是什么生物。几分钟过后，他才终于看清了其中一根小树枝根本就不是树枝——它是某种身体很小，腿很细的昆虫，颜色和植物近乎相同。它的头比较大，眼睛更大，但是整只虫子是绿色的，像一片叶子。

夏洛克走到了另一个玻璃箱旁，感觉有点儿想吐。

这个玻璃箱里面装满了水，底部有些沙子。中间漂着一个带着卷须的果冻状物体，它在水流中缓慢地游动着。水缸中还有一群身体带条纹的小鱼在游动，夏洛克发现这些小鱼都离那个果冻状物体远远的，但有一只鱼除外。这条鱼正在探索玻璃和沙子的边缘，这时一条触须碰到了它。这条鱼突然一抖，然后就鱼肚朝上，朝水面浮上来。

有毒，夏洛克想到。这个果冻状的生物的卷须有毒。那只蜘蛛的尾巴留在玻璃上的东西可能也有毒。夏洛克有一种感觉，如果他把手伸到那只长得像树枝的昆虫的箱子里，他会发现那只昆虫也是有毒的。"看看这个。"马蒂吸了一口气。夏洛克凑到马蒂那里。

马蒂津津有味地看着的那个玻璃箱里面满是浅绿色的树叶。有些叶子上蹲伏着一些蛙，但这些蛙和以前夏洛克在池塘看到的青蛙不一样。这些蛙呈鲜红色，而且个头儿不过他的大拇指大。

"这是什么地方？某种动物园吗？"马蒂好奇地问道，"记得在美国，两只大大的爬行动物袭击过咱们，到现在我还做噩梦！下一个房间咱们会发现些什么？狮子？鳄鱼？"

"我觉得不会的。"夏洛克凝视着四周，想尽量多看出些门道来，"你四处看看，心里首先想到的是什么？"

"我首先想的是——呃！好恶心！其次我想赶快出去，洗一个痛快的澡。"

"你这样做是有原因的。"夏洛克指出。

"嗯——原因就是这些东西都很吓人，让我直起鸡皮疙瘩！"

"但是它们为什么吓人？"夏洛克问，"它们为什么让你毛骨悚然？看看四周——主要是因为它们都是有毒的。"他指着那只像蜘蛛的生物，现在它的尾巴已经不再戳玻璃了，而是正用它小小的黑眼睛盯着他们看，"我觉得这个东西应该是叫蝎子。它的刺有毒。在非洲和美洲，以及其他地区，都有这样的东西。"他的手指又指向那些蛙类，"这些两栖动物明亮的颜色对鸟类和其他动物来说是一种警告，告诉捕猎者不要吃它们，因为它们的皮肤有毒。我曾经在某本书上读到过，南美的部落会在他们的箭头上涂上这种毒药。"说着他走到一个装满水的玻璃箱面前。里面游着一条小鱼。夏洛克用手指关节敲了敲玻璃。几秒钟的工夫，里面的小鱼的身体比之前肿胀了好几倍，透过皮肤都能看到它的脊柱。"这是一只河豚鱼。它让自己的身体膨胀，好吓阻捕食者，而且它的脊髓有毒，我在日本时听说过这样的鱼。"

"我以为你只是去过中国。"马蒂说。

夏洛克耸了耸肩："在回来的路上，我们在日本逗留了几个星期。"

"你从来没有提到过。"

"事出有因。"夏洛克神秘地说，"但是无论如何——这种鱼在日本被视作美味，但是厨师必须首先仔细清除它的毒素，否则可能会毒死人。"

马蒂指了指那个有游动的果冻状物体的大玻璃箱："这是一只海蜇，对不对？在海边你能看到这种东西。"

"还不够精确。如果我判断正确的话，这应该是一只箱型海蜇。它的卷须上有毒，其毒性是蛇毒的几百倍。"他又环顾四周一遍，看看每个玻璃箱里有什么，"是的，我觉得这里的一切都是有毒的。这些与身体器官的蜡像联系在一起，好像就能讲得通了！"

"是吗？"马蒂似乎并不那么肯定。

"不妨问一下自己，为什么会有人收藏这些东西？他们用这些东西做什么？"

"我一直在问自己这一点。"马蒂狐疑地环顾了一下四周，"但我想不出答案。"夏洛克刚张开嘴，准备告诉他的朋友自己有了什么发现，但这时，通向隔壁房间的门突然打开了。一名男子站在门口，不是夏洛克之前见到过的那名身材魁梧、手上有疤痕的男子，而是一名身穿黑色西装和条纹背心的男子，身材要瘦小一些。他的头剃得光光的，小眼睛几乎陷进了脸上的肉中。他的目光从夏洛克身上又移到马蒂身上，然后转过身吼道："主人——家里有小偷！"

"快，"夏洛克朝马蒂喊道，"去——"

可是他的话被打断了，因为这时男子举起了拳头冲向他。

夏洛克后退了一步，也举起了紧握的拳头。那个人朝夏洛克的头重重地挥拳打来。夏洛克往右一躲，挥拳朝那个人的下巴打去。但他的拳头好像打在了结实的砖上。那个人后退了一步，吼叫着，夏洛克则吹了吹自己受伤的指关节。

那个人重新朝夏洛克攻击过来。他的嘴唇裂开了，开始流血。他又一次挥起右拳，但这只是佯攻。夏洛克没有看到那个人的左手也从侧面打过来，正好打在了他的耳朵上。夏洛克感到一股血流在自己的头部激荡，身体横着倒下了。

那个人随即朝夏洛克的肚子踹了一脚。夏洛克赶紧打了个滚，那只脚踢在了他的后背上。他瞬时觉得身体里疼痛难忍，但是在痛苦之中，夏洛克知道，这总比踢中他的肚子要好。那样的话，他肯定好几个小时都动弹不了。秃头把手伸向壁炉，从架子上拿起了一根火通条。火光下，这个东西似乎也在发光。这个人把火通条举过头顶，想一下子打在夏洛克的脑袋上。

第九章

　　夏洛克收回了胳膊和腿，可是那个人不肯罢休，准备继续攻击。

　　阴影中，马蒂朝那个穿西服的人扑过去，抱住了他抬起的胳膊肘，死死地抓住不放。由于被马蒂坠着，那个人朝后摔去。马蒂试图放手，朝旁边滚开，但是却来不及了：那个人的身子正好砸在了他身上。夏洛克听到他朋友肺里的气息好像都被挤了出来，发出了嘶嘶声！

　　更糟糕的是，这名男子用他的后肘向后猛击了一下，正好打到了马蒂的肚子。那个人翻身一滚，从地上站立了起来，马蒂却蜷缩成一团，呻吟不止。

　　那个人看了看夏洛克，又看看马蒂，再看看夏洛克，想确定先对付他们两个中的哪一个。他看马蒂暂时没办法打斗，就拿着火通条朝夏洛克逼过来。

　　夏洛克绝望地看了看四周。他也需要一件武器！

　　那个人挥舞火通条朝夏洛克打来。夏洛克飞身躲开，然后扑到了地上。他打了几个滚，停在了壁炉旁。架子上没有别的火通条了，但是有一把夹煤块的大夹子。他抓起夹子，飞速地看了看马蒂："你没事吧？"

"我会好的。"马蒂呻吟道，"给我一分钟就行，或是十分钟。"

夏洛克直起身，刚转过来，那个人已经朝他冲来了，满脸怒容，凶神恶煞："我要废了你，你个小……"

他还没说完，已经挥着火通条打过来了。夏洛克用大夹子挡开。一声很响的金属声在房间回荡。夏洛克震得手臂一直麻到肩膀。夏洛克后退了几步，意识到通往旁边房间的门正好在他身后。那个人像拿着大棒一样挥舞着火通条，重新朝夏洛克扑过来，夏洛克向后退了两步，同时抓住门把手，拉了一下，把门半关上了。

那个人一下子撞到了门边上，被撞得倒退了几步，疼得大叫。他把袖子举到眼前，抹了抹脸上的血，追着夏洛克进了另一个房间。

"你还不罢休吗？"夏洛克半是对着那人，也半是对自己低声说。

"决不罢休。"那人答道，"除非你杀了我，不然我不会停手的。我的工作就是保护这个地方，不让你这样的小偷进来。"

夏洛克想说他不是小偷，马蒂也不是，但是他估计这个人恐怕不会信他。他就像上足了发条的机器，无论如何都停不下来！他突然挥起火通条打向夏洛克，夏洛克再次用夹子挡住了，然后用夹子打向那个人的眼睛。那个人向后一仰。这一下有点出乎夏洛克的意料，他身子跟上去，突然失去了平衡。那个人突然变换了拿火通条的位置，抓住火通条的中间，用把手朝夏洛克的肋骨捅去。一瞬间，夏洛克感觉有一条肋骨被那个人给打断了。他伸出左臂去保护自己的肋部，同时拿着夹子朝那人的喉咙打过去。他打中了那人喉结下面，那个人一下子弯下了腰，喘不过气来。夏洛克又用夹子重重地打在了那人的头上，打得那人跪在了地上，痛苦万分，只剩下喘息之力。

夏洛克退回房间的中央，使劲儿喘着气，同时往周围寻找着，看看是否还有其他可用的武器。这个房间也整齐地摆着大玻璃缸，但是在短暂的一瞬间，他必须分析一下玻璃缸里的情况。他看到缸里有蛇：有的跟沙子的颜色一样，有的则有红黄相间的鲜亮的条带，有的跟夏洛克的小指一般大，有一条则像夏洛克的手臂那么粗，盛放在一个三倍大的缸里。这些蛇被屋里突然出现的动静吸引，都在用饥渴的眼神盯着夏洛克。

夏洛克发现，那个人重新站了起来。他的头上血流不止，可是这也没能阻止他。而且，他好像因此更加愤怒了。

"等我干掉你，会把你剁碎塞到破桶里。"他咆哮道。他拿着火通条朝夏洛克挥过来。夏洛克甚至感觉到火通条带起的风把他的头发都带起来了。

在他身后，马蒂仍蜷缩在地板上。

那人又朝他冲过来，手里挥舞着火通条。

夏洛克双手拿住煤夹，往旁边猛地挡开。火通条从那人的手里飞了出去，打在了一个玻璃缸上，玻璃碎了。

那个人立刻伸手抓住了夹子的另一头。两个人僵持了一小会儿的工夫，都想抢过夹子，但是那个人实在太壮了。他从夏洛克的手中一把夺过了夹子，扔了出去。

夹子直接击中了另一个玻璃缸，那个玻璃缸也被打碎了。

那个人掐住夏洛克的脖子，把他举了起来。夏洛克突然无法喘息了，脚也离开了地面。他的眼前似乎涌起了一团红色的雾，一切看起来既模糊又遥远。那个人嘴里说着什么，呼出的热气喷在夏洛克的脸上，但是夏洛克耳内血管里的血流声咚咚地响，掩盖住了他那低沉的声音。他越过那个人的肩膀看了看，希望马蒂能站起来帮帮他，但是马蒂依然蜷缩在地上。

看起来这就是结局了。夏洛克一点儿办法也没有。就算能解开世界上所有的谜题，也不能让他免于一死。

有个东西在他的肩膀边上动。他现在几乎什么也看不到——他的视线被黑暗挡住了，只剩下一条狭窄的隧道——但是他的肩膀上肯定有个东西，在缓慢地来回晃动。那个人也看到了，脸上霎时失去了血色。那个人只是刚刚把手放松了一下，还没来得及做出别的反应，那个东西就突然扑过去，缠在了那个人的脸颊上。

是一条蛇，身上有红黄黑相间的鲜明条纹。夏洛克抓住了这条蛇，而蛇则来回扭动。他试图把它拽开，但是它的尖牙已经咬进了那个人的肌肉里。那个人尖叫起来，面部因为极度的痛苦和恐惧而扭曲成一团。马蒂突然出现在夏洛克的肩膀边。他驼着背，面色苍白，身上显然还很痛，但是至少他能动弹了："咱们赶紧出去。"他急切地说。

"抓住这个东西！"夏洛克指的是蛇。

"你疯了？"

"它会弄死他的！"

马蒂皱起了眉头："那又怎样？你也想杀死他呀！而且他也想杀了你！咱们得赶紧逃！"

夏洛克能感到自己因为生气而紧咬着嘴唇："那都没关系。他毕竟是一个人，现在他因为咱们陷入了麻烦。咱们得抓住这条蛇！"

马蒂盯着夏洛克看了一眼，又看了看窗口。他不情愿地伸出手，抓住了那条盘绕的爬行动物。"我可从没打算要干这样的事。"他喃喃地说。

看见马蒂抓结实了，夏洛克才松开手，从马蒂身边走到了被咬的那个人近前。他的眼睛闭着，发出呻吟声。"我们想帮你，"夏洛克说，"坚持一下。"他抓住蛇的嘴，小心翼翼地，捏住蛇嘴周围松松的皮，免得碰上它的牙。蛇的皮很干，但是热乎乎的。他小心地用力掰开蛇的嘴巴。蛇的上下尖牙从男子的腮上滑出来，留下了四个流血的洞。

马蒂把手往上移动了一下，抓住蛇的头部往后一点的地方，防止蛇扭头把他咬伤。蛇试图甩开他，使得他的手臂也来回晃动。

那个人跪倒在地上，不断发出呜咽声。夏洛克盯着他脸上的血洞。现在，他的伤口中可能有毒，可是夏洛克却手足无措，不知该怎么办。是不是应该请个医生来？这条蛇的毒液多长时间会发作？它是仅仅会使人致残，还是会致人于死地？

"夏洛克……"

"先别说话——我在思考！"

他不知道下一步该怎么做。一点儿主意都没有。

"夏洛克，"马蒂重复道，声音非常低，不急不慢的，"你看那边！"

夏洛克转过身，朝马蒂正惊恐地看着的地方看去。在那边，在地毯上，还有一条蛇。那条比马蒂手里抓着的这条还大，是棕色的。它肯定是从刚才打碎的第二个缸中出来的。夏洛克看着它的那会儿工夫，它的头部已经扩张成了一个头罩的样子，看起来更吓人了。这时突然发出的一阵响声让夏洛克朝蛇的尾巴看去。蛇的尾巴正高高翘起来，来回晃动。蛇尾巴上有很小的骨板，振动的时候会发出嘎嘎声——也许这是警告？夏洛克和马蒂都不需要什么警告。他们已经被吓得够呛了。

夏洛克僵住了。他的目光在房间里扫了一圈，想要找个东西对抗这条蛇，但是什么都没找到。煤夹子掉在了打碎了的玻璃缸上，在被咬的人的头旁边；火通条在房间的另一头，躺在地毯上的碎玻璃片中。

蛇张开大口，嘴里露出了血红的肌肉。又一次警告。夏洛克能想到的唯一可做的，就是当蛇攻击时，一把抓住它。这是一种很冒险的选择，夏洛克也不想这么做，但是他别无选择。

蛇头缩回去了。它要对他发动攻击了。夏洛克强打起精神。

几分钟前，有个影子从他们刚才经过的门口过来了。蛇对此无动于衷，但是夏洛克瞥了一眼。

门口站着一个身材魁梧的人。这个人夏洛克之前就见过，正是这个人从邮箱里取走了包裹，更早的时候是这个人坐着马车进了这所房子。他已经脱下了笨重的皮衣和帽子，但是仍然戴着那件拼接起来的面具。此刻夏洛克看出来，他戴的是一个面罩，把他的整个头都给包起来了。眼洞中露出一双犀利的蓝眼睛。他手里拿着一把枪。他的手很大，手里的武器就像一个玩具。他的眼珠不断转动，观察着局面。最后，他的眼睛停在了夏洛克身上。

他举起枪，开了火。

夏洛克只是站在原地，一动不动。他试图想明白子弹击中了他的哪儿。他没有感觉到任何击打或疼痛——他想，他肯定被吓呆了。随时可能感受到剧烈的疼痛，然后鲜血就会从伤口涌出。

但是，过了几秒钟，什么都没发生，只有从枪中冒出的烟雾在房间萦绕，夏洛克发现他身上既不痛，也没有血和伤口。他又低头检查了一下身上，什么也没有看到。难道这个人打偏了？他会再次开枪吗？

他又抬起头，这名男子正看着夏洛克肩膀后面。夏洛克顺着他的目光看去，只见那条棕色的蛇躺在地毯上，被刚才的子弹击中了，身子断成了两截。

刚来的这个人的目光从蛇的身上移到了夏洛克身上，又从夏洛克身上移到了马蒂身上。"我可以把你们两个都毙掉。"他说，声音从皮面具下发出，"或者，你们帮我挽救乔治的性命，然后解释一下你们的行为。给你们五秒钟的时间来决定。"他的声音像大石块撞击研磨一样，又低沉，又嘶哑。"我们帮你救人，"夏洛克赶紧说，"然后我们会做出解释。"

"不错的选择。"那个人放下枪，别回到裤腰带上，"你——个子比较小的那个——把那条眼镜蛇给我拿过来。"他转过身，迅速把蛇关进一个盒子里。"你——个子高的——从壁炉边把我的器具和刀拿过来。"

夏洛克朝那人指的方向看去，看见了壁炉边有个和他拳头差不多大小的物体，他过去拿了起来。这是一个用橡胶材料做的球，连着一个金属阀和一个开口，开口是喇叭形的，后部是用一种特殊的橡胶做的。他把这个东西递给了那个人。此刻，乔治正跪在地上，手捂着胸口，呻吟着。那人在乔治身旁跪下来。

"孩子，你叫什么？"后来出现的这个人一边接过器具一边问道。

"夏洛克。夏洛克·福尔摩斯。"

他本想撒个谎，但是想了想，觉得此时说实话才是最好的对策。

"这位小个子的朋友呢？"

"我长得没那么小！"马蒂嘀咕着。

这个人把橡胶球攥在手中，挤出了里面的空气。

他抬头看了看夏洛克。"我叫费尔尼·韦斯顿。我是这所房子的主人。被蛇咬了的这个人叫乔治·斯奎尔。他是我的男仆、厨师兼这所房子的总管。他是我唯一信任的人，因此我不想失去他。"他把那个用橡胶和金属制作的器具递给夏洛克，"攥住这个球，千万不要松手。"他一边说着，一边从夏洛克的另一只手中接过刀子。他转向那名被咬伤的男子，夏洛克还没来得及说话，他已经拿着那把刀划在了乔治的脸颊上，在蛇咬的地方划了一个"X"形。

"你在干什么？"夏洛克叫道。

"把毒弄出来。"韦斯顿先生说。他从夏洛克手中拿过那个器具，把橡胶开口放在他划的"X"形口子上。然后他松开手里的橡胶球，球缓缓地膨胀，橡胶口粘上了乔治的血，发出嗞嗞的吸气的声音。"他的血会从伤口吸出来，同时把毒液也吸出来，不让它进入体内，但是我们还需要阻止蛇毒在他的肌肉组织里扩散。我们把毒液吸出来得越快，就越有可能挽救他的生命。"他又用力地挤橡胶球，排出空气。夏洛克听到里面某种黏糊糊的东西发出的响声。然后，他再次把它对着伤口开始吸。

夏洛克在看韦斯顿先生给乔治往外吸取蛇毒的同时，情不自禁地观察了一下韦斯顿先生腰上和手上的伤疤。怪不得附近的人看到他，会以为他是用奇怪的身体部位组合起来的。其实，要不是这种想法太过离奇，夏洛克恐怕都会有些信。

整整忙活了五个小时的时间，韦斯顿先生才停下来。他要么是觉得已经把乔治脸上的毒都吸出来了，要么就是觉得剩下的蛇毒已经扩散，再吸也没用了。当他最后一次把橡胶球拿下来时，夏洛克听到里面有液体流动的声音。他推测那是血液和蛇毒。

乔治似乎已陷入了昏迷状态。他的眼皮翻了两下。韦斯顿先生把他轻轻地背起来。"我们需要把他弄到他的房间去。"他说，"我想他会好起来的，但是我需要让他吃些止痛的药，另外还需要给他包扎一下伤口。你们两个来帮帮我。"他说话的时候并不是以一种询问的口气在说。

"那个东西是你发明的吗？"夏洛克指着那个用来吸蛇毒的橡胶球问道。

韦斯顿先生伸手去挠自己脖子，就把面罩拉到了一边，好露出下面的皮肤。他的脖子上也有伤疤，满满的都是。他的身上还有不带伤疤的地方吗？夏洛克很好奇。

"要想侍弄蛇的话，就得有这么个东西。"韦斯顿先生说。

"为什么要养蛇？"夏洛克问，"为什么——"他又指着身后的另一个房间，"弄这些肢体的蜡像？为什么要去偷？"

"那可说来话长。现在我还没想好要不要跟你说。至少不是现在，而且我要先听一下你们的故事。我们先把乔治扶到床上，处理一下他的伤口，然后谈一下你们俩是怎么回事。"

他们三个人把乔治僵硬的身体抬到外面的走廊里，然后穿过走廊，走过拐角，经过大厅，然后又抬上了两段楼梯，做这些事就花了他们一个来钟头的时间。乔治的房间在这座房子的顶楼，等他们把他抬到床上，给他盖上毯子，几个人都松了一口气。

这时，夏洛克觉得自己听到了一个女人的声音从楼下传来，但是他听不清说的是什么。他转过头疑惑地看着韦斯顿先生。这个大个子停下手头的活儿，认真听了一下。

"我得下楼去。"他说，他那戴着皮面罩的脸转过来朝向夏洛克，"我需要把急救箱和药拿上来，你们待在这里陪他。我马上就上来。"

马蒂和夏洛克就在房间里等了一会儿。乔治躺在床上昏睡着，嘴里发出了重重的呼吸声。

夏洛克透过窗户往外看去。外面仍是漆黑一片。他觉得从这个方向看过去，下面应该是运河，不过在黑暗中，什么都看不到。他此刻俯看着的地方，应该是一星期之前他抬头看过来的那个位置。短短的几天，可真是发生了不少事情。

他听到了楼下韦斯顿先生的声音，然后又听到了一个女人的回应声。在这个大屋子里肯定还有别人，而韦斯顿先生并不想说出来。不然的话，他为什么没提起她？

大约过了十分钟后，韦斯顿先生提着一个急救箱和一盒玻璃药瓶回来了。他拿一种药膏涂抹乔治的脸，留下了一层橘红色的印记，然后在上面敷上了纱布，再用绷带绕过他的秃头顶、耳朵和下巴下面给他包扎好。最后，他把两个玻璃瓶里的药水配起来，给他仆人的胳膊上注射进去。

"现在他应该没事了，咱们让他睡吧。"他站起来，带着面罩的头都扫到了低低的屋顶，"他很幸运，是被那条眼镜蛇给咬了。如果是被那条黑色的树眼镜蛇咬的，几分钟之内他就没命了。而且你俩也该庆幸，刚才我打死的那条蛇是一条普通的眼镜蛇，而不是一条黑颈眼镜蛇。

黑颈眼镜蛇会喷出毒液，如果毒液进入你们的眼睛，你们就会尖叫着死去。”

“你为什么要养这些有毒的宠物？”马蒂问道，“你就不能养养猫啊、狗啊的什么吗？”

韦斯顿先生笑了，发出粗粗的、似乎是喉咙被噎住的声音：“孩子，它们不是宠物——它们是我的工作。至少曾经是。”他看了一下马蒂，又看了看夏洛克，“好吧——我们下楼去。我得来一瓶啤酒，另外家里还有些柠檬水，你俩可以喝。”

“我可真没看出来你是个会做柠檬水的人。”夏洛克说，他其实是试图引着韦斯顿先生说出这所房子里的另外一个人。韦斯顿先生笑而不答。“我喜欢多点儿选择。”他含糊地说，“我不管什么东西都喜欢有一批，好做比较。”

他示意请他俩走在前面。下来一层之后，夏洛克往周围看了看，试图判断一下那名女士的声音来自哪里，但是所有的门都紧闭着。他们继续往下走，来到了一楼。这一次他们进入的房间，应该是在夏洛克和马蒂闯入的那间房子的对面。

这个房间是个客厅，摆放着茶几和沙发。韦斯顿先生让他们坐下等一下，他去厨房拿啤酒和柠檬水。夏洛克猜测，韦斯顿先生是想看看他俩是否会尝试逃走——韦斯顿先生可能已经锁上了前门和通向其他房间的门，他们别想跑到别的房间里跳窗而出。当然客厅里也会有窗户的，夏洛克拉开窗帘一看，发现这是一扇法式落地窗，外面有个阳台。但是他检查了一下，这扇窗是锁着的。

几分钟后，韦斯顿先生回来了，端着个托盘，托盘里放着一瓶啤酒、一个盛有浑浊液体的玻璃水瓶、两个玻璃杯和一盘小饼干。他打开啤酒瓶盖，然后重重地坐到了一个很大的单人沙发上。他指了指托盘说：“请自便。你俩也忙活了一晚上了。”

马蒂的眼睛直直地盯着玻璃瓶里混浊的液体。"我们怎么能确定，"他问，"你有没有把某种毒药掺进去？说不定你放进了一只毒蛙，用勺子搅了一下，又把它弄了出来。"

韦斯顿先生从他的腰带上拔出枪，放在近前的桌子上："尽管那样谋害你们很有趣，但是如果用枪的话我想会更快也更牢靠。其实，我现在仍然可以开枪。告诉我，你们为什么在这里，来找什么，还有，谁派你们来的。不要骗我——你们一撒谎我就能看出来。"

夏洛克深吸了一口气。他虽然觉得实话实说是最好的对策，但是也有些冒险。不过韦斯顿先生看起来并不像坏人。事实上，夏洛克已经开始喜欢他了——或者说，至少是尊敬他。他很果断，而且对自己的所作所为似乎都心中有数。

"我听说过牛津医院的太平间里尸体部位失窃的案子。"夏洛克平静地说，"我的一个朋友被警察叫去问了话，而且我的导师也被警察问询过。我跟太平间的验尸官谈过，他给了我足够的信息，因此，我推断出了下一次盗窃案的发生时间。马蒂和我过去蹲守，看到了小偷，并且跟着他到了他的住所——"

"他是说我。"马蒂嘀咕着，"是我跟踪的那个人。"

夏洛克朝马蒂皱了皱眉。意思是这故事该由他来讲。"我们跟踪小偷到了邮局，又跟踪包裹到了伦敦，然后又回来，但是包裹已经变了。我现在明白了。我们跟着包裹到了这里，看到你取了。我们闯了进来——"

"那也是我干的。"马蒂喃喃地说。

"接着我们看到了那些尸体部位的蜡像'收藏品'，还有你放在这里的有毒生物。这一切真是让人过目难忘——对了，用'收藏品'这个词对吗？"

韦斯顿先生没有回答，只是透过皮罩上面的孔盯着夏洛克。"你还知道一些别的事情没说。"他指出,"告诉我。"

"你怎么知道我还知道别的事情?"

"你说话的时候,你眼睛所看的方向告诉了我。你说话的时候,眼睛一直正视着前方,但是并没有特别去观察什么,这表明你的大脑,正努力把一系列相连的事情联系起来,但是当你提到牛津医院太平间的那位验尸官时,你抬眼朝左侧看了看。这表明你想起了验尸官曾经说过的话,是某件重要的事情。"

"你仅仅从我的眼神中,就能判断出这些来吗?"夏洛克感兴趣地问道。

"从某种程度上来说可以。我就是这样来判断人们是不是在向我撒谎的:撒谎的人的眼睛一般向右看,而不是向左看。那样意味着他们在编故事,而不是在回忆某些事情。这点心得,是我多年来让人尝试对我说谎或是说实话,通过观察对比得知的。所以,你刚才一直在回忆的是什么事情?"

"那位验尸官卢卡瑟医生曾经提到过你的名字。他说……"夏洛克此刻使劲儿地去想那人的原话,突然,他意识到自己在向左看,"你过去常去他那里,跟他聊天,陪他说话,可是你突然就不去了。他以为你对他说的故事都厌烦了。"

"从没厌烦。"韦斯顿先生说,低下了头,朝下看着,"从没厌烦过。只是发生了一些事情,仅此而已。发生了一些事情,让我没办法再去了。"

"是意外吗?"夏洛克猜测道。

韦斯顿先生迟疑着点了点头:"我们好像把故事发生的次序讲乱了。"他轻声说,这种轻柔让他粗糙的声音感觉很奇怪,"记住事情的前后顺序非常重要,另外也得记住事情是如何开始的。"

"那事情的结局呢?"马蒂突然问道,"是不是也很重要?"

"故事永远不会停止。"韦斯顿先生说，"故事一直都会继续下去。"

"那么我们的故事？"夏洛克的目光和韦斯顿先生的碰到了一起，"会永远继续下去吗？你相信我们吗？"

"你所说的都合情合理。所有的事实也能前后相连，而且你没有任何说谎的迹象。我不大想怀疑你们。而且，你们的外貌以及所作所为看上去都不像窃贼。"

"那么，给我们讲讲你的故事吧。"夏洛克大胆地说。

"你们截止到目前都知道些什么？"韦斯顿先生反问道。

夏洛克吸了口气："你收集了各种各样的有毒生物。我认为，你感兴趣的是毒物，而不是这些生物。它们只是达到某种目的的手段。"

"请继续。"

"你正在研究各种毒药的效果——看哪些毒物可以快速致命，哪些毒效较慢，哪些会留下明显的痕迹，哪些不会留下任何痕迹。"夏洛克回想起他与卢卡瑟医生的谈话，"这一切都与这些物质所留下的证据有关，对不对？卢卡瑟医生对此也很感兴趣，但是你更进了一步。你正在测试这些毒药，以便观察它们的毒性。"

马蒂刚刚已经将一大杯柠檬水一饮而尽，此刻他突然放下了玻璃杯。"我就知道。"他惨兮兮地说。

第十章

··· Chapter 10

韦斯顿先生笑了笑："我不会在人身上做毒药实验。"他说，"虽然我遇到过一些人，无疑在他们身上做此实验也不为过，不过这还是有争议的，所以我不会这样做。我捉老鼠来做实验。反正老鼠迟早会被人类毒死，我只是尝试换用不同的毒药，并记录了实验效果而已。"他停顿了一会儿。"但是，身体各个部位的蜡像呢？你认为我拿它们干什么？"

夏洛克想起了玻璃柜里尸体部位蜡像下方的手写标签，他说："从一个人的身上便可看出这个人的生活。你想获得这样一种能力，看到一个人就能猜出他干什么谋生，在什么样的地方居住，以及他们的生活方式。你一直从干不同工作的人身上收集身体的不同部位，进而分析他们的性格特点。"

"听起来你已经挺了解这种事情了。"

突然间，夏洛克的脑海中闪现出了克罗先生的脸。他屏住了呼吸。他此刻非常想念这个大个头儿的美国人。"我有一个朋友，他做的事情跟你相似。"他轻声说，"不过，他没你这么有……条理……"

"很好。"这个个头儿高大、身上布满伤疤的男人点了点头，"是的，一段时间以来，我一直在证明一个理论，那就是，人们的职业会在自己的身体上留下痕迹。例如，打字员的指尖是扁平的，因为他们反复敲打键盘。小提琴家的指尖也是扁平的，不过只有一只手这样，那是用指尖按压琴弦造成的。文身师指尖有些浮肿，因为他们在给顾客做文身的时候会不小心扎伤自己，引发感染。簿记员和办事员耳朵上部区域的头发是扁平的，因为他们常年戴眼镜，把这部分头发压下去了。不管我们做什么，性格如何，这些在我们身上都能体现出来。"

"就像照相一样。"夏洛克突然插了一句，"照相用到的化学物质会使你的皮肤变黑！"

"是的。"

"从我身上你能看出什么？"马蒂挑衅地问。

"你住在船上，有一匹马，靠偷食物填饱肚子。你有段时间是在极其饥饿中度过的，有时又会吃得很好，比如现在。"

"你怎么会看出这些来？"

"你手上有很明显的划痕，这些划痕是由粗糙的木头划伤的。这表示你可能是一个木匠的学徒。不过你手指内侧也很粗糙，这可能是拉粗绳造成的。这两点是水手的特征，不过你却没有水手棕褐色的肤色，而且你看太阳时眼睛也不会眯成一条线，这表明了你是在驳船上生活的。你的鞋带上沾有稻草，说明船上有一匹马。现在你的裤子和衬衫是紧贴在身上的，不过上面的折痕和褶皱表明，以前裤子跟衬衫比现在穿着宽松。还有一些其他迹象显示你有时会把裤子提到腰部，有时则不扎腰带。这些表明你的体重经常发生变化，这意味着你有时会吃得很好，有时并不那么好，饥一阵饱一阵的。"

"那你是如何看出来我偷东西吃的？"马蒂挑衅地问，"这是我的隐私。"

"你的右手上有伤疤，我猜想是由某人或是某几个人用利器所伤。有些伤口看上去是由尖锐的利器所致，而有些则是由沉重的钝器所致，这表明这些伤是由不同的器具造成的，而且几乎可以断定这不是一人所为，且发生在不同的时间。你经常伸右手偷拿东西，所以你的右手经常会遭到物品主人的袭击。偷食物只是我的猜测而已，不过除此之外还会有什么可能？"

"哦。"马蒂举起右手看了看，"确实很明显。"

"还有一个证据，那就是饼干。"

"饼干？"

"是的。当我端进来的时候，盘子里有十片饼干。而现在只剩下七片了，但我没有看到你跟你的朋友吃过。还有你进来时你的夹克没有现在这么鼓。显然，你是在囤积食物，以备以后不时之需。"

听完这话，马蒂面带愧色，把手伸进了夹克里面。

韦斯顿先生冲他摆了摆手："不用在意，只是几片饼干而已。"

夏洛克想回到刚才的问题，即韦斯顿先生这样做的原因何在。"你以侦查犯罪案件人员的身份追捕我，"他说，"但很显然你不愿离开这个住处，实际上你也不能做任何调查。你太引人注目了，所以你离开时人们都会注意到你，即使换了穿衣风格也不行。所以——这是怎么回事？"

韦斯顿先生拿起酒瓶，喝了几口啤酒。"我以前是一名警察。"他叹了口气说，"不过请注意，那是几年前了。在搬到牛津之前，我曾是伦敦南部的一个探长。那里有很多犯罪案件，其中大多与海员有关。他们上岸休假，喝醉了，钱被偷了，就想通过威胁恐吓把钱找回来。我对犯罪分子留下的作案痕迹特别感兴趣，也就是所谓的证据。我不得不承认我的立场不怎么受欢迎。跟我一起工作的其他探员所用的方法都非常直截了当：他们会逮捕犯罪现场周边的人，然后刑讯逼供，让被抓的人屈打成招。我坚持我的做法，后来，我便很善于发现犯罪分子留下的蛛丝马迹，然后通过这些证据追踪到真正的罪犯。"他耸了耸肩，"我们来看一下我参与的一起真实的案例。有人在室内发现一名女性死者，目击者称他看到一个男子匆匆逃离出那所房子。出逃的这个人脸上裹着一条围巾，人们没认出是谁。但目击者看到那个男子的手非常苍白。其他警察通常的做法是把所有认识受害者的人都找来，检查一下他们当中谁的手是苍白的。而我则派人去找当地的面包师。这种人的手是苍白的，因为手上沾有面粉，而且已经渗入到皮肤里面了。原来被害人欠了面包师的钱，所以我将他逮捕了起来，在关押期间他便供认了一切，根本无须严加拷问。我承认我如此激进的行为方式是受在牛津大学读书的一个年轻人的鼓舞。我俩的思想差不多相同，就好比是在同一频道上。过去我们经常大谈特谈未来的治安，我俩认为将来的案件中证据会是最主要的决案因素。"

"迈克罗夫特·福尔摩斯。"夏洛克低声说。马蒂有些吃惊地盯着他。

韦斯顿先生点了点头。虽然夏洛克看不到他的脸，但是他似乎释放出了满意的光环。"你说你叫夏洛克·福尔摩斯，我想这绝非偶然。你是迈克罗夫特的弟弟，对不对？"

夏洛克只能点点头。他怔住了，脑子里冒出了两个想法——第一，他记得他的哥哥谈到过他在牛津认识一名警察；第二，迈克罗夫特故意把他打发到这里，目的就是希望他俩能够相遇。他也不知道自己是应该为此感到荣幸，困惑，还是气愤。他有时候非常反感迈克罗夫特对他生活的这种公然而又微妙的干涉。好像他的哥哥信不过他单独行动，总是会寻求各种手段来指引他。

"是的。我是迈克罗夫特的弟弟。你跟他是认识的，对吧？"

"是的。我们过去经常去同一家小酒馆喝酒，有天晚上我们谈了一夜。那时我结婚了，从这里搬到了牛津。"

"然后你发生了意外。"夏洛克说。

他们沉默了一会儿，韦斯顿先生盯着阴暗处发呆，他在回忆过去发生的一些事情，而这些事情使他身体和精神上都备受煎熬。"是的。"最后他低声说，"不过并不是意外，是牛津的罪犯们的蓄谋。我对他们追踪得太紧，几乎要抓获他们了，差一点儿就能成功，这使得他们非常惊恐。而这也给我招来了祸害，差点儿要了我的命。我被毁容，留下了永久的伤痛，而且再也无法工作。警局就像扔掉用过的手帕一样将我推了出来。更要紧的是，我的妻子也失去了一条腿，因为她当时跟我在一起。"他的脸转向了夏洛克和马蒂，"你希望看看那场事故的后果吗？"他问道。不等有人回答，他就伸手将皮革面具从脸上摘了下来。

马蒂倒吸一口气，夏洛克屏住呼吸才没表现得像马蒂一样惊讶。韦斯顿先生的脸上布满鲜明的伤疤，就像一张拼图。他的鼻子、脸颊、下巴和额头上全都是伤疤。这些伤疤往下延伸到脖子，再往下一直延伸到他的衬衫里面。疤痕本身是黑色扭曲的线条，其中有很多缝线明显，纵横交错。皮肤伤痕累累，呈现出不同的颜色——白色、淡粉色和栗色。夏洛克推断颜色之所以不同大概取决于皮肉受伤害的程度，血液供应不同也会导致恢复程度不一样。韦斯顿先生的头部有一部分是秃顶，有一部分还有头发，这其中没有任何规律。他的耳朵有一只是完整的，另一只缺了一半。

后来，他又慢慢地摘掉手套。他的手部情况也一样——伤痕累累，疤痕歪歪扭扭。好几根手指没有指甲。他的左手腕上有一圈伤疤印痕很深，看起来像是整只手脱落了又重新安上去的一样——夏洛克知道这是不可能的。

伤疤一直延伸至他的衣袖及衣领处（其他地方被衬衫遮住了），伤疤似乎遍布了他全身。

"这就是我现在的样子。"他平静地说。

"究竟发生了什么事？"夏洛克问。

"你已经看到证据了——你来说说吧。"

夏洛克再次扫视了一下韦斯顿先生的手跟脸部，但这次他是带着分析的眼光去观察，而不只是感性地看一眼。"损伤面很大。但奇怪的是这些伤疤都是随机的。如果你是受刀剑所伤，那么疤痕应该比现在的直。我再三观察也没看到你的手掌上有疤痕，如果你受到某个人或是几个人的武器攻击，我认为你会抬起手来防卫，那你手上应该会有很明显的伤口。然而看你身上伤疤的分布，好像是由多件利器从不同方位同时作用所致。"他思索了一会儿，"我猜想你当时可能是在车厢里，车厢爆炸，四分五裂，是木材和金属条使你满身伤痕。"说到这里他犹豫了一下，"不对，几天前我看到你乘坐马车到了这所房子前面的空地上，你坐在车厢里面似乎并没有焦虑不安。那如果说你是在车厢内遭遇的事故就说不通了。"夏洛克突然想起在牛津医院太平间翻越天窗的时候——他往下跳时碰碎了玻璃，木头框架也散落一地，他哆嗦了一下，"不，我猜想爆炸时你是在某一建筑物内，这样的可能性大一些。这样一切都说得通了。"

韦斯顿先生缓缓地点了点头。"你说得对。当时我收到一条匿名消息，说我正在追踪的人在贫民窟的某间屋子里。我去了，走进了那间屋子。"他停下来思索了一下，"他们在那个地方做了手脚，放了炸药。他们一看到我走进去就点燃了引线。一分钟后，炸药爆炸了，整间房子都倒塌了，把我压了下去。到最后我只记得尘土、砖瓦碎片、木片和玻璃碎渣，我感觉自己好像是在水底，这些碎片漂浮在我周围，但同时，我又似乎看到这些碎片在我身上砍过来切过去，刺进我的身体。时间似乎慢了下来，停在了那一刻。"他又喝了一口啤酒，"我被拖出去的时候，身上满是鲜血，扎满了尖锐的东西，看起来好像一只刺猬。我在医院躺了好几个月，全身都是伤口的缝线。那种痛……没有人能体会，终生难忘。一直以来，我都挺结实的，身强体壮。不过医生却说，我那次完全是靠坚定的意志才活了下来。我下定决心要活下去。没有什么能打消我活下去的意志，即使是我这满身的伤也不能。"

"那些罪犯，"夏洛克问，"他们犯了什么罪？"他这么问，有一部分原因是他想知道答案，还有一部分原因是他不想让韦斯顿先生陷入那次爆炸及其影响的回忆当中无法自拔。

韦斯顿先生皱了皱眉头："我怀疑，在牛津有一群盗贼专门偷盗有钱人家世代累积的财宝——书画、珠宝、雕像等。他们这群人很聪明，而且饱读诗书。他们研究古代的手稿及书籍，从中发现宝物并找到拥有这些宝物的主人，然后再偷偷潜入屋内将宝物偷走。不过处理这些赃物需要很长的时间——黄金可以回炉重铸，一枚古董戒指的另一半价值却是与历史有关联，至于偷走的画作则必须等到识货的买家，而且该买家还必须准备继续将画作藏好——这些艺术盗贼做的是长远的买卖，而不是迅速获利。"

"后来抓到了他们吗？"马蒂问。

"哦，没有。警方不让我插手。我这个样子对他们没什么用处。我不能正常走路，而且一到阴雨天我就开始疼痛，身体疼得蜷缩成一团。人们都怕我，所以我无法问他们问题，我也不能与公众有任何交流。但我也不能直直地坐在桌子前，这样坐不了半小时就会痉挛，因此案头工作对我来说也是不可能的。他们将我赶了出来。最后我来到了这儿，在这所房子里——成了一名真正的隐士。所以，我还没有抓到他们，但我非常想将他们绳之以法。"

"这也解释了你为什么会收藏有毒生物。"夏洛克嘴里冒出了这句话，这与他想的完全一致，"你还在调查，是不是？"

"我只是把这些工具放到一起。"韦斯顿先生坦言说，"尽管我可能根本没机会用到它们。别人会这样做。我的知识储备在其他案件中也是有用的。"

"你是跟你的妻子住在这里。"夏洛克指出，"你说过在那次事故中她也受了伤，但是刚开始她没在现场，是吧？"

韦斯顿先生摇了摇头。"是的，我同事打发一个小男孩儿跑去告诉我妻子，说我发生了意外。她直接跑到了那所炸毁的房子那里。警察正在搜查，他们还在找我，不过有几个地方他们都不敢进去，因为上面的楼层摇摇欲坠，随时可能会塌落。她坚信我就在这几个地方中的某一处，所以就跑进来找我，一点儿没有顾及自己的安危。"他笑了，他在回忆的时候嘴角的伤痕是扭曲的，又是很长时间的一段沉默，"她进来时，二楼的一块地板塌了下来。她发现了我，大声呼喊搜索者说她找到我了，这时一块半吨重的砖墙落到了她身上。她再也不能走路了。"

"然后传言就开始了。"夏洛克平静地说。

"是的，传言就开始了。人们后来便逐渐忘记了那次事故，随着人们迁离或是搬入这片区域，周围的人渐渐忘记了我，也忘记了那场事故。我躲在人们的视线范围外，待在暗处，可是仍然于事无补。有一个满身伤痕的大个儿这件事，总会使人们神经紧张。一开始，人们传说我不是真实的人，说我是用多余的身体部位组建起来的，就像《弗兰肯斯坦》那本书上说的一样。"

"而你从太平间偷运尸体部位，不仅无助于消除谣言，反倒使事情变得更糟。"

韦斯顿先生叹了口气："我知道，但我需要这些尸体部件来补充我的收藏库——这样我就可以继续研究如何从一个人身上留下的痕迹来判断这个人的职业。我别无选择。"

"你不得不行窃。"

"是的。呵呵，我本来可以找卢卡瑟医生帮忙，请求他免费送给我这些部位，但他一定会说不行。他是一个非常高尚的人，我知道这一点。"

"不过你不必非得搜集这些身体部位。"夏洛克指出，"你可以研究它们的蜡像。这样你可以把这些身体部位送回太平间，和这具尸体的其余部分一起埋葬。"

韦斯顿先生摇了摇头："做蜡像副本需要好几个星期的时间。我曾经与一个名叫奥斯卡·穆尼耶的人合作过。他来自格勒诺布尔，不过他那时在伦敦生活，靠给贵族做蜡像维持生计，做得还不错。他用晚上的时间替我做了几个副本。他对自己的工作很着迷，是一名真正的艺术家。我当然需要这种蜡像副本，因为真正的身体部位会腐烂。就算我好好保存，它们也会发生变化。身体组织会褪色，那将会变得毫无用处。必须得做副本，不过做副本需要很长时间，家属可能早就已经将尸体的其余部分埋葬了。将已经偷来的身体部位送回去不太可能，扔了又会觉得内疚。我能确保我在伦敦的助手会好好埋葬他们，在不知名的墓地里给他们基督徒式的埋葬。我顶多也就只能做到这些了——至少这些尸体是被用来做重要的事情，对世界是有益的。"

"如果你待在屋子里，独自一人享有这些信息，那就不会是最好的结果。"夏洛克说，"你独自坐在这里是解决不了任何问题的。如果你很少出门，也看不到什么人，那在现实中当你看到某人的前臂或耳朵时，你如何能判断出这个人的职业？"

他们沉默了很长一段时间，韦斯顿先生琢磨了一下夏洛克的话。

"我希望的是……"他有些吞吞吐吐，然后停了下来。他举起那瓶啤酒放到了嘴边，又拿了下来。"那我还能做什么？"他有些悲哀地问，"侦查就是我的生命。这是我最擅长的，也是我唯一能做的。乔治每天来给我做饭，帮我打扫卫生。难道我每天就该坐在房子里无所事事，什么事都不做？有些听说过我的人会给我写信跟我讲述他们遇到的问题——一些警察无法解决或是不愿解决的问题——我会给他们分享我的经历中有用的信息。我最多就能做这些了。"

"你可以将你知道的传授给别人。"马蒂低声地说，"可以收学生。教出几个夏洛克这样的人，他擅长观察，而且他也在学习这些东西。你可以将你知道的所有东西都传授给他。"

"我想我应该可以。"韦斯顿先生慢吞吞地说，"至少这意味着我积累的信息及技能会派上用场。"

夏洛克倚在椅子上，思索着。来牛津求学似乎比他预想中的要有趣得多。如果查尔斯·道奇森教他逻辑，费尔尼·韦斯顿教他证据分析，他的生活将会很充实。

"我需要付给你学费吗？"他问，"这些课程需不需要我支付学费？"

"我只要你做一件事。"韦斯顿先生说，"我需要你帮我调查一个案件。最近有人给我写了一封信，其中提到了一个比较有趣的问题。"

夏洛克和马蒂互相看了对方一眼。"是什么？"他俩立即脱口而出。

"我稍后会给你们解释。首先我想先看看乔治，另外我还想让你们见见我的妻子。"

他走出客厅，上了二楼。上面的几扇门都关着，他敲了敲第二扇门："玛丽，亲爱的？咱们家来客人了。我能带他们进来吗？"

房间里传来声音说："好，请进。我想见见他们。"

韦斯顿先生推开门："这是夏洛克·福尔摩斯和马修·阿纳特——这是我的妻子，玛丽·韦斯顿。"

夏洛克走了进来，马蒂紧随其后。韦斯顿先生站在门口说："我想去楼上看一下乔治。不会超过五分钟。你们尽管聊你们的。"

房间里很暗，床边的桌上有一根蜡烛。玛丽坐在床上，身后倚着一只枕头。她有一头乌黑的长发，还有一张天使般的面孔，不过脸色有些苍白。她微笑着看着两个男孩儿："快进来。除了费尔尼和乔治，我好长时间没见别的人了。"

夏洛克来到床的一边，马蒂一步步挪到了床尾，站在那儿。

"见到您很高兴。"夏洛克说。他看着她的脸，感觉之前像是在什么地方见过，但又不确定是在哪里，这让他有些疑惑。她嘴角微微一笑。

"你看上去好像认识我。"她说，"我确定我们之前在哪里见过。我记得有一个很帅气的小伙子跟你很像。"

这时，夏洛克开口了。"您以前拍过一张照片，"他说，"是在一个花园里，大约五年前。你丈夫在那儿，我的哥哥迈克罗夫特也在那儿。"

她双手一拍。"我记得！"她喊了出来，"那是一个美丽的夏天，你哥哥的一个朋友问我们愿不愿意跟他拍一张合照。莫蒂默·马伯利也在那儿——他是费尔尼在牛津警局时的警长。"

"当时还有一个人也在。"夏洛克提到，"一个男孩儿。现在他跟我年纪相仿，我想。"

玛丽的脸色暗了下来。她低头看着床单。当她再次抬起头时，她说，"那是很久以前的事了。"她停顿了一下，稳定了一下自己的情绪，然后继续说，"费尔尼告诉我，你俩是闯进来的。他没把你们赶出去，我猜你们肯定是有充分的解释。"

"这个……是有些误会。"夏洛克说。

"我们是来找偷尸体部位的家伙。"马蒂说，"然后就找到了他。"

"是啊——这是费尔尼的爱好。也只有这一件事情能让他日复一日地忙活。"

"他似乎仍然相信他是有用武之处的。"夏洛克说，"他的知识可以帮助其他侦察者调查其他的案件。"

"他这是在自己骗自己。"玛丽说，"我不能这么跟他说，我请求你们也不要告诉他，但是他收藏毒药和蜡像只不过是……一种痴迷而已。

他无法用这些做任何事情。他坐在那里观察并做分析，然后记大量的笔记，可是他所做的这些都没办法用上了。他再也不能调查案件了。是的，人们可能会写信给他，向他咨询问题，或者他可能在报纸上读到一些消息，但是如果他只有带面具才能出门，他又如何能做调查？"

"您的丈夫很博学。"夏洛克很婉转地说，"他原来肯定是一名好警察。"

"他是的。"玛丽说，"所以我跟他变成了现在这副样子。我宁愿他是一名园丁或是一个面包师。"她使劲儿地摇头，"但是那样他就不会是我想爱又想嫁的那个人了。生活有时就是这样残忍，你永远无法知道自己会遇上什么事情。或者说，你尽管可以计划自己的生活，但生活永远不会按照你的计划进行。现在我们本该有了自己的孩子，费尔尼也应该是警司级了。然而……"她指了指床，"然而事实却成了这个样子。"

"人算不如天算。"夏洛克说，"我伯父谢林福德过去经常这么说。显然这是很老的一句谚语了。"

"真是，"玛丽点点头，"你伯父是一个有智慧的人。"

"哦，我不懂这些。"马蒂插了一句，"我一直计划在运河上生活，住在船上，没想到现在我到了这里。"

夏洛克怀疑地看着他。"你的生活根本算不上有计划。"他说。

马蒂瞪了瞪眼，夏洛克的目光转向了玛丽左胳膊旁边的一张宽大的桌子。他花了很长时间才弄明白上面是什么。

"桌子上是系那个包裹的纸绳，是吧？"他问道，"就是里面装有……"他犹豫了，不想说出"身体部位"这几个字，怕会刺激到韦斯顿太太。但是她挺会打圆场的。

"这是费尔尼工作的一部分。"玛丽说，"他收藏用。每隔一段时间，邮局就会有一个他的包裹。他同意让我来打开包裹，因为我在这间屋子里面待着，很少有事情做来打发时间。不过他不让我打开盒子，怕里面的东西会吓到我。我知道里面都是蜡像副本，即便如此，他还是担心我会受到惊吓。"

"她非要负责开包裹。"韦斯顿先生走进房间，说，"我觉得这让她想起了圣诞节。"

韦斯顿先生进了房间，来到他的妻子身边，但他的目光却仍在牛皮纸和绳子上，夏洛克不自觉地笑了。他感觉他们怪怪的，他总觉得哪里不对头，但又不知是什么。

"乔治正在休息。"韦斯顿先生说，他吻了吻妻子的额头，"感谢上帝，毒性没侵入他体内。让他好好休息一晚上就该没事了。"

"亲爱的乔治。"玛丽低声叹道，"没有他我们该怎么活？"

韦斯顿先生坐在了床沿上。他看了一眼夏洛克，又瞅了一下马蒂，然后目光移回原处，说："目前有一个问题，我们需要讨论一下。我们下楼好好谈吧。"

"不行，费尔尼，"玛丽按住他，"请……留在这儿谈。我很少能听见除了你跟乔治以外其他人的声音，这两个男孩儿真是太招人喜欢了。"

韦斯顿先生点了点头："也好。"

"你提到了一则案件，"夏洛克提示他说，"你说你想让我俩帮你调查。"

韦斯顿先生点了点头："的确。这个工作类似于我以前做的警察工作，但是现在我无法进行调查。警察局对此则不感兴趣——他们已经判定这名有问题的男子患有幻想症，觉得没什么可调查的。但是，我并不这么认为。我觉得事情有些蹊跷，而且我也认为，这个人，若不是他的生命，那至少是他的神志——正岌岌可危。如果我把这个故事告诉其他人，他们要么会认为这是我编造的，要么就会将此归咎为超自然因素——鬼神或其他类似的东西——但是从我对你俩的了解来看，你们冷静而且睿智，不会妄下结论。"他的眼光从一个人的身上转到了另一个人身上，"你们希望让我继续讲吗？"

　　夏洛克异常兴奋地看了一眼马蒂，然后看着韦斯顿先生。"把一切都告诉我们吧。"他说。

第十一章

… Chapter 11

"从哪儿开始呢？"韦斯顿先生开口说，"好吧，让我们从莫蒂默·马伯利这个人说起吧。"

"亲爱的莫蒂默。"他妻子说，韦斯顿先生把手放到床罩上，这时，她也把手放在了他的手上面，"他是一个多么可爱的人。真是个好朋友。夏洛克刚才说，他看到了我们俩与莫蒂默，还有夏洛克哥哥的合影。"

韦斯顿先生皱起了眉。"这是一个有——"他突然停了下来，抬头看看夏洛克，之后又好像什么也没有发生地继续说，"莫蒂默和我曾同在牛津警察局共事，他是我的警长，是个好警官，公正无私。他年龄比我大。他的家庭是这一带一个古老的名门望族，可以追溯到内战之前的好几代人。他们曾经很富有，但在查理一世和查理二世之间的王位空位期，奥利弗·克伦威尔①和他的圆颅党人以铁腕手段控制着英格兰，马伯利家损失了很多财富。到本世纪初，马伯利家族留下的财富就只剩下从这里往西二十英里②远的地方的一所大房子，还有附近的一片果

---

① 奥利弗·克伦威尔 (1599-1658)，英国历史上著名的军政领袖。

② 1 英里 ≈ 1.6 公里，下同。

园。"说到这里他笑了——所谓的微笑实际上只是他的嘴唇令人不安地扭曲了一下。

"我记得，莫蒂默的父亲和祖父曾想用果园里的苹果酿苹果酒，但由于果实小且发育不良，酿的酒酸得像醋。苹果酒卖不出去，他们也就从来没有成为预期中靠苹果酒而发财的百万富翁。莫蒂默当了警察，这是一份稳定的工作，至少会给那个家庭提供一些收入。不幸的是，他三十多岁的时候，母亲死于流感，几年后，他的父亲死于心脏病，现在只留下他一人独自守着那所房子。他一辈子都没结婚。"

"他们家族是不是有些关于宝藏的传说？"玛丽在床上直起身子，突然问道，"我记得一天晚上，他来我家吃饭的时候提到过。"她笑着说，"他还带了两瓶苹果酒作为礼物。"她咯咯地笑起来，"我们趁他没注意，把酒杯里的酒都倒在了花盆里。"

"对。"韦斯顿先生说，他皱起布满伤痕的额头，陷入了回忆，"有一些关于黄金和珠宝的宝藏传说，这些宝藏是早在1651年查理王子被圆颅党追捕逃亡时，赏赐给马伯利家族的。很显然，正如家族传说的那样，圆颅党在村子里搜捕王子时，马伯利家族把王子和他的同伴们藏了好几个星期。后来王子最终登上王位成为查尔斯二世，出于感激，国王赏赐给马伯利家族一笔财富，但是传到马伯利这一代，已经没有人知道黄金和珠宝宝藏到底怎么样了。我总是倾向于相信这个故事有些言过其实，但是莫蒂默却坚信不疑。至少，他想相信这个故事。不过他把房子和院子的地下都找遍了，也没有找到任何东西。"他摇摇头，想忘掉这些回忆，"不管它了，这都无关紧要。问题的关键是我们曾在一起工作，而且我欠他一条命。"

"因为他把你从塌了的房子里拉了出来？"夏洛克试着问道，"就是你进去后爆炸了的建筑？"

韦斯顿先生点点头："是的，是他做的——他自己也冒着巨大的风险，然后他又回去救玛丽。这是我见过的最勇敢的行为。"他停顿了一下，此刻他已是热泪盈眶，然后接着说，"他在我伤病退休后不久，也从警局退休了，回到了家乡。他没钱雇用任何仆人。他只是在那个大房子里闲逛，试着自己做饭，打扫卫生，照看花园。村里有个男孩儿每星期都会从车上搬下来一箱蔬菜和肉类给他，这是当地的商人给他的，钱都记在账上，账单上的钱越来越多，好像永远也偿还不完，但是他们不在乎。当地人念着马伯利家族的好，记得过去他们曾为全村人都做了些什么。我们不时也有书信往来。然后，大概在一年前，我收到一封他寄来的特别奇怪的信。他看起来有点儿……焦虑不安，这从他的笔迹和措辞上可以推断出来。"

韦斯顿先生停顿了一下，似乎他接下来要说的故事连自己都不好意思。夏洛克追问道："信上说的是什么？"

"信上说，他觉得自己每天晚上睡着之后，房子会移动。"

听到这话，夏洛克顿觉一身寒意。会动的房子？他突然想起跟道奇森第一次见面时说的话，说到了俄罗斯的女巫芭芭雅嘎的传说——女巫的小屋长着腿，并且能自行走动。是巧合，还是道奇森知道马伯利遇到的问题，试图提前警告夏洛克？

"他说他的房子会动，是什么意思？"马蒂凑过来问道。

"还记得吗，我说过他家只有一座房子和一片果园？"

马蒂点点头："记得。"

"房子孤零零的在一片小草坪上。"韦斯顿先生继续说，"草坪的南侧就是果园，总共有好几英亩①。莫蒂默跟我说，有些时候，假如他在三更半夜醒来，就会发现自己的房子不在果园的边上——而是在中间！"

---

① 1 英亩 ≈ 4 046.86 平方米，下同。

"在果园的中间？"夏洛克重复了一下，想要确认韦斯顿先生确实没说错。

"的确是这样。他发誓说，如果从他的卧室窗户向外看，就可以清楚地看到苹果树环绕在房子周围，而不是在院子的南端。不知怎么回事，他的房子滑行了几百码①，就好像它正试图去往某个地方。莫蒂默说，看到这样的景象，他极为惊恐，通常会晕过去，而当他醒来的时候，房子就会回到它原来的位置，四周还是草坪。"

"这肯定是做梦。"马蒂坚定地说，"我也做过这样的梦，而且反复地做。我总梦见……"

"莫蒂默每天晚上都会做这样的梦吗？"夏洛克打断马蒂，询问韦斯顿先生。

"并不是每一个夜晚都做，不是。"韦斯顿先生转过头注视着马蒂，"他说这不可能是一个梦，因为这种事发生的每个晚上，他都会准确地记下他看到了什么，而且早上醒来，他会看见日记里的确有记录。"

"他有没有曾经试图强迫自己保持清醒，来看看到底发生了什么？"夏洛克紧接着问道。

"他说，他经常试图保持清醒，用各种方法来防止自己睡过去，但无论他尝试什么方法，最后睡意总会向他袭来，而那之后再醒来，他就会发现自己身处果园的中间。而且除此之外……"

"在他试图让自己保持清醒的那些晚上，"夏洛克打断他，"最后都睡着了吗？"

韦斯顿先生皱起了眉头，思考了一分钟。他转身对他的妻子说："亲爱的，你也读过这封信——上面究竟是怎么说的？"

"我记得，"玛丽闭上眼睛，皱着眉，回忆道，"他说，有几个晚上

---

① 1 码 =91.44 厘米，下同。

他整夜都没睡，什么也没有发生，但也有几个晚上他睡着了，然后醒来时发现房子已经移动了。"她带着同情的表情盯着韦斯顿先生，"费尔尼，你必须面对这个现实——他的精神不正常。很明显他产生了幻觉——也许喝了太多自家酿的苹果酒。"

韦斯顿先生摇了摇头："莫蒂默是极稳重的人。根据他在信中说的，即使是现在，我也没有把他看成一个心智失常的患者。"

"看起来好像是。"马蒂缓缓地说，"在他清醒的夜晚，如果能保持警惕，他就以某种方式成功地阻止了房子的移动，或许只是通过保持清醒就做到了。"他满是歉意地看了一眼韦斯顿太太，"如果他心智正常的话。"

"或者，"夏洛克慢悠悠地说，"实际情况正好相反——当某种力量决定移动房子的时候，他就被迫去睡觉了。"他耸耸肩，"我们有两个所谓的事实——尽管有预防措施，但马伯利先生还是会不知不觉地睡着，另外房子显然也发生了移动。我们还不知道哪个事件导致了另一个的发生——如果它们之间确实有联系的话。"说到这里他微微笑了一下，"当然，前提是，这两者中有一种是真的。"然后，他转身对韦斯顿先生说，"你写回信了吗？"

"写了。"

"写了些什么？"

"我表示了同情，而且还问了很多类似你提到的问题。他回信里说的就是我已经告诉你的答案。从那时起，他信里的话越来越疯狂。他现在很担心，不敢离开家，担心回家的时候房子就不在了。如果这一情况得不到解决，我担心他可能会做一些过激的事。"

夏洛克正打算问问韦斯顿先生的想法，他对此应该怎么办，这时一个念头在他脑海里闪过。事实上，与其说是一个念头不如说是一段记忆。几个星期前，他和哥哥迈克罗夫特花了一个晚上在伦敦剧院，听了小提琴家巴勃罗·萨拉萨蒂的演奏。有一件事他记得很清楚：在演出中场休息的时候，他跟哥哥告别后，他哥哥便坐在剧院酒吧一个靠窗的座位上。一个人曾走近他并递给他一封信，而迈克罗夫特说——夏洛克不得不绞尽脑汁来纠正错误的记忆——"又是莫蒂默·马伯利的问题，真不知道他何以认为我能有办法！"

莫蒂默·马伯利的问题。也就是说，迈克罗夫特知道这件事！

"你刚才跟我说……"他小心地控制说话的语气和用词，问韦斯顿先生，"你过去常常跟我哥哥迈克罗夫特在一个小酒馆里喝酒。莫蒂默·马伯利也和你们一起喝过酒？"

"喝过，"韦斯顿先生回答道，"他俩挺谈得来。你为什么会问这个？"

"因为，"夏洛克痛苦地说，"我开始意识到我来这里并非出于偶然。"

"也许你是作为上帝伟大设计的一部分来到这里的。"韦斯顿先生坚定地说，"莫蒂默需要我的帮助，我却爱莫能助。从这所房子出去，走不了几英里我就会引起别人的注意。即便是我想调查莫蒂默的情况，也无法解决他的问题。因为那样就得跟当地村民谈话，或是与当地警察取得联络，可是这些我都不能做。"他挥了下手，指了指自己的脸，"人们一旦看到我的长相，就不会听我说的话了。"

"所以你想让马蒂和我来替你调查。"夏洛克冷静地说。

"你闯进了我的房子，严重损坏了我的标本，还把我的仆人乔治打伤了。我觉得你欠我的。"

"你从牛津医院和其他地方的太平间里窃取尸体部位已经触犯了法律。"夏洛克指出，"我们正在调查你的不良做法，无论我们欠你什么都能拿这些抵消。"

他们两个相互凝视了很久，都不愿意让步。最终，玛丽大声说："哦，费尔尼——这太愚蠢了！你不能把这两个孩子卷到这个问题中来！这事儿其实跟你什么关系都没有！让他们去莫蒂默的房子那里是不对的。"韦斯顿先生张嘴正要回答，但是夏洛克却抢先了一步。

"其实，"他说，"我认为这是一个有趣的问题。我不介意去拜访马伯利先生，并到他家周围看看。我不能保证什么，但是……"

"你是认真的吗？"马蒂问道。

"真是太好了。"夏洛克转身看着他的朋友，"难道你不觉得有趣吗？我的意思是，一个会移动的房子？"

"不。"马蒂实话实说，"这让我觉得太疯狂、太危险了。"

"所以，你不想和我一起去？"

"这是一个很难回答的问题，不是吗？我当然会和你一起去。"他看了一眼玛丽，"总要有人帮夏洛克摆脱困境。他这个人一根筋，能看到面前事物的很多细节，却会忽略从身后悄悄降临的所有危险。"

"这听起来像费尔尼办案时的情况。"玛丽无力地笑着回答道。

"那么，"马蒂轻快地说，"你给我们多少报酬？"

夏洛克和韦斯顿先生都转身瞪向他。"报酬？"他们异口同声地问道。

"是啊，报酬。你想让夏洛克干这活儿，那就得付给他钱。你不会指望哪个园丁或水管工会免费干活儿吧。"

"我认为我们已经达成了共识。"韦斯顿先生耐心地说，"你们两个擅自闯入了我的家，殴打我的仆人，而且还对我的几个动物样本的死亡负有责任。我会从你们欠我的赔偿金中扣除你们的'报酬'。"

"我也认为我们已经达成了共识。"马蒂同样耐心地回敬道，"你一直在从事非法活动，我们正在调查；另外是你的仆人攻击我们，而不是我们殴打他；还有，你那些珍贵的样本必须销毁，以防它们杀人——就像威胁我们和你仆人的生命那样。我认为我们才是该得到赔偿的人——

我们将要讨论的报酬则是额外的。"

"马蒂，你说的都是些什么啊？"夏洛克示意他住嘴。

"在建立你的市场价值。"他的朋友回答道。

"韦斯顿先生和他的妻子没多少钱，这一点你可以往四周看看，而且他们现在又没有工资入账。"

"他们能用得起仆人，还能雇那个家伙和他的猴子。"马蒂条分缕析地指出，"另外，这些蜡制的身体部位副本想必也不是免费的。此外，我想没有人能随便在牛津市场买得到毒蛇，所以得花钱请人去找样本，收集起来，再送到这里。所有这些都需要花钱，但是他却期待你免费给他干活儿。"马蒂伤心地摇摇头，"夏洛克，你需要一个经纪人。"

"这倒一点儿不假。"韦斯顿先生喃喃地说，"我从警察局能领取一笔不菲的养老金，我亲爱的妻子负责打理家里的财务，这也使得我们看起来从来不缺钱——我不知道她是怎样做到的。然而，我却不能说我们多么有钱。"

夏洛克想要说些什么，但马蒂阻止了他。

"我们可以等你们回来之后，再商量给多少报酬合适。"韦斯顿先生停顿了好一会儿后继续说，"看看你们把这个案子调查到了哪一步再说。"

"这听起来倒还公平。"夏洛克抢先一步说，没让马蒂再继续争辩。

"我会给莫蒂默写一封信，"韦斯顿先生说，"说明一下你们是谁，以及到那里的目的。这样一来，他至少会让你们进屋。我也会从马厩里借给你们两匹马，这样你们就可以骑马过去。"

"骑马，是吗？"马蒂轻快地说，"马儿可都不便宜。"

"你们想什么时候出发？"

夏洛克看了一眼马蒂："我想明天早上，早餐后出发。"

玛丽笑着说："那你们就得留下来过夜了。我们有空余的床，费尔尼会在你们出发之前为你们做一顿丰盛的早餐。"

他们很长一段时间都没去睡，不是谈论关于莫蒂默·马伯利的情况，而是在谈论韦斯顿先生的理论中有关职业或事业对人体的影响，以及各种毒物引起的中毒症状。谈话当中，韦斯顿先生从卧室书桌拿了一张纸，开始给莫蒂默·马伯利写介绍信，这是他之前答应过的。

"你应该读读这封信。"他说，"免得你们以为我会把秘密指令写在信里。"

"就像戏剧《哈姆雷特》中的情形。"夏洛克说，"国王克劳狄斯派罗森格兰兹与吉尔登斯敦往英国法院送信，信上国王要求杀死与他们同行的朋友哈姆雷特。"

"只可惜哈姆雷特篡改了这封信，最终被处死的是罗森格兰兹和吉尔登斯敦。"韦斯顿先生咧嘴笑道，"我记得你哥哥在上学的时候最喜欢的莎士比亚戏剧人物是哈姆雷特。很明显，你跟他一样喜爱这位游吟诗人。"

"这是我们的家族特点。"夏洛克说。

他扫了一眼这封信，开头先是一段寒暄，接下来一段，韦斯顿先生告诉莫蒂默他派两个男孩儿——夏洛克·福尔摩斯和马修·阿纳特——来帮忙解决他的问题。为了免得莫蒂默有异议，韦斯顿先生补充说，虽然这俩孩子可能看上去还太年轻，但是他们聪明伶俐，意志顽强。

"看起来不错。"夏洛克说着，把信递了回去。韦斯顿先生把信装在信封里，用蜡封上口，递给了夏洛克。

这时，韦斯顿先生去给他俩整理床铺，他的妻子用恳求的眼神看着夏洛克。"求你俩一件事，别去那里。"她可怜巴巴地说，"亲爱的费尔尼被脑袋里的执念困住，无法放下。你们去帮他，只会让他更加执着。他需要的是忘却这些念头。"

夏洛克感觉自己进退两难。一方面，他愿意帮助玛丽，满足她的要求，但是另一方面，他被潜在的神秘事件深深地迷住了。"我保证，"他最后说，"我们将尽自己所能来证明，这都是马伯利先生想象出来的，而且这些怪事会有一个简单的解释。"

第二天早晨，他们吃了一顿丰盛的早餐，有熏猪肉、鸡蛋和炸面包，然后，他们被带到马儿跟前。此时日头还不是很高，他们出发了。夏洛克把给莫蒂默·马伯利的信塞进外套里，马蒂则塞了一张手绘地图。奇怪，在温暖的晨光里，这所房子看上去一点儿也不危险。房子的线条和角度，让它看上去古怪而迷人，但不是阴森。也许只有知道里面实际上有什么，才会觉得它并不邪恶。

"你感觉怎么样？"骑在马上，夏洛克问道。

"昨晚睡得不是很好。"马蒂回应道，"我好像一直听到有东西在床底下滑行的声音。然后，吃早餐时，一开始我还没事，可是后来我想到，这是真的熏猪肉，还是韦斯顿先生这个家伙炸的蛇肉？也许他不愿意浪费那条蛇身上的肉。"

"你的想象力真是很活跃啊。"夏洛克说。

"对了，说到蛇肉的话，咱们在英国还真是享不到这种口福啊。蛇肉非常美味。"

他俩在马上骑了近一个小时。最终，马蒂宣布他们正在接近莫蒂默·马伯利的房子。村子里郁郁葱葱，苍翠繁茂，相对平坦，田野里点缀着山毛榉的灌木丛，偶尔会显现出一片苹果园或梨园。地平线上露出低矮的小山。

莫蒂默的房子远离道路，也不与任何房子相邻。灌木丛的边缘杂草丛生，挡住了房子，并不能直接看见它。夏洛克和马蒂下了马，把马匹拴起来，然后穿过生锈的门，从灌木丛中钻了过去。

"一定是这个地方。"马蒂惊叹地看着眼前的屋子说。

"真的？"夏洛克回应道。

房子不大，有两层，中间的大门两侧各有一间房子。房子维护得不太好：稻草铺成的屋顶上长满了青苔，房子的边缘上有些砖摇摇欲坠。然而，这所房子的独特之处在于，有一头斜立着很多木梁，从屋顶斜着戳在地面上，支撑着房子。

"他真的以为这座房子会移动？"

"看来是真的，所以才会做这样的事情来阻止它。"夏洛克点点头。

"没用的，否则咱们也不会来这儿啦。"

"咱们先去四周看看，再过去敲门吧。"

夏洛克朝着有木梁支撑的房子一角走去。马蒂跟在后面。站在那里，夏洛克凝视荒草丛生的草坪另一边的苹果园——里面有几百棵苹果树，树高是他身高的两倍左右，每棵果树之间间隔十英尺左右。草坪一直延伸到了树下，并且穿过果园，绵延不绝。树上没有苹果——时节还太早。

他的目光落到了房子和第一排果树之间的草地上。如果房子移动过——如果它真的移动过，他在脑海中强调，而不是把整件事看作莫蒂默脑袋发热的臆想，那么草坪上应该有痕迹。他什么也没有发现，没有拖痕，没有划痕，没有任何迹象表明任何重物被拉到或推到了这里。事实上，回头看看房子，很明显，它不只是建在地表上，没有任何房子是这样建的。建房子的时候就要挖地基，而且有时候还顺带建一个煤窖。如果房子确实移动了，那么这些地下部分怎样了——它们是保持不动，还是也一起移动？不，整件事都太愚蠢了。

他又回头看了一眼草坪。他跪在地上，眼睛直直地望着苹果树，试图确定地上有任何斜坡。他认为，也许只有房子建在平坦的地表上，没有地基，当地面特别泥泞，斜坡的坡度足够大的情况下，这房子才可能滑向果园，但这需要某种突发事件，如地震，这种情况更适合于海外的某个国家，但不符合英国的情况。而且那样的话应该也会留下痕迹——地上应该有滑痕。麻烦的是，即使所有这些情况都是真实的，房子也只可能朝一个方向滑动，但它是如何滑回来的？而且反复地滑动？

他站起来，叹了口气。由于地面根本没有任何斜度，所以这整个理论都是不成立的。"滚出去！"他身后一个声音喊道，"我说，滚出去！"

伴随着喊声，传来一声震耳欲聋的爆炸！夏洛克旁边长满杂草的一小块草坪突然爆裂开，尘土和叶子飞溅起来。他感到草上的水珠溅到了脸颊上。他慢慢地转身——这样做是为了不要惊到那个大喊的男人。"对不起，"他说，"但我们来这里是提供帮助的。费尔尼·韦斯顿让我们来的！我们有他写的信！"

转过身来的时候，他看见一个人从二楼的窗子探出身体。那人正用一杆巨大的带有长枪管的打鸟枪指着夏洛克。夏洛克清楚，这种枪会发射出许多小铅丸，无论击中了什么都能把那东西打得稀巴烂。

拿枪的人胡子拉碴的，凌乱的白发向四面八方蓬松着，一副小而圆的眼镜歪架在鼻子上。眼镜后面的那双眼睛怒视着夏洛克和马蒂。

"你，孩子！"男人大声呼喊着，朝着马蒂的方向挥舞着枪，"去，站在你朋友身边。我希望你们两个足够靠近，这样我就可以一发打中你们俩！你说你有一封信？"

"是的。"夏洛克从他的外套里拿出来，挥动着，"你是莫蒂默·马伯利吗？"

"也许吧，在那里等着。"他从窗口消失了。夏洛克和马蒂静静地站在原地，等着那人从楼上下来，并最终出现在门口。"到这里来，让我看看。"

夏洛克和马蒂走到前门，痛苦地意识到枪又一次指向了他们，而且同样意识到，莫蒂默的情绪很不稳定。夏洛克把信交给他，等待着，莫蒂默打开信，瞟了一眼，然后扶了扶眼镜，从头开始读起来。最终，他把信放下，盯着他们。

"那么说，韦斯顿派你们来是帮忙的吗？"

"夏洛克十分擅长推理难题。"马蒂吹嘘道，"我擅长处理诈骗。无论发生了什么，我们都可以解决！"

"你们两个都没有任何对付邪灵方面的专业知识吧？"

他们两个听了这话面面相觑。

"没，"马蒂说，"为什么？"

"这不很明显吗？恶魔正试图把这所房子拖向地狱，但天使一直阻止他们，然后再把它移动回来。"

"为什么恶魔想把你的房子拖向地狱？"夏洛克心平气和地问道。

"如果我知道，"莫蒂默嚷着，"就不需要懂行的人来帮我了，对吗？"他意识到自己仍然拿着枪对着两个孩子，赶紧把它放下来，"你们可以进来了。我可以给你们泡茶喝，或者如果你们喜欢也可以喝苹果酒，我家有很多的苹果酒。"

"我们喝茶就好。"夏洛克说。

莫蒂默把他们带到一间客厅，这里堆满了小摆设、旧家具和成堆的书籍。在房子里，夏洛克隐约闻到了一股熟悉的味道——一股药的味道，他莫名地感到毛骨悚然。他把这个现象记在了心里，准备回头再仔细琢磨其中的缘由。

莫蒂默走开了，夏洛克推测他是进了厨房。这时，马蒂瞥了一眼夏洛克，说："他脑筋坏掉了。我想咱们已经明白这里是怎么回事了。"

"我不是十分肯定。"夏洛克回答道，"咱们还是保持头脑清醒，看看能不能发现更多问题。"

莫蒂默拿来了一个茶壶，还有三个跟茶壶完全配不上的杯子。他们三个各自找了个地方坐了下来。莫蒂默重新读了韦斯顿先生的信，然后从眼镜的上方盯着他们。

"你们一定认为我疯了。"莫蒂默直截了当地说。

"是的。"马蒂回答道。

"不。"夏洛克说。

莫蒂默透过布满血丝，但并不干涩的眼睛，盯着他们俩。"你们还只是孩子。"他轻声说，"你们能做些什么来帮助我？"

马蒂站起身来，准备来一个强有力的反驳，但夏洛克示意他保持沉默。"我们可以做你的证人。"他轻声说，"我们可以看看会发生什么，如果你说的事是真的，那么我们可以告诉人们。我们可以证实你的故事。"

莫蒂默点点头。"这对我来说已经足够好了。"他严肃地说。

"现在，"夏洛克用一本正经的口吻继续说，"把一切告诉我们。"

"难道韦斯顿没有告诉你们？"

"他说了，但是我们想听听你怎么说。你可能会忘记告诉韦斯顿先生某些东西，也可能会忽略掉看起来太简单或太显而易见的事情，但那可能是可以证明整个事件的关键。或者可能是他跳过了你信中的一些事情，因为那些都是琐碎的细节，但可能会有助于解开这个谜团。比起依赖被动接受的二手信息，了解故事的原始信息总是会更好。"

莫蒂默点点头："你们知道我曾经在牛津警察局做事吗？"

夏洛克点了点头。

"好吧，"他继续说，"你们的这种态度，正是我和韦斯顿曾经竭尽全力想让我们的警员拥有的，但他们极少能做到。他们宁愿相信某个花里胡哨但能证明他们固有偏见的故事，也不会去调查事件原始的、同时可能更加枯燥的信息。"

"不，"夏洛克说，"我觉得你的故事不会枯燥。"

"我希望不会。很好——我会告诉你们一切，就好像我之前从来没有说过一样，你们也就当作之前从来没有听说过一样吧。"

第十二章
··· Chapter 12

　　平心而论，莫蒂默讲的故事，跟韦斯顿先生讲的几乎是一样的，只是强调的重点有一些变化，但以他的口吻说出来，显得更为生动。他曾经历过这些事情，从语气和表情来看，他显然完全相信这些事已经发生过。谈到看见卧室窗外的苹果树顶出现在了本不该在的地方，而且枝叶摇曳，他的声音里充满了一种茫然的恐惧。大自然的秩序出了差错，不再是它原来的样子，这让他很害怕。

　　"你说你为了看到这些事情是如何开始的，曾试图让自己保持清醒？"夏洛克问道，"你究竟是如何做的？"

　　"有天晚上，我准备了一壶浓咖啡，"莫蒂默回答说，"每半小时喝一杯。还有一个晚上，我的手里握着一个铃铛，这样如果我困了，手耷拉下来，铃铛就会响，或者是铃铛掉在地板上也会响。第三次，我则一直站着。"他突然笑了起来，"第四次，我试着在头上放了一个盛满水的平底玻璃杯，保持平衡，不过从一开始就失败了。可是不论我尝试什么办法都没用——在房子移动到果园里的那些晚上，我总是会睡着，即使醒过来一小会儿，稍后也会重新睡着。"

"或者，"夏洛克指出，正如韦斯顿先生之前所说的那样，"那些尽管你做了很大的努力，但无论如何还是睡着了的夜晚，就是房子似乎发生了移动的夜晚。迄今为止，我们不知道，是哪一件事导致了另一件的发生——假如它们之间是有联系的话。"

"你真的觉得它们之间有联系。"马蒂兴奋地说，"我知道你的这种表情。你明白这是怎么回事。"

"我只是知道其中的一部分。"夏洛克说，"剩下的我准备开始调查。我只需要问你两个问题，然后我和我的朋友要去四周看看。"

"很好。"莫蒂默说。

"首先，在房子确实移动了的那几个晚上，你睡得很沉，那在你睡醒之后你觉得自己睡得好吗？"

莫蒂默思考了片刻。"不。"他缓缓地说，"当我醒来后，我感觉脑袋里好像灌满了重物，而且身体也很难动弹。"

"啊——很有意思。我再问一下这所房子的窗子——它们容易打开吗？"

"它们以前很容易就能打开，但是我觉得窗框现在变形了，这肯定是跟空气潮湿有关系。现在不管我怎么移动，都很难打开它们。如果需要给房子透气，我就只好打开前门、后门，让风进来。"

"跟我想的一样。"夏洛克说，他看了一眼马蒂，"好了，在我检查房子里面的时候，你能检查一下房子的四周吗？一个小时为限，然后咱俩交换一下。如果其中一个人错过了某些细节，那么另一个人可能会发现。"

"我要去查找什么？"马蒂问道。

"任何不寻常的东西。"

"你能不能缩小范围？"

"绝对不能。"

"那么我，"莫蒂默说，"就去做一些三明治。鱼酱馅儿的可以吗？"

　　在随后的一个钟头里，夏洛克查看了房子里的每一个房间。有些房间像客厅一样塞满了东西，而其他的房间却几乎是空的。他觉得所有的房间里都有淡淡的药味。

　　夏洛克记起了韦斯顿先生给他和马蒂讲的故事，在英国内战期间，逃亡的骑士为躲避奥利弗·克伦威尔的圆颅党的势力，曾躲藏在这所房子里，夏洛克于是检查了所有的墙壁和地板，寻找秘密通道或隐藏的房间。他小心翼翼地用步子丈量了每个房间的长度，然后对比外面走廊的长度，但是没有发现异样。跟据他丰富的经验来看——房子里没有地方可以藏起哪怕一个人来，更不用说很多人。没有隐蔽的牧师的密室之类的地方，什么都没有。这证明，或者是他遗漏了一些细节，或者是家族传说本身就不真实。

　　夏洛克四处转悠的同时，也检查了房子里的所有窗户。正如他所预料的那样，他发现窗子被钉死了，无法打开，每扇窗上的钉子都穿透窗框的底部，钉入了木头窗台里面。钉头上涂了棕色油漆，除非想到要查看一下窗子，否则人们是看不到钉子的。夏洛克认为，这些不是莫蒂默自己做的，而是有人在他不知道的情况下进入了房子，而且在里面待过一段时间。

　　夏洛克还发现，在每个房间的木头的壁脚板上都有洞。乍一看，它们就像老鼠洞，但奇怪的是，这些洞都很有规律——好像是被钻出来的，而不是被老鼠啃出来的。周围也没有老鼠屎。

　　他和莫蒂默在楼梯上相遇——他下楼的时候，莫蒂默正往上走。"你有没有注意过，"夏洛克问莫蒂默，"你的某些财物曾经被移动过，或变得更凌乱了？"

　　"恰恰相反。"莫蒂默捋着他蓬乱的白发说，"在所有奇怪的事情，还有房子在夜里移动一事发生之前，有几天，我认为这个地方比平常更整洁了。这非常奇怪。"

过了一会儿，在夏洛克正查看厨房的时候，莫蒂默又进来倒茶。

"厨房里有老鼠、蟑螂，或者其他类型的害虫吗？"夏洛克回过头来问。

"过去有。"莫蒂默耸耸肩，"现在它们好像全部消失了。我觉得房子的移动把它们都吓跑了。"

"这是其中的一种解释。"夏洛克喃喃地说。

"请再说一遍？"

"我稍后再跟你解释。"

到了说好的一个小时的时间，他在大厅里遇见了马蒂。"有什么发现吗？"他询问道。

"墙壁上的洞。"马蒂说，"它们有点儿不寻常。"

"是的，我在房子的另一头也发现了。还有别的吗？"

马蒂点点头："好几件事情。过来看看这个。"

马蒂带路走到前门外，到了一片可以勉强算作一块草坪的杂草堆面前。他指着一块"不寻常"的草坪，虽然它看上去与其他地方没什么两样。

"你看出什么问题没有？"马蒂问道。夏洛克凑上去看，但是什么也没发现。

"有什么？"夏洛克问道。

马蒂有些沮丧地往周围看了看。"到这里来。"他说，拉着夏洛克的手臂，"背着光能看得清。"

夏洛克又看了看，突然间，他看到了马蒂希望他看到的东西。有一簇圆形的草与其他地方的略有不同。夏洛克不确定它是否比其他的草稍微绿一点儿，或者略高一点儿，还是其他的什么特征。"某种真菌造成的？"他猜测。

173

"或者是一个仙人圈。"马蒂反驳道，"我不知道它是什么，但是这里有很多。"

夏洛克估算了这个圈的大小。它的宽度就像夏洛克尽力伸展开双臂那么宽。他往周围看了看。马蒂是正确的——周围还有其他的圈，它们当中还有些重叠。

"好吧——这是一个难题。"夏洛克说，"然而，按照推测，它们可能与房子的移动没有什么关系。"

"那跟什么有关？"马蒂问道。他带领夏洛克走到不远处果园的边缘，站住。"你看。"他指着地面说。

夏洛克弯下腰。"你让我看什么？"他问道。

"看看旁边。"马蒂催促着。

夏洛克转过头，俯下身子，直到他能感觉到草叶让他的耳朵发痒。他回过头盯着房子看。在一分钟内，他看到的全是草和偶尔爬过来的蚂蚁，但随后，他突然看到了马蒂所注意到的东西。草看上去弯曲了。接近院子的草是直直往上长的，但是过了几英寸①，草开始突然朝向果园的方向斜着长了，他不可能看错。有这么多的草叶被微风吹向不同的方向，变得皱皱的，从上往下看几乎不可能看到这一点，但贴在地面上看，草的生长方向出现了明显的变化。

"看起来这些草好像被重物压平过。"他喃喃地说。

"被通向果园的重物压平过。"马蒂尖锐地指出。他盯着夏洛克，并挑了挑眉毛，"比如说，我拿不准，可能是一所房子。"

夏洛克沉下身子跪在地上，头紧贴在地面上，往前爬了几步。"不！"他喊道，"你看——这里的草是直的！"

马蒂和他一起蹲了下来。他们一起盯着这片草。

---

① 1 英寸 =2.54 厘米，下同。

"你说得对。"马蒂低声说，"好了，这里有一排弯曲的草，在房子到果园之间，但随后就没有了——而且它也没有房子那么宽。根本就不够宽。"

夏洛克转过头，看向另一方。草叶弯曲的那排草直指着留在苹果树之间的一条过道，当初留出过道，是为了让采摘者摘苹果的时候方便一些。

他往前又走了几步。在不到六英尺的地方，他发现了另一排草叶弯曲的草，也是朝向果园的方向蔓延。他让马蒂过来看。

"你觉得这两排打弯的草看起来像什么？"马蒂说。

"车辙。"夏洛克回答道，"某种两轮大车的车辙。"

"是的，但是它们不够深，同时又太宽了。"

夏洛克点了点头："但是想象一下，要是有人用某种极其柔软的东西把车轮裹了起来会怎么样？"说到这里，他也停下想了想，"枕头！试想一下，把枕头绑在车轮上。不——想象一下在车轮的边缘安上木板，让它们变宽，然后把枕头绑在上面。这个宽度将意味着施加到每平方英寸地面上的力会更小，能把重量分散出去，这样就形成不了车辙。用枕头就能做到这一点。这样，车子的重量只是把草给压弯。车推过去之后，草会弹起来，恢复原状，但依然会留下一道很难察觉的痕迹。"

"为什么要把枕头绑到轮子上？"马蒂挠了挠头，"这根本就讲不通。"

"如果你不想让车发出声音，那就讲得通了。"夏洛克站起身说，"而且如果车上载着重物，你想把重量分散开，不让车轮在地上留下车辙印记，也讲得通。"

"那么到底是为了哪种目的？没有声音还是分散重量？"马蒂也站了起来。

"两种都有。"夏洛克说。

马蒂转过身来，吃惊地盯着房子："如果这是真的话——房子是被移动了，而且还是被某种车子移动的！"

"这个嘛，"夏洛克平静地说，"当然也是一种解释。现在——咱们回去吃些鱼酱三明治吧，然后改由你查看屋里，我在屋外的花园和果园里搜索。"

尽管莫蒂默的外表疯癫，房子凌乱，但他做的三明治却很不错——小巧精致，而且切掉了面包皮儿。两个孩子吃三明治的时候，他给他们讲起了他在牛津警察局时候的故事——有的滑稽，有的悲惨，但是都很有趣。夏洛克问起了哥哥迈克罗夫特。当莫蒂默得知夏洛克和迈克罗夫特是兄弟时，非常惊讶。不过随后他告诉他们，他在牛津时捉弄过迈克罗夫特。除了三明治，他还准备了茶，随后还端上来一些饼干。

午餐后，夏洛克在屋外搜索了几个小时。之前他在很多房间里发现了一些洞，现在他很快就找到了洞的另一端。马蒂刚才让他注意到了那两排压弯的草，夏洛克这会儿发现其他地方也有压弯的草，这一次是朝房子延伸过去，而不是向外延伸的。如果房子是以某种方式用一辆车，或是几辆车架着朝果园移动，那就讲得通了，因为那样的话，它还会被运回来，但是夏洛克觉得，情况并不是这样的。不，这里所发生的，一定是某种非常不同但同样奇怪的事情。

为了印证脑子里尚未成熟的理论，他走进果园深处查看。这些树比他高，细长的树枝伸向天空。夏洛克以前见过果园，眼前的这个果园里的树木看起来发育迟缓，仿佛土壤养分不足。

他跪了下来，在一棵树下挖了一下土。这里的土壤很松散，没有他预想中的那样紧实，就好像之前被挖开过，然后又被填上了似的。他花了点儿时间检查了一下周围的土壤，想寻找某种特别的东西，但是没有找到。为了找到他想要的东西，他可能需要一把铲子，另外还要相当多的时间。

在回到屋里之前，夏洛克漫步到了果园的边缘。那里有一堵石墙，石墙另一面的土地地势逐渐向下倾斜，与远处一片一片的田野连在一起。他能看到一群马和一群奶牛在吃草。经过莫蒂默家的这条路，顺着平缓的山坡延伸开去，弯弯曲曲的，为的是降低坡度，便于车子通过。这是人人都心向往之的完美的英格兰田园风光。

然而，这里的某个地方正在进行着罪恶的勾当，而且进行得非常缓慢。他身子哆嗦了一下。有一股看不见的力量在指引着他，他能觉察到这股力量，但是无法识别出它到底是什么。也许今晚一切都会水落石出。

夏洛克知道，附近某处会有犯罪分子的营地。那些人需要一个谷仓，或者是好几个谷仓，来存放他们的工具。每次他们决定闯入莫蒂默的房子时，肯定不希望把那些东西从周边的城镇或村庄大老远地带过来。但是从这个山坡往下，他看不到任何适合存放工具的地方，但是这也说得通。他们肯定不希望每次用到时，还要把那些东西弄上山，不会的。那些东西肯定是保存在沿路的某个地方，就在路边某个隐蔽的位置。

他转过身，朝着房子走去，但当他沿着树木之间的通道行走的时候，那里的树引起了他的注意。其中一些树比起其他的更细或更粗，并且树皮的颜色也有细微的差别。现在他开始特意观察那些树，看得出来，它们是不同品种的苹果树。这个果园不是只有一种苹果树，而是有好多品种。原来种树的那个人为什么要这么做？如果打算种几种不同类型的苹果树，为什么不把它们分开，以免搞混？

他耸了耸肩。这里有很多未解之谜，他得把注意力集中在重要的事情上，否则会分散精力。

回到房子里，他和马蒂比较了各自的笔记。马蒂发现的东西夏洛克刚才也都发现了——只不过，马蒂还在地板下方发现了一些数量惊人的干蟑螂尸体，还有几只死老鼠。

"马伯利先生——我们晚上能否住在这里，以便看看会发生什么？"夏洛克问道。

"当然可以。"他回答道。

"另外，我们能不能现在小睡一会儿，以便到时候保持清醒？"

"我不累。"马蒂抗议说，但夏洛克对他嘘了一声。

"我有两个空房间。"莫蒂默说，"把床上的东西拿下来，你们睡就行。"

夏洛克转过身来看着马蒂："你跟往常一样随身带着小刀吗？"

"当然。"

"我需要借用一下。"他又转身朝向莫蒂默，"如果你允许的话，我还需要一把叉子。"

"一把叉子？"莫蒂默被搞糊涂了。

"是的，谢谢。"

在他们安定下来睡觉之前，夏洛克仔细检查了三个卧室——莫蒂默的卧室和那两个空房间，然后小心地用马蒂的小刀刀锋滑到之前在窗框架上发现的钉子下面，把它们撬松，然后利用杠杆原理把它们一点一点地撬出来，最后用莫蒂默给的叉子，把钉子剩下的部分撬了出来。最后，他把窗户打开一条缝，使新鲜空气能够进来。他没有把窗子开得太大，因为他不想让外面的任何人注意到，但他又确实需要新鲜空气，这样他的办法才能奏效。他关上了窗帘，这样外面的人就看不见里面了——没有人能看到他和马蒂。做完这些之后，他就去睡觉了。

当他醒来的时候，已经快午夜了。屋外没有灯光照在他房间的窗帘边缘上。整个房子都很安静。

他去了隔壁房间，叫醒马蒂，然后两个人去了莫蒂默的卧室，透过半开的门可以看见蜡烛的火焰一跳一跳的。莫蒂默正坐在沙发上,借着一根蜡烛的光读书。两个男孩儿走进来的时候,他抬头瞥了一眼。

"你俩准备好冒险了?"他问道。

"我们永远都是准备好的。"夏洛克回答道。

马蒂问:"我们现在要做什么?"

"我们坐下来,等待。"

"等待什么?"

"等待房子移动。"

夏洛克和马蒂挨着莫蒂默坐下。他们都舒舒服服地坐着,就这么等待起来。夏洛克不知道马蒂在想什么,但在他的心中,他正在重温自己早已建构好的证据链和推理,检查每一个环节。

后来,他发现马蒂也在做类似的事情。

"是某种气体,对不对?"过了好长一会儿马蒂低声说。

"这些气体会让人昏昏欲睡。我听说人们在医院里用它,做手术的时候用,它可以让患者失去知觉,这样如果要截肢,或者医生需要为病人做开胸手术的时候,病人就不会感到疼痛。"夏洛克回应道。

"你认为,那些家伙是把麻醉气体通过墙壁上的洞灌进屋里来了,对不对?"

"只有这样才解释得通。正因为如此,他们一旦下手,莫蒂默就会睡着。他不是因为疲倦才睡的,是他们给他下了药,以防他干扰。"

"他们为什么不干脆杀了他,一了百了?"马蒂问道。

"因为那样的话,韦斯顿先生、我哥哥和其他许多人会发现莫蒂默不再给他们写信了,就会过来调查。这将彻底破坏那群坏蛋的计划。他们需要莫蒂默住在这里,但却无法行动,所以他们把麻醉气体输送进来,直到他们把事情办完。"

"所以你打开了窗户,这样麻醉气体会发散出去,新鲜空气会进来,于是我们就不会像他一样睡着。非常聪明。"

"谢谢。"夏洛克停顿了一下，"马伯利先生，你懂了吗？让你入睡——这是他们计划的一部分。是他们让你入睡的！"

但是，他从莫蒂默那里得到的唯一回答，就是一阵如雷的鼾声。

"夏洛克……"马蒂说，但他的声音听起来缓慢而又遥远。

夏洛克试着站起来，但他的双手碰到了椅子的扶手，然后就向后摔倒了。他闻到了某种药的味道，就像医院里的味道一样。他这才意识到，这股味道已经出现很长一段时间了，但他刚才没注意味道越来越强烈。他的脑袋昏昏沉沉的，即使他试图强迫自己睁开眼睛，可眼睛还是一直闭着。他一只手扶在椅子的扶手上，支撑着自己半站起来，然后用另一只手撑了一下，让自己完全站立起来。他感觉到自己的身体在摇晃，胃里一阵恶心，就好像误喝了一些变质的牛奶一样。

这时，马蒂的头朝着枕垫仰了过去，发出了一声轻轻的"砰"。

夏洛克蹒跚着走到窗前，伸手抓住窗帘，但是窗帘从他的手中滑了过去，没有抓住。尽管视线越来越模糊，他还是强迫自己集中精力，抓住窗帘的一边。最后，他抓住了，然后把窗帘拉开。

窗子已经被关上了。

一个念头在夏洛克混沌的脑海中闪过。他的计划被识破了！尽管他尽了最大的努力，不让人看出窗子打开了，但还是有人注意到了窗子的缝隙。趁没人在房间的时候，有人把窗子全部关上了。然后，他们就干起了熟练的勾当：通过以前钻好的洞把麻醉气体灌入屋内。

他摇摇晃晃地回到房间，用指尖摁灭蜡烛，然后回到窗前。现在，屋里一片黑暗，没有人会看到他在做什么。他用手指抓住窗子，他感觉自己的手肿得很大，也很麻木，他用尽全身力气去拉窗子。

什么都没有发生。那些人该不是重新把窗户钉上了吧？

他又拉了拉窗子，听到木头之间发出一阵连续的摩擦声。窗口松

180

开了一寸，然后就卡住了。夏洛克弯下腰，把嘴贴在窗子的缝隙上。新鲜的空气灌进他的肺里。就像一个在沙漠中煎熬了好几天的人喝到了甘甜的泉水一样，他大口大口地吸着新鲜的空气。此刻，他可以真切地感觉到，自己的思维正变得清晰起来，肌肉的沉重感也渐渐消失了。

窗外有东西在动。

他又往下弯了弯腰，尽量让嘴巴靠近窗子的缝隙，同时从窗子的底部露出头来往外看。

外面有一棵树经过。

夏洛克可以清楚地看到树梢。

树梢的细枝看上去像一只只骨瘦如柴的手，仿佛在伸手去抓天上的星星。在他往外看的时候，这些树慢慢地移动着从窗前经过。夏洛克的手指搭在窗台上，似乎听到了一阵沉闷的隆隆声从屋外传来。

他跪在地上，快步爬向瘫倒的马蒂。他把马蒂拉起来，把他拖到窗口，然后让他的脸冲着窗户的缝隙，吸到新鲜空气，直到他能动弹。

"怎么……"

"嘘——"

"好的。"马蒂做了几个深呼吸，"伙计，我好了。"他含混不清地说，"我没事了。"他甩掉了夏洛克的手臂，颤抖着站了起来。

"你往外面看。"夏洛克说。

两个男孩儿一起看向窗外。刚开始，他们看到的只是繁星点点的天空，还有房子下面大片漆黑的土地，但是随后，又一批树枝从窗子边上滑过。

马蒂倒吸了一口气："这么说，一切是真的啦？"

"这取决于你说的是什么。"夏洛克说，"咱们一起下去看看吧。"

"那莫蒂默怎么办？"马蒂问道，"咱们是不是该把窗户再打开一点儿？"

"到目前为止，他每天晚上都没事儿。"夏洛克指出，"我觉得这些人知道他们在做什么。如果咱们叫醒他，那么他很有可能会拿着鸟枪冲出去，那就会把局面搞得一团糟。"

"说得对。"他们两个走下楼，朝前门走去。夏洛克把门打开了一条缝，看着外面。前门并不朝向果园，没有任何人横亘在他们和矮墙之间，矮墙把房子与道路隔离开来。

夏洛克用胳膊肘推了推马蒂，并且指了指墙壁和道路。"它们之间的距离跟今天下午时一样。"他低声说，"房子没有移动过。"

"但是，如果房子没有移动，那么刚才咱们从窗户往外看到的是什么？"马蒂问道。

"好吧，"夏洛克说，"如果房子没有移动，那么一定是果园在移动，不是吗？从物理层面来讲，房子是不可能移动的。果园移动也是……不太可能的。"

他们悄悄地从房子里溜出来，进入夜色中。夏洛克贴着墙走在前面，从客厅的窗子边经过。客厅的窗子也被从外面关上了。显然有人在行动之前仔细检查过。这个犯罪活动背后的军师十分聪明，也很小心谨慎。

沿墙壁再往前一点儿，有一个窗子，夏洛克觉得，这个窗子里面是餐厅。这个窗子也被关上了，但更重要的是，附近的地上有一个东西。它就像一个大型的牛奶搅拌器，橡胶管从它的顶部插进马蒂和夏洛克之前就观察到的墙脚上的洞里。夏洛克推断，这个容器里面肯定存有液体氯仿，而蒸发的气体则悄悄地进入了屋内。他推测，其他的洞肯定也接上了这样的东西。他竟然愚蠢地认为，只要简单地开几个窗子，就能够阻止这种恶魔般的智慧。他不禁在心里骂了自己两句。

走到房子的一角时，夏洛克停了下来，往房角的另一边偷偷看去。马蒂跪下来，也学他的样子看过去。

院子里那片杂草丛生的草坪已经变了样子。当天下午，杂草都不超过膝盖，但是现在，这里满是树木。它们是果园里的那些树，但是看上去更高。夏洛克看了一会儿才明白过来，而一旦明白了过来，他笑了。这当然是最合乎逻辑的办法。

这些树的根，并不是像在果园里那样是直接埋在土中的。那样的话歹徒们就无法移动树木，除非是把这些树一棵一棵都挖出来，而这会花很多时间，并且会留下痕迹。现在来看很明显，几百年前，这些果树被种下的时候，是被种在了沉入土中的一个个大木桶里。随着岁月的流逝，它们的根在大桶里面生长。如果根往大木桶的边沿生长，就会被强行顶回来，这或许可以解释为何这些果树都发育不良。现在，不管这事儿是谁干的，他们只是把木桶从地下拉出来，连桶带树一起移动了。夏洛克又看了看大木桶的顶部，发现那里有一些很粗的绳圈。这些木桶肯定只是用很疏松的泥土埋了一下。移动树木的人只需要在果树根部附近挖一圈，找到绳圈，然后就可以比较容易地把桶拉上来。

只是相对来说会容易一些。这仍然会花费大量的时间和大量的人力，所以，每次他们这么做的时候都要给莫蒂默下药。

苹果树并没有像在果园里那样排列整齐，而是被杂乱无章地放在移树的人能找到的空地上。

夏洛克听到一阵隆隆的噪声，这声音已经持续很长时间了，但现在噪声变得越来越大。他往回退了半步，把马蒂往后拉了一下。

房子远处的另一个方向来了一辆车。不是那种白天在路上看到的正常的车，而是一辆巨大而笨重的车，车轮像夏洛克的前臂一样宽。就像他猜测的那样，车轮裹着类似枕头样的东西慢慢地前进着，车和上面的东西的重量把车轮上垫的东西都压扁了。车由三匹专门拉车的那种大夏尔马拉着，马匹则由一队身穿黑色衣服、脸上戴着黑色面具的人赶着。

当然，车上装的是两棵种在大木桶里的苹果树，一定是刚刚才从地下移出来的。

马蒂蹲在地上，头靠近夏洛克的腰部。此时夏洛克听到马蒂小声地、叽叽喳喳地说起话来。"很明显，不是吗？"他低声说，"如果房子不移动，那么移动的一定是果园！"

"哦，是的，现在看是很明显了。"夏洛克喃喃地说，"早前还没这么明显，是吧？"

另一名身材高大但比其他人瘦的男子，走到车后面，查看车前进的方向。他通过手势与其他人交流。他看起来好像是个领头的。

在夏洛克和马蒂观察的时候，车子慢慢地停下，蒙面男子爬了上去。每个人都抓住一个绳圈，一起使劲儿抬起第一棵树，把它移到了车的边缘，又把它放在了地上。

"仙人圈！"马蒂小声说。

"不是什么神仙弄的仙人圈。"夏洛克指着说，"都是小偷干的。"

"但我还是不明白，他们是要偷什么？不是树，他们完成后，总会再一次把果树放回原位。"马蒂犹豫了一下，然后手掌拍了一下额头，"当然啦，他们认为树下有东西！"

"咱们去察看一下。"夏洛克说。

第十三章

　　那帮人把马车上的树卸下来之后，就牵着大夏尔马转了个大大的半圈，再把车拉回果园，很可能是回去再拉几棵树。那个稍显瘦削的人监督这帮人干活儿，最后，他四处看了一圈，瞥了一眼那个房子之后就跟众人回去了。

　　夏洛克和马蒂小心翼翼地沿着房子的一侧挪动，身子伏下去，好让身影隐到黑漆漆的房子阴影里。走到房子外墙尽头的时候，他们绕过屋角往外看去。两人现在是在朝果园的方向看，中间隔着好多被那帮人搬过来的果树。空马车在两排树之间留出的空地上隆隆地经过。

　　夏洛克在及腰高的矮墙附近发现了一大丛灌木，那堵墙就是这个庭院的围墙。他往周围看了看，确定没有人看见他们，然后他拽上马蒂，穿过空空的院子，藏到了灌木丛后面。从这里看去，斜对面就是果园，那里发生的一切都能尽收眼底。

　　离房子最近的苹果树都已经被移到了草坪上。果园再往里的一些树也被移走了，有些被移到了草坪上，有些则被放在了之前移走树之后留下的坑里。现在果园中间出现了一片空地，原先空地上种着苹果树，可是现在只剩下了黑洞洞的树坑，坑坑洼洼的。那个稍微瘦一些的人和几个同伴围在一个树坑旁边，弯着腰往下看。夏洛克看到其中一个人跳了下去。他蹲下身子，开始在里面找东西，头没入了树坑，看不见了。瘦子站在坑沿上，看起来好像是在低声地发号施令。

"他们是在找埋在土里的东西。"马蒂说，"问题是，他们不知道那东西埋在哪里，只知道是在某棵苹果树下面。"

"没错。他们是依照某种合乎逻辑的顺序搜索果园，从最容易挖的树开始，一直到最难够着的树。"夏洛克感到心头涌上一股满意的暖流，他的推理没错，"你还记得韦斯顿先生给咱们讲的故事吗？他说这个果园的种植时间，和英国内战的时间基本吻合。他说，相传查理王子曾在这里躲避奥利弗·克伦威尔的圆颅党势力的追杀，后来查理王子加冕登上王位，为了报恩，他赏赐给马伯利家族一笔巨大的财富。我一直想知道查理王子和支持他的骑士当时究竟藏身何处——房子里似乎没有供他们藏身的地方。我觉得现在答案已经很明朗了，果园的苹果树下一定有藏身之地。树坑一定是比桶深，这样，地下就能留出空间，让那些逃难的人蜷缩在里面，一直等到搜查的人离开。到那时，外面的人把苹果树挪开，逃难者就会得救。他们肯定是带着食物下去的，有时候甚至会带着油灯，可以在里面看看书，或者取暖。"他朝那些正在搜寻的人指了指，"我认为，他们觉得宝藏也藏在其中一个树坑里，而他们这样想很合理。我们知道，他们早就搜过莫蒂默的房子了，因为他说有一次他醒来时，发现屋里比前段时间整洁了许多。他们在屋里任何地方都没有发现宝藏，所以就开始在果园里搜。能想到这一点，说明他们非常聪明。"

"那么说，他们这段时间一直在找宝藏啦？真是够执着的。"

"可能是一些极其有价值的东西——肯定有珠宝啦、黄金啦什么的，但是这些东西跟历史事件的联系，会让它们更加重要。"

马蒂听了大为惊叹："这么长的时间,一夜又一夜,他们一直都没停过啊。"

"我不知道这些人为什么想不到。"夏洛克喃喃地说,"宝藏到底在哪儿实际上是显而易见的。"

"是吗?"他们身后的一个声音大声说,"那样的话,你倒是可以省下我们很多力气。"

夏洛克和马蒂转过身来。他们身后站着三个蒙面人。有两人手持尖刀——刀是弯曲的,带着锯齿,看上去寒光森森。另一人手里拿着枪,指向夏洛克和马蒂两人中间。

"咱们该把莫蒂默叫醒来着。"马蒂说,"或者至少拿上他的枪。"

"现在就不要跟我说这些了。"夏洛克喃喃地说,"要说就半个小时前告诉我。"

"怎么?按说你比我更聪明。"

"闭嘴,"拿枪的家伙说,"起码,这会儿不许说话。过会儿你们想说什么就说什么。事实上,你们恐怕没机会把话都说完啦。"他拿枪朝他俩示意,"走吧——去果园。"

这伙人开始往前走,夏洛克和马蒂走在前面,几个歹徒在后面跟着。持刀的两个人走在两侧,以防夏洛克和马蒂逃跑。他们穿过草坪,穿过装苹果树的大桶,进入了果园。

在果园中间,出现了十二个树坑,果树被挪走了。借着星星和四分之三月亮的光,还有那些人手里提着的灯——灯的四周被遮住了,以免光散射向四周,他看到树坑的侧面看起来很光滑,布满细树根,他瞥了一眼其中一个坑,树坑的底是圆形的,但是底部中央挖了一个较小的方形洞。洞里铺着木头——这个洞看起来像放在地底下的一个没有盖的大箱子,此刻被掀开了箱子盖。他猜测这就是过去逃亡的骑士躲避圆颅党搜查的地方。

"这是谁？"一个声音问道。夏洛克抬起头，看见说话的是之前指挥别人干活儿的那个瘦削的蒙面人。他是头儿，管着他们所有的人。

"头儿，我们是在房子附近发现这俩的。他们在偷看。"

"哦，是吗？"那个人走过来，端详着夏洛克，"你想干什么？"

夏洛克耸了耸肩："我只想知道发生了什么事。马伯利先生告诉了我们他的故事——关于房子会动的事。我想看看事实到底是什么。"

这个男子——其实，听他说话的语气，更像一个孩子——笑了："是的，已经有好一段时间了，他老是跟别人讲这个故事。起初我还以为会有人信他的话，来看看这里发生了什么事情，但并没有人来，所以我就不再为此担心了。你叫什么？"

"我叫什么跟你有什么关系？"夏洛克盯着男子的眼睛——面具下面是一双清澈的蓝眼睛，"我觉得你不会放我们走的，对不对？"

"嗯，我不会的。也许，我跟你一样，只是想知道答案而已。"

拿枪的那个人走上前来："他说他知道宝藏在哪儿。"

带着孩子气的头头儿走到夏洛克面前，死死地盯着他的眼睛。"他不知道，"最终，他信心十足地说，"他自以为知道，但那只是猜测。他并不确定。"

"但是如果他知道，就可以节省咱们很多时间。"

男子又摇了摇头："他不知道。他只是夸大了自己做的某些小推理的重要性，目的是让他和他的朋友活命。"

"但是……"

这个男子用手做了一个砍头的动作："够了。这个话题到此为止。"他转身对着夏洛克，突然扯下了面具。他的年纪竟然跟夏洛克相仿，身高也差不多，不过头上的棕色头发更长一些。他挑衅地盯着夏洛克。"我想你临死之前可能想看看我长什么样。"他说，"这是给你的最后的礼遇。"

"真是好心。"夏洛克笑了，"你之所以让我看你的脸，更可能是因为你厌倦了没人知道你是谁，在这一切结束之前，你希望至少有一个人看见过你的脸，知道你的名字，并告诉人们你是何等的聪明。"

男孩儿耸耸肩："名誉有利有弊。话虽这么说，但现在我已经默默无名好久了。也许这种情况该有些改变了。"

"你叫什么？"

"裘德。"男孩儿说。

"裘德，那你姓什么？"

他笑了："这就是此时你能知道的一切。你是？"

"夏洛克·福尔摩斯。这位是马修·阿纳特。我必须承认，你能让这些人对你俯首帖耳，这让我大开眼界——你这么年轻，经验尚浅，而他们比你块头大，也比你强壮，却竟然没有想过摆脱你，取代你接管这单买卖，真是让我惊讶。那样的话，他们会分到更多的财宝，并且不必再听命于一个孩子。"

裘德大笑起来。"你想挑拨我们之间的关系。"他说，"没用的。他们知道我能给他们想要的东西。"

"他们想要钱。"夏洛克指出，"这并不难做到。"

裘德摇了摇头："不是这么回事。每个人想要的东西都不同——但是他们几乎总是认为，金钱能帮他们得到想要的东西。"他指着其中一个正在使劲儿从地里挖出苹果树的人，"拿萨顿来说吧，他说他想赚钱，但他最想要的是健康的身体，治好他满口的烂牙给他带来的钻心的疼痛。我知道这一点。我可以跟他谈这件事，并且认真地对待他。"他又指了指另一个正在果园边上巡逻的人，"那边的那个人，迪尔曼，他也说想要钱，但是他真正想要的，是一个爱他的家庭——妻子，再加上三个孩子。我明白这一点，他也知道我明白。这就是他们愿意跟我干的原因——我知道他们内心深处的渴望。"

"你是怎么做到的？"夏洛克好奇地问。

"我能知道人们想要什么。我可以从他们说话时眼睛看向一侧的样子得知，我可以从他们摆弄手指的样子得知，我甚至可以从他们说话用的特定的词语中得知。这是我与生俱来的天赋。"

"那么我想要什么？"马蒂挑衅地问。

裴德瞥了他一眼。"你想让人揍一顿。"他厉声说。

马蒂怒视着他："知道吗？我不喜欢你。"

"那你大可想象一下你的不喜欢给我带来的痛苦。"裴德望着远处说，"无论如何——你自己的愿望和意愿都已经无关紧要了。现在，你们的下场，正是我想要的。"

"你是牛津的大学生。"夏洛克猜测说，"你学习成绩优异，得以提前入学。"

"推理得不错。我曾经是拿奖学金的学生，我是靠自己表现优异入学的，而不是靠父母的钱。他们并不富裕，不属于那种有本事的社会阶级。"

"后来你被开除了。"

裴德点了点头："有人丢了东西。是钱。那时候我更年轻，没什么经验。我没有仔细想过我所做的事情的后果。我做事莽撞，不知道把事情考虑周全。所以他们开除了我。校方没有足够的证据提供给警察，但这并没有阻止他们开除我。被开除后我没走，还待在这个地方，开始从事高端的抢劫活动，偷的都是艺术品、佛像一类的东西。牛津附近的很多有钱人收藏着精美的稀世珍宝，而更偏远一点儿的地方，有的人更有钱，却没这些珍宝，所以就贪恋这些东西。我决定充当中间人，从牛津富人手中拿走珍宝给——哦，是卖给——那些更有钱的外地人。这营生让我过上了非常舒适的生活，也买来了这群忠心耿耿的追随者，他们每个人赚的钱，是连牛津大学的教授都望尘莫及的。同时，在这里，他们还能满足自己内心最深处的渴望。"

夏洛克想起了韦斯顿先生说过的一些事，有个偷窃艺术品的团伙一直逍遥法外。"你一直都能逃脱警察的追捕。"他说，"你一定有内部消息——不仅是有关豪宅和艺术藏品，而且是有关警方调查的进展。"

裴德笑了："搞内幕信息是我的特长。这些消息给了我优势。"

"那个人是谁？是谁给了你有关豪宅和警察的消息？"

"这些嘛，"裴德大笑着说，"就扯得太远了。我不介意对自己有多么聪明而沾沾自喜，但是我不会冒险告诉你其他人有多聪明，尤其是他们在为我卖命。"

"也可能是你在为他们卖命。"夏洛克察觉到，这一瞬间裴德嘴唇有一丝抽搐，"没错，你不是他们最大的头儿，对不对？你还没有你希望我们想象的那般聪明。"

裴德转向那个拿枪的人。"我已经乐呵够了，"他简短地说，"把这两人扔进坑里，再在上面放上一棵树，让他们饿死或者是憋死。"

那个男人看了看手里的枪。"为什么不毙了他们？"他疑惑地问道。

"我不喜欢他们。"裴德盯着夏洛克说，"这家伙相当聪明。我要折磨折磨他们，等他们躺在树坑里，奄奄一息时，我希望他们记得是谁打败了他们。"

说罢，他扬长而去。

马蒂抬头看了看夏洛克："他没有自己想象的那么聪明，对不对？"

"跟很多人一样。"夏洛克回答说，"他在某一方面很聪明，其他方面却不尽然。"

"别啰唆了。"拿枪的人走上前，举枪指着夏洛克，"到坑里去。"

"不然呢？"夏洛克挑衅道，"你要开枪打死我？你的老板明确告诉过你不能开枪。"

那个人一言未发。他走上前，用枪朝夏洛克打来。枪管打在夏洛克的额头上。在疼痛的眩晕之中，夏洛克感到自己被人用脚踹着，越来越接近最近的树坑。他拼命地用手指抠住地上的泥土，企图阻止自己的身体滑进去，但这只是徒劳。他只要是试图伸手去抓东西，踹他的人就踢他的肚子，直到他放手。

"一个坑装不下他们俩！"有人喊道。

踢夏洛克的人回答道："他俩又不是要在里面永远待下去。在他们受不了之前，空气就消耗干净了！让他俩挤着吧——反正另一个只是个小孩儿！"

"不是，我的意思是如果把他俩推到一个坑里，我就没法把树放好。树会突出来，别人会起疑心的。"

犹豫一会儿之后，第一个人说："好吧——把这个小的扔进那边那个坑里。我马上就把这个弄进去了。"夏洛克拼命地往周围看，想看清楚马蒂在哪里。他眼角的余光瞥见了马蒂，在他右边，正在和两个抓他的人扭打，接下来，夏洛克感到肩膀从树坑边沿滑了下去，悬在了空中。他试图翻身，但是背上肩胛骨之间一只强有力的靴子踩着他，使他动弹不得。那只靴子又一使劲儿，他就开始下落，头顶的一圈天空越来越小。他的肩膀和背部砸到埋在坑里的箱子顶四周的土上，双腿掉进了箱子里。他立即感到浑身疼痛难忍。他觉得自己的腰可能断了。在箱子里垂着的双腿的重量，把他身体的其他部位都从箱子边上拉了下去。他使劲儿地蹬腿，想把自己推上去，再爬出去——不过，他的动作好像很混乱。慢慢来。谢天谢地，他的腿还有知觉，但是它们拒绝服从他的命令，一想使劲儿，它们就会像橡胶做的一样失去控制。

他拼命地抬起头，想看一下，在那伙人处置马蒂的时候，自己这边的人到底是走开了，还是聚集在树坑的边沿，看着他大笑，但是他看见的只是迅速下降的箱子盖，这是在他之后被扔进来的。他躲闪了一下，整个人都缩在箱子里，这时箱子盖也"砰"的一声落在了箱子顶上。箱子盖盖得并不正，四角卡住了，周围留下了空隙，透过这些空隙，光线仍然可以照下来。

但是，接下来外面的人把种苹果树的桶放了进来，就什么也看不见了。

光线消失了，苹果树"砰"的一声落到树洞里，树根上的土也噼里啪啦地掉进了箱子，这下子夏洛克彻底给封在了里头。

他鼻子里闻到的只剩下了潮湿的泥土味；耳朵里听到的只剩下自己大声喘气的声音。他重新试着站起来，这次他发现双腿有了一点儿力气。刚才的瘫痪感觉只是暂时的，这意味着他的腰没出问题。但是这也只是暂时的一丝欣慰，因为身体的其他部分一点儿都不舒服。

有个活物从树根上透过一条缝隙落了下来。他觉得它落在了肩膀上，在他脖子上爬过去，那只虫子爬的时候坚硬的细腿抓着他的皮肤。是个甲虫，没有危险，他想。相比之下，它更害怕他。

他把注意力转回到站起来这件事上。他的肩膀和后脑勺顶在了箱子盖上——然后就不能动了。根本就弄不动，也使不上劲儿。头顶上整棵苹果树的重量把箱子压得死死的。

他孤身一人被困在了这里。一大堆念头在他脑子里浮现出来。这里根本出不去，马蒂也被困住了，莫蒂默则被下了药。没人知道他俩在哪里，罪犯也不会在最后一刻因为良心发现心生内疚而放了他们。

就这样了。这就是结局。

不，不能就这么结束。有个想法在他混乱的脑子里浮现了出来，就像某种巨大而坚定的东西冲破波涛汹涌的海面浮上来一样。这不是最后的结局。他一定能逃出去。逻辑思考可以帮他逃出去。

他坐在地上，使劲儿地回想听到的有关保皇党人藏身之地的所有信息，以及韦斯顿先生讲故事时自己所想到的一切。他试着想象保皇党人或马伯利家族在挖树坑和建藏身之处时会怎么想。这里有这么多洞——二十个、三十个，也许更多。即使只有一半的洞里有人，那么也会有很多人被困在底下，等待搜查的人离开。那可能需要好几个小时，甚至是几天的时间。藏在这里的人可能会因为幽闭而恐慌不已。有些人可能喘不过气来。还有人会饥饿难耐。所以说，他们会给这些人建造某种逃跑路线，也许箱子底下有一套地道网，这样如果有紧急情况发生，藏身的人就能逃出去，即使做起来不是那么容易，或者是要费些周折，但好歹总能出去。没错，这样做符合情理。夏洛克开始四处摸索箱子的边沿，寻找合页或某种连接的痕迹。在他的内心深处，有一个念头他不愿意接受，那就是他刚才想到的一切可能不存在——其实，很可能根本就不存在，但是这种想法只是一闪而过，他竭力不让自己再这样想。他必须保持冷静，他必须保持清醒，他必须离开这里。逻辑推理告诉他，造树洞的人也会造一条逃生路线，因此，他最终也能找到此路线。

但是他此刻摸不到任何的合页或是连接。他已经摸过了面前的木板，所以此刻他转了一下身子，重复刚才的摸索。仍然一无所获。他再次转身，现在面对的是背后的木板。仍然一无所获。最后再转一次——他必须在这一侧找到合页。它们应该在那里。

可是没有。

他感觉到喉咙里的喘气声越来越粗。手指头由于不断地使劲儿摸索箱子的木板而被划破了。他能听到远处传来呻吟声，有那么一刹那，他以为有人在移开苹果树，喊他的名字，但后来他意识到，那声音是从自己的喉咙发出来的。尽管他头脑中仍有逻辑意识，但他自我的一部分已经快被恐慌和绝望打败了。箱子的四面都试过了，而且他也知道箱子的盖是动不了的。

只剩一面没试过了。

夏洛克的手指在箱子底摸索起来。想这么做很不方便，他必须不断地移动双脚，轻微地转动身体，但是他知道，这是他最后的机会，他必须仔细地做好。

他的指尖碰到了某种金属物，然后他继续摸索。他返回原来的位置，试图再次找到它。没错，就在那里！他尝试着在完全的黑暗中摸索出来那是什么。长方形的，对，而且是金属的。可能是一个合页。如果是的话，那么还会有另一个合页，就在大约……就在那里！没错，是在那里。他现在觉得自己慢慢冷静下来了，在继续下一步之前，他做了几个深呼吸。好吧，如果这边这里有一个合页，那里也有一个合页，那么另一边一定有一个钩子或锁扣。他摊开手掌，沿着箱子底朝另一边摸去。有个东西在他手底下蠕动，可能是一条虫子，他忍住突然冒出的恶心感觉，继续往前摸。

没错！在箱子底部和侧面交接的地方，有一个金属锁扣。夏洛克觉得，整个箱子底儿似乎都是铰接上去的，这样里面的人可以向下打开箱子，进到另一处空间。

但是他打不开那个金属锁扣。金属锁扣正锁着箱子底，而此刻他身体的重量压在这块木板上，所以就等于把它卡住了，拉不开。此刻，他脑海中想象到，这个藏身之处最初的设计者在二百年前或者更久以前，看着自己的手艺，庆祝自己无可挑剔的设计之时，却并没有实际试验一下这样的设计是否真的能用——想到这里，一股绝望之情在他脑海里一闪而过。

他必须让它能用。他找到了两个合页，一个锁扣，还有像是暗门的箱子底——这样的情形显然比五分钟以前好多了。

夏洛克叉开双腿撑在箱子的两侧，这样自身的重量就不会压在箱子底上了，然后他再次试图用手指去抠锁扣。这一次它动了一下，于是他使出浑身的力气，把锁扣的销子使劲儿往旁边拨开。他双腿的肌肉酸痛，浑身扎满了碎屑，但他还是继续滑动那个销子。尽管这个销子已经有两个世纪没被动过了，尽管已经是锈迹斑斑，外加自然可能留下的种种痕迹，可是这个销子是卡在他和自由之间的障碍，它必须能松动！

销子慢慢地滑向了一侧，仿佛这一切都是按计划行事。箱子底掉了下去，夏洛克也跟着落入了一个又狭窄又潮湿的空间。

他摸索了一圈，感觉自己似乎是在一个十字路口。他的前后左右都有地道延伸开去。地道的两侧是泥土，另外到处都是植物的根还有其他有机物的碎屑。大约每一英尺，顶上都有块木板，防止地道坍塌。

走哪条路？其中一个选择是去果园最近的边缘，这样可能有办法回到地面，但这样也会把马蒂一个人困在这里，独自面对恐惧。不行，他必须首先找到他的朋友。

哪个方向呢？夏洛克被扔进坑里的时候，马蒂在他右边，但是夏洛克在箱子里试图找到出路的时候，他曾旋转了四分之三个圈。这意味着……意味着马蒂在他身后的方向。

他在狭窄的地道里转过身来，肩膀擦过地道两侧，头部擦过地道顶，土壤纷纷落到身上。他尝试着估算一下下一个树坑到这儿的距离。大约十英尺？他开始爬行前进，手指抠进了地道底下的泥土里。往前爬的时候，手指下面不停地有小甲虫和其他不知名的虫子爬开，他尽量不去管它们。由于一直得猫着腰爬，他的后背疼痛难忍，但是他也不去管它。其他的一切都是次要的——他必须找到马蒂，然后两个人一起出去。

突然，他前面有个东西发出了哼哧声。

他一下子停下来，仔细倾听。

前面继续传来哼哧声，还有脚拖在地上的动静。

地道里还有别的东西。

第十四章

夏洛克的脑海中闪过各种可能。前面的动静听起来比昆虫或甲虫发出的大很多。蛇和甲虫也不会发出哼哧哼哧或吸鼻子的声音。也许是狐狸？也许是多年来，狐狸占用了地道，将地道当作了自己的洞穴，这样就不用挖新洞了。

或者是一只獾。想到这里，一股突如其来的寒意如冷水般浇满他全身。獾很凶猛，这一点尽人皆知。它们的爪子非常锋利，善于挖掘，另外牙齿尖锐，脾气暴躁。它们没有天敌——没有任何动物会冒险去对抗獾。它们还十分邪恶。

到头来，他竟然和一只獾一起困在了地道里。

他开始往后退，竭力保持镇静从容。

"夏洛克——是你吗？"一个声音低声问道。

"马蒂！"他如释重负，高兴劲儿让他觉得有点儿头晕，"你在干什么？"

"逃跑。你在干什么？"

"我也是。这么说你发现了箱子底下的出口？"

"其实，"马蒂说，"我是掉下来的。木头烂了。摔得我有一两分钟失去了知觉。醒过来之后，我觉得应该摸索摸索。这么说，这些是逃生的地道啦？"

"看起来是。"

"哪条路通往外面？"夏洛克考虑了一会儿。他最初想的是，每条地道尽头都会有出口，但是现在他知道自己想错了。如果在果园周围到处都留下地道出口，那很容易就会被发现，这样一来，苹果树、树桶和树坑这一整套巧妙的设计也就毫无意义了。不对，只会有一个出口，而且隐蔽得很巧妙；出口可能只能从里面找到，不打开的话，从外面根本就看不出来。然而如果只有一个出口，而整个地道又这么错综复杂，那该怎么找到出路？是的，也许最初藏身这里的人会有油灯，但是也可能没有。紧急情况下，一定有一些方法提示他们走哪条路出去。

"夏洛克？"

"我在思考。"

"好。可是不要太久。"

夏洛克略向后退了几步，回到了他开始移动的箱子底下。他现在处于四条地道的交叉处。他仔细检查着地道交会的地方。他确信，就在这附近的某个地方，会有一个标志，一种指示。对啦！在其中的一条地道里，他摸到了一块光滑的圆形石头，这块石头与他在地道壁上其他地方摸到的石头手感完全不同。这是一个标志——或者至少，它最接近他要找的某种标志。

"我想我已经知道了。跟我来。"

夏洛克沿着地道到了下一个交叉的地方，马蒂在后面跟着。他花了一小会儿工夫，找到了那里的光滑的圆石头，但这一次它是在左边。他就沿那条地道继续爬，同时确保马蒂能跟上他。

下一个交叉口向右，之后的三个交叉口直走。接下来的几个转弯有点儿奇怪——左、右、再向右、再向左，它们好像是在绕着什么东西似的。接下来的五个交叉口又是直走。最后他遇到了一个坚实的障碍物。

马蒂从后面撞上了他："对不起！"

"我想我们找到了。"

他起初只是试探性地推了一下，然后慢慢用力。前面的障碍物纹丝未动。他用手指摸索着检查障碍物。这东西感觉像用差不多大小的粗糙岩石建成的一道墙。夏洛克坐下来想了一会儿。让当年那些同情保皇派骑士的人爬了这么远之后，却在最后一刻阻挡住他们的逃生之路，这好像不合情理。这个难题一定有解决的办法，就跟其他的难题一样。

也许应该用某种工具？他小心翼翼地摸索着左右两边的土壤，希望能有一种没被动物叼走去做筑巢打洞材料的工具。

他刚要让马蒂检查他蹲着的地方，手指突然划过了一块坚硬的金属物。那个东西摸上去很凉。他把它从土里挖出来，从头到尾检查了一遍。这东西像是一根撬棍——就是一根金属杆，其中一端带有尖头。跟人们通常用来从墙上撬石头的东西差不多。

他开始撬起石头墙来。他花了足足五分钟时间，汗水浸湿了衣服，才在石头墙上撬出了一个足够人钻出去的缝隙。钻出来之后，面前是柔软的泥土，他又使劲儿地挖，直到感觉新鲜空气扑在脸上才停下。他头向后仰，充满感激地呼吸着新鲜空气，然后他推开面前残存的泥土，钻过一层厚厚的苔藓和树叶，来到外面的空地上。

银色的月光倾泻下来，这似乎是他所见过的最亮的光。他眨了眨眼，感到一阵眩晕，这时候马蒂爬到了他身边。

他们现在是在果园较远的另外一侧，白天早些时候，他们来过这里。他们面前的地面是个斜坡，往下延伸开去，远处是黑漆漆的田野和田野里黑乎乎的树影。

扭头看去，他发现这个出口从外面完全看不见——除非是有人从里面打开它。他赶紧捡起一些苔藓和树枝，塞到洞口处，重新把它给遮起来，以防有人碰巧经过这里发现它。

"这一次，"他低声说，"真是太险了。"

"我就知道你能把咱俩弄出去。"马蒂平静地说着，把手搭在夏洛克的肩膀上，"谢谢啦，伙计。"

"这没什么。"

"现在怎么办？"马蒂问。

"现在，咱们去通知警察。我不想冒险跟那些家伙打一架。我累了，他们人多势众，而且还有武器。"

"谢天谢地。"马蒂喃喃地说。夏洛克想了一下该朝哪个方向走。在他右手边不远有一条小路，经过莫蒂默的房子。如果他们朝那边走，就会回到他们拴马的地方——假设马儿还在的话。

"走吧。"他说。他的双腿颤抖无力，但是此刻能站起来已经是万幸了，微风拂面，让他倍感惬意。两个人沿着斜坡一路前行的时候，夏洛克注意倾听着果园里歹徒们的一举一动，但是他什么也听不见。不管怎么说，他们做事非常"专业"。

然而，相比之下，夏洛克却有一个优势。他早就想明白了宝藏藏在哪儿。他确信，如果白天再回到那里，自己一定能找到。

他俩走在平坦的路上，一路上坡，朝山脊方向走去。果园在他们右边，此刻仍在视线之内，所以他们走的时候小心地伏下身子，尽量不出动静。到了莫蒂默家院子门口，他们停下来，看看周围有没有动静。

草坪上几乎完全没有果树了。之前用来拉树的马车现在停在了一边，就在房子外面，几匹夏尔马在一旁心满意足地吃着草。夏洛克推测，那些歹徒此刻正在果园里忙着把所有的树放回原地。显然，他们还没有找到宝藏，正准备离开，改天晚上再回来继续找。他如果不采取行动，就会让他们跑掉。

他的大脑飞速地运转着，权衡了所有的选择。

他早就想过，这个团伙应该是躲在附近某个空谷仓，或是类似的地方，他们可以在那里存放改造过的巨大马车。白天的时候，他们肯定不想驾着这样的马车在路上四处晃悠。不久之后，他们就会趁着天黑赶回那里，在那儿歇息一会儿，可能还会小睡一下，然后吃点儿便饭，然后各自回家，等着下一次再出来。夏洛克必须想办法查清楚他们的老巢在哪儿，让他们老老实实待在那里，这样警察才能将他们一网打尽。

他的脑子此刻嗡嗡作响。办法似乎就在那里，就在他眼前，只是他暂时还看不透。

趁没人的时候，他跑到马车那里，往里查看了一下。车上除了拉树留下的一些土，一些绳索和几块防水油布之外，空空如也。他猜测，这些人回去的路上一定会坐马车，让马把他们拉回巢穴，所以即使他想办法上了马车，然后用防水布或其他东西盖住自己，那么如果有人踢到他，或是被他绊倒，或是仅仅是觉得冷，拉过防水布盖一下，就会马上发现他。不行，肯定得用别的办法。

骑马跟着他们？他们一定会提防任何关注他们的人，如果跟得太近，车上的人肯定会发现他。

他蹲下来看了看车底。为了承受树木的重量，车轴做了加固。每个车轴都有几个厚厚的铁箍穿过，铁箍是铆接到马车的木制底部的。铁箍比车轴要大，这意味着车轴的底部和铁箍的内部之间有一定的空间。这让夏洛克想到了一个主意。

他站起来，把手伸到马车后面，抓过来一盘绳索。

"快点儿，"他对马蒂说，"帮我把绳子系到马车下面的轴箍之间。我需要给自己做个类似吊床的东西。"

看马蒂脸上的表情，他似乎不明白夏洛克到底想干什么，但他还是照办了。他们动作很快，要赶在那帮人回来之前完成。他俩做这件事的时候，躲在了马车背向果园的一侧，以防有人回来一下子看到他们。他们用马蒂的刀子把绳子割成一截一截的，把绳子编起来，做成一个粗糙的绳网，然后把绳网绑在车轴箍上。

弄好之后，夏洛克拍了拍马蒂的肩膀："干得好。你现在的任务是回屋里去，在这伙人离开以后叫醒莫蒂默。这伙人显然会把氯仿带走，而不是扔在那儿等着被人发现。莫蒂默醒了之后，你跟他解释一下这里都发生了什么，然后你俩去附近最近的村子，尽量多叫上一些警察和愿意帮忙的村民。我们的马就拴在这里，我相信莫蒂默也有一匹马。如果他没有，就骑我的。让警察来这里。"

"到时候你在哪儿？"马蒂问。

"这会儿我还不知道，但我会发信号告诉你。我会想办法的。"

马蒂盯着他看了一会儿。"我痛恨你没有计划就去做事。"他最后说，"你不擅长临场发挥。"

"唉，我不是把你毫发无损地救出了果园吗？"

马蒂点点头："你是救了我。那好吧——保重。你不许死。"

"我尽量。"

马蒂朝房子的方向跑去，夏洛克则爬进了车底下的绳网上。他的体重把网往下一坠，结果比他预想的更接近地面，这时他突然有一种不祥的预感：在路上的时候，他可能被拖在地上走，而不是挂在车上，但是现在再想别的办法也来不及了。他听到有一群人从果园回来了，还听到他们低沉的谈话声。

"带上氯仿罐。"是裘德的声音——他说话的声音比其他人声调高，声音也更细，但是他说话的语气准确无误地传达出他是这群人的头儿。

夏洛克此刻趴在绳网里面，脸冲下，绳子勒紧了身子。他能感觉到绳子勒着胸口，还把他的胳膊勒到了身后，很不舒服。他试着把胳膊伸到绳网外面，但是那样双手几乎会耷拉到地面，他知道马车一动，他的手指就会拖到泥里，所以他又把胳膊缩了回来。还有一根绳子从他的脖子勒过去，他每次一转动头，绳子就会压住他的气管，让他感觉想呕吐。

他的这个办法可能并不怎么高明。

有人开始往车上装东西了，有人则直接爬到车上，他感觉到马车在摇晃。随着上来的人越来越多，重量把下面的木板压弯了。终于，马儿似乎得到了某种无声的信号，开始拉动马车，马具的绳索绷紧了，马车开始前进。

马车车轮额外加了垫子，行进很平稳，但是即便如此，夏洛克还是感觉自己晃来晃去，反复从一边晃到另一边。身子底下的路距他的身体只有几英寸，他发现，只要地上一有石头出现，他就会紧张地紧盯着不放。他还开始觉得恶心。这感觉像在船上，不同之处是他看不到地平线，也感觉不到微风吹拂。也许更像是在甲板下面。

要是周围的环境好一点儿，这样前后摇晃可能会让他昏昏欲睡，但是现在，他一直在担心系在铁轴上把绳网吊起来的绳结。如果万一有一个绳结滑开了，那么最好的结果就是他被扔在路上，落在后面。最坏的结果是，他的脚可能会卡在绳索里，被马车一路拖着行进，他的皮肤会被一块块石头磨破，到最后让他看起来像挂在肉店窗前的牛肉。

路上扬起的灰尘让他的喉咙干渴难耐。那一刻，要是有一杯水，哪怕要一百英镑他也愿意买。

这段路似乎无穷无尽，但是实际上，他们才走了不到半英里的路，马车就放慢了速度，笨拙地拐入一片带栅栏门的场院。外面仍是漆黑一片，但是当月光被某个黑压压的东西遮住时，夏洛克知道他关于谷仓的推测是正确的。马车进去之后就停下了。夏洛克等着车上的人下车，把马解开。

"案子上有啤酒、面包和肉。"裘德大喊道，"酒足饭饱之后，睡上几个小时。抽烟的话就去外面——草皮都干透了，落上烟头会把这里整个给烧了。太阳升起后，大伙儿就可以离开了，但要分开走。一次只能一两个人出去，这样不会引起怀疑，回家的时候不要走同一条路线。明晚日落时分回到这里——咱们现在快成功了，我想加快进度。"说到这里，他的声音更大了，"相信我，伙计们——咱们很快就能搞到那笔钱了！"

这群人发出稀稀拉拉的欢呼声，之后大约半小时，一直都是他们的谈话和吃喝的声音。但是这群人在忙活了一夜之后肯定是很累了，很快他们就安静下来，然后鼾声四起。

夏洛克又等了十分钟，然后从绳网里钻出来，爬到了谷仓脏兮兮的地面上。

他小心翼翼地往外面爬去，而且心里做好了准备，如果有人没睡着，看到了他，他就赶快跑，但是这些人都四仰八叉地躺在干草上，张着嘴打鼾，眼睛紧闭着。夏洛克不无渴望地看了一眼案板上的啤酒罐，但是要拿到它，得跨过五六个人。不值得冒这个险，他想。

他往周围看了看。谷仓看起来像是新建成的——他仍然可以闻到新鲜木材和木馏油的味道。木馏油涂在木头上，可以保护谷仓不受恶劣天气的损坏。应该是那个叫裘德的男孩儿找人建的，为的就是干他的勾当。夏洛克发现自己越来越欣赏这个男孩儿了——他为此制订的所有计划，以及他能够让年龄是自己三四倍的人俯首帖耳听他号令的本事，都说明这个男孩儿有很强的人格魅力，处事令人信服。如果换一种生活方式，他可能会是一名优秀的士兵，或者是一名侦探，但他选择了一条显然更容易却不那么道德的路。

想到裘德，夏洛克看了一圈谷仓，想找到他在哪儿，但是却没有找到。也许他蜷缩在了一堆干草下面。

那么现在该做什么？裘德提到过草料非常干燥。夏洛克很容易就能把谷仓点着，但然后呢？这可能会破坏掉裘德的计划，但这伙人也会四处逃散，永远不会被绳之以法。再说——这可能会烧死人。他们可能很坏，但还不足以被判死刑，而且夏洛克也不想因为他们的死让自己良心不安。

他准备执行他在莫蒂默的房子前就想好的计划，虽然他刚才一度曾将这个计划抛诸脑后了，但是现在他希望这个计划行得通。

他最后看了一眼谷仓，然后爬上了马车。正如他所料想的那样，装满氯仿的牛奶搅拌器的罐子还在车上。显然，没有必要把这堆东西卸下来等用的时候再装上。

他花了不到五分钟的时间就把所有的盖子拧开了。

氯仿那种特殊的气味开始在谷仓里飘散，夏洛克感到眼睛刺痛，四肢沉重。他赶紧跳下车，朝门口跑去。临出去之前，他抓了几把干草。大门已经关了，只留下一条小缝，他挤了过去，然后把门彻底关死了，把干草塞进了底下的缝隙，防止氯仿泄漏出来。谷仓里可能到处都是各种各样的洞，但是如果他足够走运，氯仿从罐里蒸发出来的速度要比从谷仓泄漏出来的快。里面的歹徒会一直酣睡，直到警察到来。

想到警察，这提醒了他……他还必须给马蒂和警察留下某种来到之后能找到这里的记号。

他现在在谷仓外，站在户外的场院里，周围是一些闲置的农具。他脑子里迅速清点了一下眼前的东西：锄头、犁、木梁、盛木馏油的罐子……木馏油！这是易燃物！

朝罐子走过去的同时，他已经酝酿好了计划。刚开始，他想找一堆木头点燃，但是如果有人醒来，而且意识到发生了什么，很容易就能把火扑灭。于是，他搬着盛木馏油的罐子朝大路上走去。他只花了大约一分钟的时间就从罐子里倒出了黏稠的液体。一些木馏油渗入了泥土里，但是它很稠，就像糖浆一样，倒了一会儿之后它就开始在地表上聚集：一团大箭头形状的褐色污渍闪闪发光，指向谷仓的方向。

他现在需要的是一团火。

夏洛克口袋里一个小金属盒里装着一块打火石和小石头。之所以随身带这些东西是因为他发现，生活中经常需要生个火什么的。另外，口袋里还有几张废纸，他把纸撕碎，堆在木馏油上，拿出打火石，试了几次。很快，废纸就被点着了，木馏油也跟着着了。看到火焰开始蔓延，他迅速后退了几步。这团火就在路中间，不管是谁路过都能看得到。退了几步之后，他还能感觉到脸颊和前额上烫烫的。

"我必须为此而夸赞你一下。"一个声音在他身后响起，"你很有创造力。仅仅从你脸上的神情，我就能判断出你对我是个麻烦。你是怎么从树下逃走的？"

夏洛克转过身。裘德站在几英尺远的地方。他手中拿着某种农具：一根长木棍，其中一头装着一个锋利的弯刀，看起来像月牙一样。是镰刀，夏洛克想，这是收获时割干草的工具。他倒不是什么农具专家，但是在过去的几年中，他的确从实践中学到了很多关于利器的知识。

"你善于读懂人。"他说，"我善于读懂形势。我寻找证据，你则寻找人们嘴角的抽搐和眼皮的跳动。对于藏身那里的人，一定会有出路的。某种紧急出口。"

"能发现这一点，你非常聪明。"裘德点了点头，"也许你的确是已经想明白了宝藏藏在何处。我更应该夸赞你了。"

"平心而论，"夏洛克坦言，"我俩上次谈话的时候，我只知道如何找到它，还不知道它到底在哪儿。不过，那之后，我的确知道了它在哪儿。"

"你想告诉我吗？"

夏洛克摇了摇头："不可能。"

裘德举起了镰刀："我能说服你吗？"

"你可以试试。"

"我原本也想给你一件武器的，但是——"他耸耸肩，"那样我俩就都有胜算了，而我呢，喜欢让自己的胜算大一些，只要是跟人——"

话还没说完，他抡起镰刀就朝夏洛克的头扫过来。不过，抡起镰刀之前，他右手肌肉的一个抽搐暴露了他的企图。夏洛克躲开了，镰刀带着风声从他头顶掠过，他能感觉到它飞速划过时一闪的寒光。

夏洛克直起腰，看到裘德重新举起镰刀，准备朝他的头砍下来。他右脚猛地一踢，把一个装木馏油的罐子踢向了裘德。罐子打在裘德膝盖上，木馏油四处飞溅。裘德一个跟跄，腿一弯，朝一边歪倒，此刻镰刀已经劈了下去，戳进了泥土中，这让他的身体失去了平衡。

趁他还没有站稳，夏洛克发起了进攻。他抓住裘德的衣服，同时用头撞向他的胸腔，把他往后推。他们一起滚到了地上，开始是夏洛克在上面，然后裘德占了上风。最后裘德摆脱了夏洛克，骑在了夏洛克身上。裘德快速扫了一眼四周，想找刚才那把镰刀，但是镰刀太远了，够不到。于是，他开始挥拳猛击夏洛克的脸：右一拳，左一拳，再左一拳……

夏洛克尝到了血的腥味。他竭力用小臂挡住裘德的拳头，但是，拳头仍然像锤子一样从四面八方向他袭来。

他突然猛蹬了一下右腿。他的膝盖顶到了裘德的腰部，顶得他向前一跟跄，倒向夏洛克，他的胳膊不自觉地伸出去支撑，防止自己摔倒。利用他分神的片刻，夏洛克伸出手，托住裘德的下巴从下往上用力一推。裘德上下牙突然咬在了一起，同时夏洛克听到了一声清脆的咔嗒声。这也有可能是他的头向后仰的时候脖子断掉发出的声音。

夏洛克从倒下的裘德身下挣扎了出来，爬到一边，朝着插在地上的镰刀跑去。如果裘德还活着，还能动，那么这把镰刀似乎是他结束这场争斗的唯一机会。

　　他的手指刚碰到木柄，就看到一个黑乎乎的东西从一侧向他飞来。他刚刚来得及稍微偏过头看看是什么东西，一个坚硬锋利的物体就击中了他的左眼。他的身子往旁边倒下了，脑袋里的剧痛就像烟花般爆裂开来。

第十五章

夏洛克倒下了，感觉脸重重地砸在地上。额头、脸颊和下巴上，到处都黏糊糊的。是血吗？他伤得有多重？

他打了一个滚，以防裘德赶过来继续袭击。手上沾满了棕色物体，不是血迹，是木馏油。裘德应该是用一罐木馏油砸中了他的头。

还好，血已经止住——至少是流得不太多了——他站了起来。镰刀在不远处，他过去捡了起来。夏洛克感觉嘴里都是木馏油的味道，看到裘德正蹲在谷仓附近。裘德手里拿着一样东西，是从一堆木头中抽出来的。他转过身之后，夏洛克发现也是一把镰刀——跟自己手里的带把的大镰刀前端的弯形刀形状类似，只不过柄是短的。

"刀锋对刀锋。"裘德说。他的声音含混不清，"多么具有历史性的一刻。考虑到这一切都跟骑士宝藏有关，又是多么恰如其分。"

"事情本不必如此。"夏洛克气喘吁吁地指出，"咱俩势均力敌。咱俩要做的，不过是不断伤害对方，而警察正朝这边赶来。你已经看到了我留给他们的标记。"

裘德朝马路那边瞥了一眼，然后重新看向夏洛克。两人脸上都沾满了血液、污垢和木馏油。透过脸上的污垢，能看出他若有所思。"我知道你在想什么。"夏洛克说，"你在想，能否在我阻止你之前，跑过去把火焰熄灭，但是你办不到。要么跟我决一死战，要么熄灭火焰，但你不可能同时办到这两件事。"

"我也知道你在想什么。"裘德回答，他的嘴唇有个地方裂了个口子，肿了起来，使他说话很吃力，"你并不想杀了我，只是想阻止我，为此让我受伤也就够了。所以你是心怀顾虑，而我则毫无顾忌，也就是说，在其他情况都等同的情况下，我将赢得最终的胜利。"他指着自己，然后又指了指夏洛克，"咱们体格也差不多，对不对？咱们体格、力量和能力都相当，现在还持有相似的武器。唯一的区别是咱们愿意给对方造成多大的伤害？从这一点来看，我会赢过你。"

夏洛克摇了摇头："我不这么想。"他知道他们之间的谈话不会有任何结果，但是他需要喘口气，他想裘德也需要。

"我的确得把信号熄灭。"裘德说。他弓起了身子，好像是准备冷不丁地做什么动作，"事实上，我迫切地想熄灭火，为此不惜将你置于死地。你愿意为了阻止我而杀死我吗？你不得不这么做。"说到这里，他笑了——因为嘴唇干裂，他的笑极不自然，"透过你的表情，我能看出你的性格。你并不是真心想成为一个杀手。"

夏洛克清楚裘德此举的目的。裘德正试图干扰夏洛克的自信心和战斗力，削弱他的信念，但他的这一招不会有效果的。

"我之前杀过人。"夏洛克冷冷地说，他并没感到自豪，但那是事实，他偏了一下头："我想是迫不得已吧。也许是一时冲动，也许是意外。但是我认为你不会做出杀掉我的决定——"夏洛克的话音未落，裘德便朝马路上火焰燃烧的地方狂奔过去，虽然他的右腿一瘸一拐，跛得厉害，但奔跑的速度仍然十分惊人。

夏洛克像投标枪一样把镰刀扔了出去。

镰刀的木柄恰好插在了裘德的两腿之间，把他绊倒在地。裘德一下子侧身翻了过去，趴到了地上。夏洛克从他身边跑了过去，没去管镰刀，而是要抢在前面，站在裘德跟箭头状的火焰之间，挡住他。

夏洛克跑到路上之后，转身发现裘德已经站在了面前，仍然手握镰刀。他满脸是黏稠的木馏油、污垢和血迹，看上去就像从噩梦中钻出来的怪人一般。夏洛克猜想自己看上去可能比他还要难看。"你这人到底是怎么回事？"裘德咆哮着，"你为什么不放手？我真是无法……"

趁着话音未落，裘德再次突然冲向夏洛克，但是夏洛克早已知道了他的这种伎俩，并且做好了准备。他后退了几步，眼角的余光可以看到路上的火焰，这时他弯下腰，手捧起了一些燃烧着的木馏油，泼向朝他扑过来的裘德。

火焰烧伤了夏洛克的手，他连忙用路上的土把手上的黏稠液体擦掉，但是火焰在裘德身上烧得更厉害。火焰引燃了他衣服上的油，轰轰地烧起来。裘德扔掉镰刀，倒在地上，在土里翻滚，直到身上的火全部熄灭。之后他慢慢地站起来，检查了一下胳膊和腿，看看还有没有其他地方在烧。衣服上没沾上木馏油的地方都被烧黑了，皮肤上也起了水泡。

"什么东西如此重要，让你这么苦苦坚持？"裘德喊道，"你为什么就不能停下来？现在你应该停止了！"

"我有我的事要干。"夏洛克简单地说，话语的简洁程度让他与裘德都大吃一惊，"我答应过一个人，要帮助他们的一个朋友解决一个谜团，我就是要做好这件事。"

"是谁这样重要，让你如此信守承诺？"裘德想知道。

"不是什么重要人物。他叫费尔尼·韦斯顿。他是个警察，曾经是个警察。"

这个名字犹如一桶冷水泼在了裴德身上，让他打了个激灵。他直起身子，面无表情。他盯着夏洛克，在原地站了好长时间，然后扭头朝谷仓跑去。

夏洛克双手按在膝上，休息了一下。任务几乎就要完成了。没有什么要做的了。唯一能做的就是等待警察和马蒂的到来，并希望裴德不要再发动另一轮攻击。

此刻，他的大脑里思绪万千——很多画面像拼图一样围绕着彼此旋转，有时相互撞击，引发一场痛苦的争斗，然后重新弹开。裴德，还有在夏洛克提到费尔尼·韦斯顿时裴德脸上的表情。裴德承认在与同伙参与抢劫艺术品时，收到了内部信息。夏洛克在查尔斯·道奇森的书房见过的一张照片，照片中有费尔尼·韦斯顿、他的妻子玛丽和一个男孩儿，以及莫蒂默·马伯利和哥哥迈克罗夫特·福尔摩斯。

突然之间，他意识到了裴德的去向和目的。

一切都还没结束。

夏洛克扔下路上燃烧的标记，还有满是昏迷的歹徒的谷仓，沿着马路，跟跟跄跄地往回走，去找他和马蒂之前留在莫蒂默的房子外面的马。他依稀记得自己跟马蒂建议过，如果莫蒂默没有马，就让莫蒂默骑他的。现在，他真的希望莫蒂默有自己的马，否则，他就不得不回到谷仓，寄希望于那些歹徒把几匹马留在了那里——当然，夏尔马不行，因为这种马只适合拉车，跑不快。

他的思绪乱窜，不得不强迫自己保持清醒。他意识到自己走路的时候摇摇晃晃，总是走偏，所以赶紧集中精力，好好观察前方道路的特点，尽力沿着直线走。不知不觉，他已来到莫蒂默的屋后，给马备好了鞍，至于他是如何从马路上来到那里的，他已经记不清了。他的手指根本不听使唤，好不容易终于备好了马鞍。马静静地站立等着，他费力地爬上马鞍，策马向韦斯顿先生的房子奔去——按他的猜测，那里即将上演一场尴尬的家人重聚。

在以后的岁月里，夏洛克早已记不清那次疯狂的骑行了，只是零星记得一些噩梦般的片段，就像某位疯狂的摄影师拍摄的一组图片——教堂一闪而过，云朵飞速穿过夜空，马蹄无情地踩踏着地面。好像是通过某种超乎自然的方式，马儿知道该往哪儿走。而且很显然，他那种状态也根本不知道怎么指挥马儿。

这一路似乎是永无完结，又似乎是转瞬即逝。

韦斯顿先生的房子跟夏洛克第一次见到的一样，仍旧是歪歪扭扭的。前门敞开着。马疾驰到门口，停了下来，夏洛克半滑半跌地下了马。他摇摇晃晃地从前门走了进去。绕过一楼的房间——他知道这一切会在哪儿收场。这件事一定会在那儿收场。

推开玛丽·韦斯顿卧室的门，他发现里面有三个人。

玛丽跟以前一样，躺在床上。她脸色苍白，但是在她拽过床单遮住自己的时候，神情却是镇定自若。韦斯顿先生站在她身边，半坐在床上，一只胳膊搂着她。他此刻戴着皮面具。

裘德——裘德·韦斯顿——站在床尾处，手里拿着费尔尼·韦斯顿的枪，指着他俩。他一身烧伤，起了水泡，浑身脏兮兮的，还沾满了木馏油，愤怒异常。

此刻，他转过枪口，对准了夏洛克："是的，当然是你。怎么可能是别人？请进来，加入这个大家庭。"

夏洛克从裘德身边走过，来到床头。走到一半的时候，一个疯狂的念头从脑海中一闪而过：是否可以夺过裘德手中的枪？但是从裘德愤怒的眼神和狂躁的表情，他知道，他此刻是站在刀锋上。稍微一点儿颤动，一丝轻微的移动，枪就可能会响。

夏洛克站到了韦斯顿先生身边。

"我解决了马伯利先生的问题。"他强装镇定地说着，希望以某种方式打破这种死寂，"结果是，房子从未移动，但果园移动了。归根结底，都跟骑士宝藏有关。"

"这正是你和我需要谈一谈的事。"裘德说，"但是首先，我想我的父亲需要道歉。"

"道歉？"韦斯顿先生的声音低沉沙哑，充满了愤怒，"狗崽子！离家出走的是你。让家族蒙羞的是你。"

"你知道他参与了艺术品盗窃案？"夏洛克猜测到。

"我只是怀疑——随着时间的推移越来越怀疑——但我没有任何证据。裘德一向很聪明，但他道德败坏，做事肆无忌惮。不管他想要什么，都会想法弄到手。我试图管教他，送他去管理严格的学校，但不起任何作用。更糟糕的是，单凭自己的人格魅力，他就能征服同学，带领他们反对老师，煽动造反。人们愿意随时随地跟随他。他有那种人格力量。他得到了牛津大学的奖学金，不过我怀疑他是骗来的，但是被学校开除后，他就消失了。我们再也没收到他的来信。"

"既然你要这么说我，那让我看看你的脸，父亲，"裘德装出温和的声音说，"为什么不摘下面具？看着我的眼睛。"

"裘德——不要！"玛丽哭喊道，但是裘德猛地拿枪对准她，她顿时安静下来。

韦斯顿先生伸手解开面具上的锁扣。他将面具摘下，露出伤痕累累的脸庞，一块一块的头皮，还有他愤怒的眼神。

"这些都是你造成的。"韦斯顿先生说，"你在我们认为是你藏身之处的房子里设置了陷阱。"

"是我做的。现在我打算完成我做的事。那时你妨碍了我的工作，现在还在干扰我，派这个……还是个孩子的侦探……来阻止我。"

他调转枪口，对准了韦斯顿先生的脸。"说晚安，爸爸。"他咆哮道。

"回答我一个问题。"韦斯顿先生平静地说，"你欠我一个回答。"

"我什么也不欠你，但是问吧。回答这个问题也许能让我开心。"

"警局里是谁向你提供了有关我们调查的信息？我百思不得其解。告诉我，然后把我和你妈都杀了——如果你一定要这么做的话。上帝知道，这对我俩来说将是一个恩赐。"

"哦，我并不打算杀了你俩。"裴德说，他看了一眼夏洛克，"你来告诉他为什么。从你的眼神以及绷紧的嘴唇，我想你已经知道真相了。"

"知道什么？"韦斯顿先生问道。

夏洛克叹了口气。"搞清楚真相并不难。"他说，"通风报信的人，和告诉裴德有关马伯利先生以及他家有骑士宝藏一事的，是同一个人。他正是从这个人身上继承了犯罪倾向。韦斯顿先生，这人就是你的妻子。"

这话的冲击像大钟的震动一样在空中经久不息。

"可——"韦斯顿先生欲言又止。他的脸上多种情感相互交织，循环往复——怀疑、理解、愤怒、无法接受。

"据我所知，她策划了整件事情。"夏洛克继续说。

"但是——那所房子？陷阱？她也落入了那个陷阱！"

"我想，那纯属意外。"夏洛克将目光从韦斯顿先生转向玛丽，玛丽警惕而又饶有兴趣地看着事情的进展，"她之所以进去，是想确认一下你的确已经死了，但是当一根房梁落下的时候，她被砸中了。从那以后，她需要你照顾，而随着你从警局退休，你对他们也不再构成威胁了。她从那时起一直与裴德保持联系，给他需要的夸奖，给他指令，而裴德也随时向她报告自己的勾当做到哪一步了。"

"可是——他们怎么做到的？"韦斯顿先生气急败坏地问。夏洛克注意到，此刻他的手已经从妻子身上拿下来了，攥着床罩。

夏洛克朝仍放在床头柜上的牛皮纸和绳子点了一下头，那是从他和马蒂追踪的装有尸体部位蜡像副本的包裹上解下来的，现在想来，事情都好像过去了好几个星期了似的。"问题在绳子上，是不是？"他问玛丽，"绳子上的结可真不少，而且间隔很奇怪。我第一次看见时就注意到了。绳结的排列方式中包含密码，对吗？"他回头看了眼韦斯顿先生，"包裹送到这里之前，他们的某个手下会拿到包裹，并重新包装，把密码编进绳子里。我推测还有一套相似的发送信息的密码系统——你的妻子有没有让你邮寄过一些她自己包好的包裹？"

"都是刺绣。"韦斯顿先生喃喃地说，他那笨拙的满是伤疤的手指仍然紧紧攥着床罩，"她把刺绣寄给一些朋友——她的朋友似乎遍布世界各地。我从来都不明白，她是怎么认识那么多的人的。"

"哦，"夏洛克说，"刺绣其实就是一系列编织在一起的结，对不对？"

"够了，"玛丽打断了他的话，声音听起来仍然欢快而友好，她说话的语气就像一个小学女教师在跟一班不守规矩的孩子说话一样，"如果我们不加以制止，这场谈话会持续一整天。裘德——我不想让血溅到这里。把他们两个带出去，在花园里杀了他们，然后把尸体掩埋起来。你可以搬回来住了。情况就要发生变化了。"

"乔治呢？"裘德问道。

"他被蛇咬伤了，还在楼上躺着，真是蠢透了，不然的话我会让他来帮忙的。"

夏洛克目测了一下自己与裘德之间的距离，但是太远了。不等他动，裘德就会开枪把他打死。他能感觉到旁边的韦斯顿先生紧张不安，于是把手放到他的肩膀上，不让他轻举妄动。也许他们在下楼的途中，或是到了一楼的时候，能有机会下手。只是可能。但是他一点儿都不确定。裘德阴险狡诈，在夏洛克下手之前，仅仅是看见夏洛克扭动了一下肩膀，他就能猜测到夏洛克的计谋。

"过来，"裴德拿枪示意道，"出去。"他倒着退进大厅，让他们走到门口，但是同时，还跟他们保持足够的距离，不给他们对他发动突然袭击的机会。

"玛丽……"韦斯顿先生哀怨地说。他伸出手，想去握妻子的手。她拍了拍他的手，冲他笑了笑说："别担心，亲爱的。裴德下手会很麻利的。对他而言，这仅仅是例行公事，对我也一样。仅仅是例行公事。"

韦斯顿先生站了起来，但是在夏洛克看来，他已经缩成了一团。他已心力交瘁。

夏洛克走进大厅，韦斯顿先生跟在后面。裴德沿走廊后退，避开了楼梯。他一直用枪指着夏洛克的额头。"现在下楼，"他说，"慢慢走。如果你突然移动，或者突然转身，我会开枪让子弹穿透你的脑袋。"

夏洛克转过身，面向楼梯。他此刻想不出任何的办法。裴德已经想好了所有的角度，所有的动作。他能预测夏洛克每一个可能的动作，并进行反击。

万念俱灰之中，他朝楼梯迈出了第一步，也迈向了死亡。刚迈了几步，有个人影冒了出来。那人一直藏在楼梯的头几个台阶下。

是马蒂。他手里握着什么东西。颜色鲜红鲜红的。

"躲开。"马蒂喊道。

夏洛克一下子趴到了地上。与此同时，他看到马蒂扬起手，用尽全力把手里的东西扔了过来。夏洛克听到裴德在后面大喊道："怎么——"他的话语被"啪"的一声打断了，然后是窒息的声音。

在朝地上趴去的过程中，夏洛克扭头看见裴德站在大厅偏后的位置。他的嘴里露出了一个红色的东西。他仍然拿着枪，但是似乎并不知道该怎么办。他的手耷拉了下去，手里的枪也垂了下去。他的眼睛睁得大大的，充满了愤怒，而嘴里则发出了"咯咯"声。

他像一棵被齐根砍断的大树一样，倒了下去，重重地倒在地毯上。他的父亲目睹着这一切，露出难以置信的表情。

夏洛克转向马蒂，爬了起来。"你做了什么？"他问道。

他朋友此刻脸色苍白，大汗淋漓。

"我去了谷仓。"他说，说话带着明显的痛苦，"看见了标记。在那里听到有人说，看到你骑着马横冲直撞地跑过去了，就跟着你来到了这里。到了这里我却不知道该怎么办。我手里没有武器，于是就从楼下的水缸里抓了一只毒蛙。心想只是碰一下，应该不会中毒，只有进入体内才会中毒。所以我就拿这东西朝他砸过去了。"

说到这里，他举起了右手，发现上面满是水泡。

"我想我可能搞错了。"说罢，他便倒在了夏洛克的怀里。

尾 声

··· Epilogue

天空湛蓝如洗，阳光明媚，真是完美的一天。军乐队坐在演奏台上，他们手里的铜管乐器在阳光下熠熠闪光。演奏者都面朝站在中心、身穿制服的指挥。只见他举起了指挥棒。他戏剧性地把指挥棒往下一挥，所有人都立即开始演奏一曲令人振奋的进行曲。

公园里挤满了人——情侣相伴而行，父母牵着孩子，偶尔也有几位身着黑色正装、头戴礼帽的男子，拿着手杖在阳光下漫步。围绕音乐台的大多数躺椅上都有了人，不过夏洛克和迈克罗夫特还是设法找到了树荫下两把靠在一起的躺椅，而且这两把椅子旁边正好有个过道，跟其他人隔开了。

"这才是生活。"迈克罗夫特说。他手里拿着一个圆筒冰激凌，融化的冰激凌顺着圆筒淌下来，他偶尔去舔一下，"家庭、阳光、冰激凌，还有铜管乐队。我一直认为，英格兰拥有世界上最好的军乐。意大利有威尔第和罗西尼，奥地利有莫扎特，德国有巴赫家族的好几代人，但是我们有铜管乐队，还有让人振奋的军乐进行曲。相比之下，我还是觉得我们的更好。"

"你什么都不告诉我。"夏洛克平静地说。他拼命地想对哥哥做出生气的样子，但是他手里也拿着冰激凌，有些不容易做到。"我怀疑，美利坚合众国将在进行曲方面超过我们。"迈克罗夫特接着自己的话说，就好像夏洛克什么也没说似的，"我已经听到不少人夸奖一位年轻的作曲家，名叫约翰·菲利普·苏萨。然而，就目前而言，我们仍在这个领域超群绝伦。什么也比不上好的军乐进行曲。"

"迈克罗夫特……"

"你的小朋友马修怎么样啦？"迈克罗夫特打断了他。

"他正在恢复。"夏洛克眨了眨眼，心里想到马蒂真的是差一点儿没命。多亏了韦斯顿先生反应迅速，立即用木炭搓了马蒂的手，又给他注射药物，抵消青蛙皮肤上的毒，这才救了他一命。等他情况稳定后，夏洛克就让他搬到了麦克科里瑞太太的家中，那里还有一个空床位。麦克科里瑞太太似乎挺喜欢马蒂的，时时刻刻关照他，给他披被子，还几乎每小时都要喂他吃好吃的。夏洛克预计，等他从伦敦回去的时候，马蒂会长不少肉。

"好。他是个机智勇敢的孩子。这世上要是没了他，肯定就会少了点儿什么。"

"你要是一开始就跟我说实话，他根本就不会遇到危险！"夏洛克厉声说。然而，他对自己的情绪反应立即就感到有些懊恼，于是低头去舔冰激凌。

迈克罗夫特重重叹了口气——夏洛克注意到，哥哥最近一些日子以来，只要是叹气，就很沉重。"我并不是故意隐瞒信息。我只是不希望你初到牛津就有这个心理负担。我原本计划，你到了几个星期之后，给你写信提一下莫蒂默·马伯利的情况，建议你到他家附近看一下。我原本也计划在适当的时候告诉你费尔尼·韦斯顿的情况。我只是——"

"你只是想尽可能让我当你的免费特工，而不用成为你的正式特工。"夏洛克说。

"的确。"迈克罗夫特的表情让人琢磨不透，"最好的特工，就是自己也没有意识到自己是特工的人。"

"你把我送到牛津，是不是全都为了莫蒂默·马伯利？"夏洛克问道。

"绝对不是。牛津大学是你此时此刻应该去的最佳场所。我的注意力被费尔尼·韦斯顿寄给我的一封匿名信吸引到了莫蒂默的境况中，这也纯属巧合。出乎我预料的是，你能这么快就发现问题并解决它。我也没预料到小马修会在此过程中受到如此严重的伤害。"说到这里，他停了一下，"夏洛克，放心，假如当初我送你去的是剑桥，那里也会冒出什么案情吸引你去调查的。事实上，在英格兰，无论你去哪儿，可能都会有一大堆当地警察无能为力的问题和谜团等你去解决。"

夏洛克耸了耸肩："另外，看起来整个英格兰好像都需要某种类型的侦探，他们应该比警察更有学问，也更有韧性。"

"你记住这一点，将来你可能会在这方面做得不错。"迈克罗夫特舔了舔冰激凌，"费尔尼·韦斯顿原以为他可能当这种侦探，但是，虽然我非常尊重他本人，我觉得他身上长的还是警察的大脑。他的想法都直来直去的，没有拐弯，你则比较灵活。"

"他的妻子怎么样了？她会有什么下场？"

"我们调查得越多，发现得就越多。"迈克罗夫特神秘地说。

"我们？"夏洛克追问道，"我原以为你是外交部的，不属于警务部门。"

"去年，一位美国的铁路大亨在一家昂贵的餐厅喝汤的时候死掉了，而第二天他就要签署一份重要的商业协议。最初，人们怀疑他死于心脏病，但是进一步的调查发现，在他的龙虾浓汤中，有一种从箱形水母中提取的速效毒药。两天后，一家俄罗斯公司得到了原本属于死者的那笔生意。那件事之后，过了三个月，意大利的一位法官在喝了一杯酒后死亡，而他马上要开庭审理一个梵蒂冈官员银行欺诈的案子。同样，人们最初怀疑是心脏病，而后来，又证明是投毒——这一次，毒药是从响尾蛇身上提取的。随后，案子也就没法审了，因为没有法官愿意填补这个空缺。自从费尔尼·韦斯顿和他的妻子遭遇'意外'之后，世界各地出现了二十，甚至是三十起类似的案子。"

"她为世界各地的犯罪分子提供毒药？"夏洛克惊呆了。

"是的。"他的哥哥证实，"毒药是这个女人的武器。此类案件在世界各地的蔓延，以及它们对政治和政府所造成的不稳定影响，使之成了外交部要面对的事情。"

"她看上去那么和蔼。"夏洛克想起了他与玛丽在她卧室里的谈话，"人也长得漂亮。"

"啊，最恶毒的妇人！啊，恶棍，恶棍，满脸堆笑的恶棍。"迈克罗夫特轻声说，"威廉·莎士比亚在《哈姆雷特》中似乎如此说过。我之前就已经说过，我会再说一遍：任何政治问题的解决方案，都可以从《哈姆雷特》中找到。"

"但是她自己一个人是没法提供毒药的——必须有人一直在帮她，而我不相信这人会是韦斯顿先生。"

"我怀疑那个仆人——乔治。我们正在调查他。另外，我回答一下你刚才的那个问题。我预计，对于韦斯顿夫人，什么都不会发生。她已经瘫痪了，卧床不起，而且正如你所指出的那样，长得也漂亮。把这样的女人送到法庭上审判，会让普通民众感到恐慌和愤怒。她会受到严肃警告，然后被监视起来。那所房子进出的所有邮件都会被开封检查。她的生活也会受到监视。更糟糕的是，她的丈夫会知道一切。他不会离开那个家，但是他会抛弃她，只不过人还在身边罢了。真是不幸的结局。"他突然换了个话题，接着说："可是，那些骑士宝藏怎样了？那个孩子和他的母亲花了那么长的时间苦苦寻找，你可不要跟我说，你是不经意间发现的。"

"算不上是'不经意'。"夏洛克说，"我已经注意到，果园里的苹果树的品种不同，而我认为，栽树的人，可能是借此留下线索，指明财宝埋藏的位置——比如，如果果园里只有一棵国王品种的苹果树，或是皇家花园品种。不过，后来，我和马蒂在地道迷宫中钻过之后，我意识到，只有一棵树，不论是哪条地道都不通往它的下方。没有地道通往这棵树下面的唯一理由就是，从来没有人藏在那里，而这意味着它是藏宝的理想场所。"

"啊，"迈克罗夫特说，"当然，多么简单。"

"你去了那里才会觉得简单。"夏洛克喃喃地说。

"你对查尔斯·道奇森怎么看？"迈克罗夫特继续问道，就好像夏洛克什么也没说似的。

"他的大脑就像一个开瓶器。"夏洛克面带微笑地说，"他痴迷于数学谜题的文字游戏，真是让人佩服。我觉得，我必须不断地跑，才能跟上他的步伐，至少从精神上是如此。这是一种让人很愉快的感觉。"

"他对你也很器重。"迈克罗夫特说，"他写信跟我说的。他发现你是个优秀的学生。"他笑了，"我很高兴。"

军乐队完成了演奏，人们纷纷鼓掌。夏洛克和迈克罗夫特也尽力鼓掌，不过他们都拿着冰激凌，不能太使劲儿。

"你要是不喜欢牛津，也可以回伦敦。"迈克罗夫特接着说，"我不希望强迫你做任何自己不喜欢的事。"

夏洛克想了一会儿，他最终说："不，我想我会留在牛津。我觉得那里挺好玩。并且，当然了，目前马蒂也没法动弹，去不了别的地方。"

"的确如此。"迈克罗夫特沉默了一会儿，"也许我可以派人给他送一篮子好吃的。"他补充说，"算作我的道歉。"

"我觉得他在那里得到的食物足够多了。"夏洛克回答道。他突然笑了起来。

"笑什么？"

"趁他卧病在床，你倒是可以帮他把驳船修理一下，刷一下油漆。我想他会心存感激的。"

"那就这么办。"此时，乐队奏响了另一曲，迈克罗夫特躺回到躺椅上，闭上了眼睛。他喃喃地说："啊，这一刻真是完美。真希望我能永远享用这一刻。我希望我能留下你的肖像，就你现在的样子，不要等你再长大，成了一个男人，不再是个孩子。"

夏洛克想起了不久之前，在伊西斯河的岸边，查尔斯·道奇森给他拍了照片。他平静地说："总有一天，我们都可以拿着像火柴盒大小的东西，侧面有个杠杆，当我们按下杠杆的时候，盒子里的玻璃板就能记录下我们所看到的一切，并把这种图像留给子孙后代看。"

"真是异想天开。"迈克罗夫特回答道，眼睛仍然闭着，"你还不如说，有朝一日我们会有另外一种小盒子，按一个杠杆，不知怎么的，就能神奇地记录下这美妙的音乐，自己在家里就能方便地重新播放出来。"

夏洛克笑了。"一直都有新的东西被发明出来。"他回答道，"也许，记录图像和记录音乐的会是同一个盒子。"

迈克罗夫特哼了一声。"享受此时此刻吧，趁你还可以好好享受。这一切永远无法重现。"

夏洛克闭上了眼睛，静静地躺在躺椅里。他知道，在这方面他的哥哥是错的，而迈克罗夫特坚持说世界将永远跟当前的情况差不多，让他有些担心。面前就有变化——很大的变化——而世界需要做好准备，迎接这些变化。

作者后记

本书是"少年福尔摩斯"系列中的第七本，它是一个奇怪的混合体。至少，在我的心目中它是这样的。一方面，它标志着与过去的决裂：让夏洛克离开大本营，即他的伯父家（尽管在五、六册中，他实际上也没待在那里），让他准备进入大学；同时也让他远离一些朋友的支持，如鲁弗斯·斯通、弗吉尼亚·克罗和阿米尤斯·克罗等，走向独立处事的未来。另一方面，本书也是一个回归，回到那种简单、纯净的版本，就像我在《少年福尔摩斯 1：死亡云》中尝试的那样——夏洛克和马蒂两个人独立解决某个罪案。未来会怎样，任何人都会有自己的猜测——不过我确实有一些相关的笔记。

像往常一样，我做了大量的研究，以确保相关的历史和人物大体准确。在描写牛津镇和牛津大学的时候，我设法借鉴了 W.R. 沃德所著的《维多利亚时代的牛津》（弗兰克·考斯出版公司，1965 年）一书中的描述，而涉及查尔斯·道奇森的孤僻性格和个人历史，我则借鉴了三本书：

罗宾·威尔逊的《刘易斯·卡洛尔漫游数境：他的奇妙的、数学的、逻辑的一生》（企鹅出版社，2008年）；斯蒂芬妮·洛维特·史托菲尔的《刘易斯·卡罗尔和爱丽丝》（泰晤士与哈德逊出版公司,1997年），以及卡洛琳·利奇的《梦想儿童的影子下：刘易斯·卡罗尔新认识》（皮特·欧文出版公司,1999年）。

有关维多利亚时代人们对死亡和尸体的态度的内容，根据是《墓地：伦敦和这里的故去者》（西蒙与舒斯特出版公司,2006年），作者是凯瑟琳·阿诺德，此书我之前在《少年福尔摩斯4：火风暴》中就使用过。

当然，遇到有些知识的空白，或是偶然冒出的问题，我会查阅维基百科，比如："圆筒冰激凌是何时发明的？"（答案：这种东西第一次被提及是在1825年，说到它们是用"小松饼"做出来的。所以，在后记中，我写到夏洛克和迈克罗夫特在公园里吃冰激凌，这是有史实依据的。）

顺便说一下，夏洛克第一次碰到女房东麦克科里瑞太太，后者介绍他认识她的猫咪标本的事儿，实际上曾经发生在我身上。当时我在威洛敦，这是一个位于苏格兰的邓弗里斯和加洛韦之间的小镇。我去那里参加一个文学节。乘坐了飞机、火车和汽车，经过长途跋涉，我最终到那里的时候已经是深夜了。天已经黑了，我又累又饿。艺术节主办方非常体贴地安排我住在当地的一个农家，那里的床铺和食物都很好。经营那家民宿的可爱的女士领我进入她家的小客厅，跟我说她去给我准备一壶茶和一些热松饼。我坐下来放松一下。我看见了一只猫咪蜷缩在炉火旁。我这个人很喜欢猫，就走过去抚摸它，想跟它交朋友。大家能猜到余下的故事了。这件事当时是，现在仍然是，曾经发生在我身上的最为离奇的事件之一。也许我只是过得太舒适了。

　　如果一切顺利，我会顺势而为，着手写作本系列的下一本书。书名可能是《刺骨风》，也可能是《暗夜光》——我还不确定。然而，我敢肯定的是，查尔斯·道奇森会在书中成为一个重要角色，而且夏洛克也可能回到自己家中，看望母亲和姐姐。书中还可能涉及詹姆斯·菲利莫尔先生的案子，这个人回到自己的房子去取雨伞，却再也没有在这个世界上出现。

　　保重，下一本书再见。